名家经典散文丛书

春天的盛宴

（俄罗斯）屠格涅夫　著
杨　晔　译

江苏凤凰文艺出版社
JIANGSU PHOENIX LITERATURE AND ART PUBLISHING, LTD

图书在版编目（CIP）数据

春天的盛宴 / (俄罗斯) 屠格涅夫著 ; 杨晔译 . --
南京 : 江苏凤凰文艺出版社 , 2018.4 （2024.2 重印）
（名家经典散文丛书）
ISBN 978-7-5594-0666-8

Ⅰ . ①春… Ⅱ . ①屠… ②杨… Ⅲ . ①散文集 – 俄罗斯 – 近代 Ⅳ . ① I512.64

中国版本图书馆 CIP 数据核字 (2017) 第 135644 号

书　　名	春天的盛宴
著　　者	（俄罗斯）屠格涅夫
译　　者	杨　晔
责任编辑	黄孝阳　王　青
出版发行	江苏凤凰文艺出版社
出版社地址	南京市中央路 165 号，邮编：210009
出版社网址	http://www.jswenyi.com
印　　刷	三河市双升印务有限公司
开　　本	880 × 1230 毫米　1/32
印　　张	9.75
字　　数	225 千字
版　　次	2018 年 4 月第 1 版　2024 年 2 月第 4 次
标准书号	ISBN　978-7-5594-0666-8
定　　价	69.80 元

目录 CONTENTS

散文诗 1

猎人笔记

散文诗

乡村

七月的最后一天，我越过俄罗斯一千俄里土地，陶醉于一个优美的乡村。

绵延的蓝色浸透了整片天空，一朵朵白云点缀在上面，一边飘浮一边散去。无风，温暖，空气像新挤的牛奶那般清新。

云雀唱着歌；鸽子哼着调；燕子悄无声息地滑翔俯冲；马儿们悠闲自在地咀嚼品味；狗儿安静地站着，摇着尾巴。

烟和干草的气息，混杂一点柏油味和人气，氤氲在鼻翼之间；大麻花正在怒放，浓郁厚重的香气扑面而来，猝不及防就征服了人类的嗅觉。

近处，又深又窄的山谷，两侧成排的柳树，枝繁叶茂，树干苍劲；谷中流淌着一条小溪，鹅卵石在清澈的溪水下面颤动，可爱俏皮；远处，苍天与大地相接的地方，有一条大河，碧波荡漾，清晰可见。

沿着山谷前行，一边，排列着整齐的牲口棚，大门紧闭的仓库，干净整洁；另一边，搭建着五六间松木小屋，清一色的木板屋顶，每个屋顶上都竖着一根高高的柱子，每个小屋门口都站着一匹铁铸的钢鬃小马，古朴典雅。破损的窗玻璃闪烁着彩虹的光彩；百叶窗画上了一瓶瓶水养鲜花；门旁端放着一条小长凳；小土堆上，猫咪在晒太阳，透明的耳朵警觉地竖起；高高的门槛后，是幽凉的门厅。

我在山谷的最边缘铺上马衣，舒服地躺下。周围是一堆堆新制的干草，青草的味道直逼鼻孔，沁人心脾。小屋前，聪明的农人一下一下地抛起干草，好让它们在炙热的阳光下散去水分，没有水分的干草被放进棚里，我想，睡在这些干草上肯定舒服极了。

一个卷毛的脑袋从草堆后面调皮地探出来；凤头母鸡在草堆里辛勤地寻找食物；嘴上长着白毛的小狗在杂草丛中打滚游戏。

亚麻色头发的年轻人穿着干净的工作服，腰带松松的，几乎掉到胯部，脚上的皮靴又厚又重，他们斜靠在一架卸下马具的马车上，相互说着玩笑话，时不时露出一口雪白的牙齿，发出爽朗的笑声。

一个圆脸的年轻女子从窗口向外张望，她笑着，不知是因为那群年轻人的玩笑话，还是因为干草堆里孩子的顽皮。

另一个年轻女子用她有力的胳膊把水桶从井里拉上来，一点一点……水桶摇摇晃晃的，随着女子的节奏溅出一颗颗明晃晃的水珠，打湿了她洁白的手臂。

在我面前，站着一个穿着条纹裙子和新鞋子的老妇人，硕大的念珠在她黝黑的脖子里绕了三圈，灰白的头上包着一块黄底红点的头巾，头巾遮到额头上，露出一双不再青春闪耀的眼睛。

但她沧桑的眼神里却露出了欢迎来宾的温柔，整张布满皱纹的脸笑意荡漾。我敢说，这位老妇人已经年逾七十，即便这样，她当年的风韵依稀可辩。

她右手张开，被晒黑的手指托着一碗刚从地窖取出的冷牛奶，尚未脱脂。碗沿上有干涸的奶渍，像一颗颗珍珠。她左手手掌里有一大片温热的厚面包，递给我，好像在说：“吃吧，欢迎你，路过的客人。”

一只公鸡忽然开始啼鸣，自娱自乐地拍打翅膀，牛棚里的一头小牛悠悠地回应了它几声，一唱一和，和谐地演奏二重唱。

“啊！快看看燕麦，多棒啊！”我听见我的车夫说。是的，多棒的燕麦！哦，这折射出美好，宁静，丰饶的俄罗斯乡村！哦，这沉淀和平与富足的厚重的土地！

此时此刻，我忽然觉得：在君士坦丁堡圣莎非亚寺的圆顶上竖起的十字架，以及我们城里人所努力追求的一切，又有何意义呢？

对话

“不论少女峰还是黑鹰峰都不曾有过人类的足迹。”

阿尔卑斯山的最高峰，连绵不绝的悬崖峭壁。

山的更远处，是一片青绿。通透、辽阔的天空，严寒的天气，坚硬反光的雪，寒风裹挟着雪花掠过山峰。山峰，就从雪中突显出来。

少女峰和黑鹰峰，两个巨大的石块，像站立在地平线两侧遥遥相望的巨人。

少女峰对它的邻居说：“朋友，你站得比我高，看得比我远，有什么新鲜事跟我说吗？我们下面是什么呢？”

不知是过了几千年，还是一分钟的时间。黑鹰峰轰隆隆地回答：“厚云覆大地……请稍等！”

又是几千年过去了，但其实只是一分钟。

“那么，现在呢？”少女峰问道。

“现在我看见的，跟上次一样。碧水黑林，灰石成堆。中间有小虫爬来爬去，你可知道，这就是尚未拜访过我们的两足动物。”

“人？”

“对，是人。”

几千年过去了，或许仅仅是一分钟。

“那，现在呢？”少女峰问道。

“现在这些小虫子好像少些了，”黑鹰峰响雷般轰隆隆地回答，“看下去更加清晰了，河水干涸，林区缩小。”

又是几千年过去了，或者只是一分钟。

“现在你看见了什么？”少女峰问。

“我们四周似乎清静了，”黑鹰峰回答道，“但远处的山谷尚有一些移动着的小点。”

“现在呢？”少女峰问，在几千又几千年，或者仅仅只是一分钟，之后。

“现在好了，”黑鹰峰回答，“到处都清静了，无论我看哪里，都是白茫茫的一片。到处都是我们的雪，连绵不断的雪，连绵不断的冰，万物冻结。现在好了，到处都清静了。”

“很好，”少女峰说，“我们话也讲够了，老朋友，是时候了，睡一会儿吧。”

“的确，是时候了。”

两座巨山沉沉地睡了，辽阔通透的天在永恒沉寂的大地上睡去了。

一八七八年二月

老妇人

我独自漫步在广阔的平原。

忽然发觉身后有轻微的脚步，鬼鬼祟祟的。直觉告诉我：有人跟着我。

我回头，看见一个瘦小驼背的老妇人，身上裹着一件灰色的破衫。脸从破衫里探出，蜡黄，布满皱纹，尖鼻，瘪嘴。

我走过去，她停住了。

“你是谁？你想要什么？你是乞丐？你要施舍吗？”

老妇人没有回答。我弯下腰，注意到她的双眼蒙着一层半透明的薄膜，就像有些鸟类的眼睛一样——薄膜保护它们的眼睛免受强光伤害。

但是在老妇人的眼中，薄膜并不能移动，眼珠也无法真正显露出来。由此可见，她是个盲人。

“你需要施舍吗？”我又问了一遍，“你干嘛跟着我？”但是老妇人依然没有回答，反而缩了缩身子。

我转身继续走我的路。

但是，我又听见刚才那个轻微，有节奏，鬼鬼祟祟的脚步声。

“又是那个妇人，”我想，“她为什么老是跟着我？”随即，我自己补充道，“多半是她迷路了，又是个瞎子，只能跟着我的脚步，找个地方避避。对对，就是这样。”

但是，一阵异样的不安感渐渐占据了我的心头。我开始发觉老妇人并不是单纯地跟着我，而是在指引我，她控制了我的方向，而我，则不知不觉地跟随着她。

然而我依然继续走着，但是，在我的前方，就在我前方的路上，我看见了一个又黑又宽的洞，“是墓穴！”一个念头在我脑中迅速闪过，“这肯定是她想要控制我来到的地方！”

我猛地一转身，又一次跟老妇人面对面，她的眼睛忽然看得见了！眼神凶残恶毒，像猛禽巨大锐利的双眼，死死盯着我。我弯下腰，凑近她的脸，看着她的眼睛。这时，那半透明薄膜，瞎了的眼睛，木讷的表情又回到了她脸上。

“啊！”我想，“这个老妇人就是我的命运啊，是人类逃脱不了的命运啊。”

“逃脱不了，逃脱不了，太疯狂了！不行，我一定要试一试。”于是我开始朝另一个方向奔去。

我飞速行走着，但是轻微的脚步依然跟着我，越来越近，接着我面前又出现了那个黑洞。

于是我立即又转向另一个方向，可是又一次同样的脚步，同样的凶险可怕的黑洞。

我像一只被追猎的野兔似的，东跑西窜，然而结果总是一样，是一样的！

“等等，”我想，“让我骗骗她，我不走了！”我一屁股坐在了地上。

老妇人站在我身后两步远的地方。我看不见她，但我能感觉到她在那。

忽然，我看见远处黑暗的地方，有一团东西在移动，在缓缓向我靠近！

天呐！我回头一看，老妇人直勾勾地盯着我，无牙的瘪嘴咧出一个恐怖的微笑。

你逃不掉的！

狗

我们俩在屋里，我和我的狗，屋外是猛烈的狂风，凄厉的嚎叫。

我的狗坐在我跟前，直勾勾看着我的脸。

我也直勾勾看着它的脸。

它似乎是想告诉我一些事情，但它是哑巴，不会说话。不过我懂它。

我懂，此时此刻在我和它的体内，有着同一种感受，我们并无区别，我们是一样的，一样颤动的火光在我们体内燃烧闪烁。

死亡侵袭，用它冰凉有力的翅膀拍打我们。

然后，一切结束！

谁又能分辨我们体内曾经闪耀着的，是什么样的火光？

于是，我们对视，不是简单的人与兽的对视。

眼睛是平等的眼睛，深深渗透到彼此的灵魂。

在每一双眼睛里，在人与兽的眼睛里，无差别的生命因为畏惧而彼此依偎，彼此温暖。

一八七八年二月

我的对手

我有一个亲密的对手，不是工作上的，不是军队里的，也不是爱情中的，但是我们的观点从未在任何议题上达成一致。于是，只要我们相遇，总会有一场永无休止的争辩。

我们争辩所有的事情：艺术，宗教，科学，地球上的生命，死后的世界，尤其是死后生命的形态。

他是一个有信仰的人，热情，睿智。有一天他对我说："你嘲笑一切，但是如果我死得比你早，我会从异界回来找你，到时候我们再看你还能否嘲笑我现在的观点。"

而他的确先死了，那时他尚年轻。一年一年过去了，我早已经忘记，他曾经说过的话，或者是诺言，或者是恐吓。

有一天夜晚，我躺在床上，不能入睡，实在是毫无睡意。

房里既不昏暗也不明亮。我开始看着灰色的暮光出神。

忽然，我看见了我昔日亲密的对手，站在两扇窗子之间。他正慢慢地一下一下点着头，形状凄凉。

我并不害怕，甚至没有感觉到惊讶。我微微起身，胳膊撑头，更加专注地看着这突如其来的事情。

而对手，依旧点着头。

"好吧"我终于说道，"你究竟是胜利了呢，还是后悔了？你是什么意思呢？警告我？还是责备我？或者你想让我知道其实你错了，或者我们俩都没对？你正在经历什么？地狱的酷刑？

还是天堂的祝福？嘿，至少跟我说句话吧。”

但是对手一个音节都没有发出，只是，像刚才一样，凄凉顺从地点着头，一下又一下。

我大笑起来，他便消失了。

一八七八年二月

乞丐

我沿着街道走，被一个衣衫褴褛的老乞丐拦住了去路。

满含血丝和眼泪的双眼，乌紫的嘴唇，破烂的衣衫，化脓的伤口……哎，贫穷已经侵蚀了这个可怜的肉体。

他伸出红肿肮脏的手，呻吟着向我求助。

我摸遍了所有的口袋，没有钱包，没有手表，甚至连一块手帕都没有，什么都没有带。然而乞丐依然在虔诚地等待，伸出的手无力地颤抖。

狼狈尴尬的我，抱歉地握住了这只肮脏颤抖的手："兄弟，请不要发火，我真的一无所有，兄弟。"

乞丐用他布满血丝的眼睛看着我，乌紫的嘴唇露出微笑，然后用力握紧我冰凉的手指。

"那又怎样，兄弟。"他喃喃道，"你已经给我很多，谢谢你，这也是一份礼物啊，兄弟。"

其实我心底明白，我也收获了一份礼物。

一八七八年二月

“你将会听见傻瓜的裁判……”
——普希金

“你将会听见傻瓜的裁判……”你从来都是有话直说的，我们伟大的歌手，这一次也不例外。

“傻瓜的价值观和大众们的嘲笑”，谁又不知道这两件事情呢？

如果能承受这些，就尽量承受吧；如果谁有多余的力量反抗，那就去反抗这些愚昧吧。

但有些打击更加尖锐，直击心脏。一个人竭尽所能，兢兢业业，老老实实，满腔热血地工作，但是诚实的心却满带鄙夷地躲避他，真诚的脸孔因听到他的名字而燃烧着愤怒。“滚！你滚开！”年轻纯真的声音向他嘶吼，“我们不需要你，也不需要你付出的劳动。你弄脏了我们的住所。你不知道也不了解我们，你是敌人！”

那个人该怎么办呢？继续工作，不试图为自己正名，甚至不期待一个公正的裁判。

曾经，耕地的农人咒骂过一个旅行者，因为他带来了土豆。他们把这些珍贵的礼物从旅行者手里拍落，扔在泥土里，还肆意践踏。从此以后，新长出的土豆代替了面包，成为了穷人每日生活的主食。

现在他们吃着土豆，却早已忘记了送来土豆的人的名字。

那就这样吧！名字与耕地的农人们又有何关系，忘记了就忘记吧，但这名字的主人确实是填饱了他们的肚子。

就让我们送给他们真正优质的食物。

痛啊，那些从你所爱着的人的嘴里蹦出的责备……不过这一切，同样，可以忍受……

“你们可以打我，但是，请先听我说……”雅典的领袖对斯巴达人说。

“你们可以打我，但是，请吃饱，请健康!”那我们就可以这么说。

一八七八年二月

得意的人

一个年轻人跳跳蹦蹦地走在首都的一条马路上，那样欢快，那样高兴。眼睛里流露出满足的光芒，嘴唇上扬起一抹得意的微笑，发亮的双颊上有两片喜悦的红晕。他非常的欢乐，非常的自豪。

他怎么了？得到了一笔遗产？升职了？赶着去见他亲爱的人儿？还是仅仅吃了一顿好饭，于是那种健康的，吃饱肚子的满足感就充斥着他的躯干和四肢？还是把你那可爱的八角十字章套在他脖子上了，波兰国王斯坦尼斯拉夫？

都不是！他造谣诽谤他的朋友，并且到处肆意地宣传。现在他已经从另外一个朋友嘴里听到了这个谣言，哈哈，连他自己都信以为真了！

啊，真是得意啊！这个可爱的，前途似锦的年轻人，此时此刻是多么的开心愉快啊！

一八七八年二月

处世法则

一个老奸巨猾的无赖跟我说:“如果你想要狠狠地激怒你的敌人，甚至伤害他，你就拿你最明显的缺点或者恶习去责备他。你要假装很生气，狠狠地责备他!”

“第一，这会让别人觉得你自己并没有那个恶习。”

“第二，你可以利用你自己良心的谴责，使这假装的愤怒成为真的愤怒。”

“比如说，你是一个叛徒，你就要责备你的敌人缺乏信念!”

“如果你自己就有奴隶的劣根性，那就骂他是个不折不扣的奴隶，文明的奴隶，欧洲的奴隶，社会主义的奴隶!”

“我们甚至可以骂他‘反奴性主义’的奴隶。”我提示道。

“没错，你可以这样骂他。”老奸巨猾的无赖满意地说。

一八七八年二月

梦

我仿佛身处俄罗斯的野外，一个简陋的农舍里。

屋子很大，天花板低矮，有三扇窗子，墙壁刷得雪白，没有家具。房子前面是一片荒芜的平原，由近及远向下倾斜，延伸到远方，单一的灰蒙蒙的天空笼罩着大地，像极了床的帐顶。

我并不孤独，屋子里还有另外十个人，都是相当平凡的人，都穿着朴素的衣服。他们来来回回默默地走动，像是密谋一次重大的行动。他们尽量小心，不碰到其他人，却又不断焦虑地相互张望。

没有人知道他们为什么会在这里，也不知道跟他们在一起的是什么人，所有人脸上都写着局促和不安。他们一个接着一个走到窗口，热切地向外望，好像在期待着什么。

然后他们又继续开始来来回回地走动。我们中有一个小个子的男孩，他时不时地尖声哭泣着："爸爸，我怕！"我被这哭声扰得心烦，也开始害怕起来。可是，怕什么呢？我自己也不知道。只是我觉得，那个东西越来越近，越来越近了——那是巨大的灾难。

小个子男孩不停地哭泣。啊，快逃走吧！这里烦闷又沉重！快要窒息了！但是要逃出去是根本不可能的。

天空好似变成了一块裹尸布，没有风，没有声音，难道空气死了吗？

忽然，男孩跑到窗前，用悲惨的声音尖叫道:“快看！快看！地塌了!”

“什么？塌了?”是的，就在刚才，屋前还是一片平原，而现在，平原却立在令人恐惧的高空中。地平线已经下陷，沉了下去。我们所在的屋子，高悬在一个几乎凿空的黑色悬崖上。

我们都挤向窗子，恐惧让我们的心凝得紧紧的。“来了……”我身边一个声音低声说。

看呐，在远处的地平线上，有东西开始活动起来，一种小而圆的山丘不停地起起伏伏。

“是大海!”一瞬间，一个念头闪过我们所有人的大脑，“大海会直接吞噬所有的一切，只是它是怎么涨起来的？怎么涨到这悬崖的高度?”

然而，它还是在涨，不停地疯涨，远处已经看不到分散起伏的山丘了，只有一个连绵不断的，怪物似的巨浪吞没了整个地平线，映入眼帘。这巨浪，加深我们的恐惧。

巨浪呼啸着，呼啸着，向我们奔腾而来！随着一阵冰冷的飓风，它冲上了天际，翻卷在地狱般的黑暗里。万物都在战栗，在那，在那个飞舞的飓风和巨浪中，巨雷隆隆震响，和千万人绝望的哭嚎混成一片……

啊！这是怎样的哭嚎和哀鸣！这是大地恐惧的叫喊！

末日来了！万物的忌日！

男孩又哭泣起来，我想抓住我周围的人们，但是我们都已经被这漆黑，冰冷，怒号的巨浪击碎，溺死，埋葬，冲到不知名的地方。黑暗，只剩下无尽的黑暗。

黑暗，让我窒息，我猛地惊醒了过来。

一八七八年三月

玛莎

好多年前，我住在彼得堡。每一次我雇佣雪橇的时候，都习惯性地跟车夫聊天。

我尤其喜欢跟那些夜间驾车的车夫聊天，他们一般都是郊区的穷苦农人，赶着他们小小的赭色的雪橇和瘦小的马，来到首都，希望借此可以填饱肚子和偿还主人的地租。

有一次我雇佣了一个雪橇车夫。他是个二十岁的年轻人，个子很高，身材匀称，眼睛碧蓝，双颊红润，是个相当漂亮的小伙子。他好看的头发卷成了一小串，戴着一顶打着补丁的帽子，帽檐压到了眼睛。宽阔的肩膀上不合时宜地套上一件很小的破烂的工作服。

雪橇车夫那英俊光滑的脸，看起来却有着不相称的悲伤和低落。

我开始跟他交谈，他的声调里隐隐地带着一种悲哀。

“老弟，发生什么事了?”我问他，“干嘛闷闷不乐的? 碰到什么烦心事了?”

那个年轻人沉默了足足几分钟:“是的，先生，我遇到麻烦事了。”他终于开了口，“太麻烦了，再没有比这更加麻烦的事了——我的妻子死了。”

“你爱她吗? 爱你的妻子吗?”

年轻人没有看我，默默点了一下头。

“先生，我爱她。已经八个月了，我一直无法释怀，我的心不停绞痛，对，绞痛。为什么她要死，她这么年轻，这么健康！仅仅一天的时间，霍乱就夺走了她的生命。”

“她对你好吗？”

“哎，先生！”这个可怜的年轻人深深叹了一口气，“我们曾经在一起是多么开心！她没等我回家就死了。我听到消息的时候，她已经被安葬了。你知道吗，我多么着急从镇里赶回家，我已经到家了，在后半夜到家的。我走进我们的小家，愣愣地站在屋子中间，轻声叫唤她的名字，‘玛莎，玛莎。’没人回应，只有蟋蟀低声的鸣叫。我跌坐在地上，哭泣起来，用拳头一下一下捶着大地。‘苍天无眼啊！’我对着天堂的方向大吼，‘既然你带走了她，为什么不把我也一起带去呀？啊，玛莎……’”

“玛莎……”他忽然又用低沉的声音唤了一次她的名字。一手拉住缰绳不放松，用另一只手的衣袖抹去了眼角的眼泪，挥了挥手，耸耸肩，就再不做声了。

我下车的时候，多给了他几个铜币。他双手抓住帽子，深深向我鞠了一躬，而后便踏着积雪，在正月里浓雾蒙蒙的荒凉街道上，越走越远。

一八七八年四月

傻子

曾经，这里住过一个傻子。

他安逸平和地生活了很长一段时间，但是渐渐的，有谣言传播开来，说他是个彻头彻尾的大白痴。

傻子感觉很尴尬，暗暗想办法来消灭这些讨厌的谣言。

忽然他灵光一现，一个完美的计划在他傻乎乎的脑子里诞生了。于是，他毫不犹豫地实践了他的想法。

傻子在街上遇见一个朋友，朋友称赞起一个有名的画家。

“得了吧！”傻子嚷了起来，“那个画家过气很久了，你难道不知道？没想到你竟然还不知道，真是落伍！”

那个朋友吃了一惊，然后立马赞成了傻子的观点。

“我昨天读的那本书真是太棒了！”另一个朋友跟他说。

“得了吧！”傻子嚷起来，“你怎么就不害臊呀。这本书一点营养也没有，人们很久以前就明白书里讲的道理了。你难道不知道？真是落伍！”

同样的，这个朋友先是吃了一惊，然后赞成了傻子的观点。

“我的朋友某某某真是个特别厉害的人啊！”第三个朋友跟他说，“是个真正的人才！”

“得了吧！”傻子嚷起来，“某某某？这个臭烘烘的家伙，他骗过所有亲戚的钱。人人都知道这事。你可真是落伍！”

同样，第三个朋友吃了一惊，接着迅速赞成了傻子的观点，并跟他的朋友绝交了。从此以后，无论是谁，只要他在傻子面前称赞任何事情，都会受到傻子如出一辙的反驳。

有时候，傻子会用责备的口气加上一句："你竟然还相信那些听起来貌似权威的套话？"

"太狠了！太毒了！"傻子的朋友们开始这样评价傻子，"他的脑袋多聪明啊！"

"还有，他的口才也很好！"其他人附和道，"是的，没错，他挺有才华的。"

后来，一家杂志的编辑找到傻子，并推荐他成为杂志专栏的专业评论员。

于是，傻子针砭时弊，用他一贯的态度和方式，批评所有事情，所有人。

现在的傻子，那个曾经藐视权威的傻子，已然成为了一个权威，年轻人都崇拜他，敬畏他。

这些可怜的年轻人，他们还能怎样呢？按常理，不应该出现盲目的个人崇拜，但是身处这种情况，如若不崇拜傻子，就会发觉自己变得相当落伍！

在一堆胆小鬼中，傻子们洋洋得意着。

一八七八年四月

东方传奇

在巴格达，谁不知道杰斐，宇宙的太阳?

很久很久以前，当杰斐还是个少年的时候，一天，他在巴格达的郊区走着。

忽然耳边传来一阵凄厉的喊叫，有人在呼救，亟需帮助。

杰斐在同龄人中是数一数二的英明神武，并且难能可贵的是，他极富爱心，相信自己的力量。

他朝着声音传来的方向跑去，看见了一个身体羸弱的老人被两个强盗按在城墙上，正遭抢劫。

杰斐拔出剑，向歹徒刺去。杀死了一个，另一个逃跑了。

老人得救了。他跪在救命恩人的脚下，亲吻他的衣角，一边高声喊道:"勇敢的年轻人啊，你的英勇将会得到奖赏。表面上看起来我是个可怜的乞丐，但那只是外表。我不是普通人。明早你到主街市来吧，我会在喷泉边上等你，到时候你就会知道我现在说的话字字属实了。"

杰斐想:"从表面上看，这老人的确是个乞丐，这点毫无疑问，但是世间万物，无奇不有，何不前去一探究竟?"于是他回答:"很好，前辈，我会来的。"

老人深深地看了他一眼，便离开了。

第二天天刚亮，杰斐便动身去街市。老人手肘支撑在碗状的喷泉边缘，已经在那儿等他了。

他默默地牵着杰斐的手，把他引到了一个四面都是高高的围墙的小花园。

在花园的正中间，有一片绿色的草地，草地上生长着一棵形态奇异的树。

看起来似乎是一种柏类植物，不过，树上的叶子是蓝色的。

三颗果实——苹果——挂在向上弯曲的细枝上。第一个中等大小，长条形，乳白色；第二个生得很大，圆滚滚的，红得发亮；第三个，又小又皱，淡黄色。

虽然没有风，这棵果树还是轻微地沙沙作响。它轻声细语，如泣如诉，像是一个玻璃制的钟。它似乎能感觉到杰斐的到来。

“年轻人!”老人开口说道，“从这三个苹果中选一个吧，但是要知道，如果你选择了白色的苹果，并且吃下它，你将会成为世间最聪明的人；如果你选择了红色的苹果并吃下它，你将会变得跟犹太人罗德希尔那般富有；如果你选择了黄色的苹果并且吃下它，你将会变得像一个老妇人一样。做出决定吧，不要迟疑。一个小时以后，这些苹果都会腐烂，这棵树也会陷入地底!”

杰斐低头沉思着:“我该怎么做呢?”他低声说道，好像是自己在跟自己争辩。“如果你变得太聪明，也许你不屑于继续生活；如果你变得比所有人都富有，那么人人都会嫉妒你；嗯，我最好选择第三个苹果，选择那个烂苹果。”

于是，他就这么做了，老人看了他的选择后，张开无牙的大嘴哈哈大笑起来，然后说:“哦，聪明的人啊！你选择了最好的一个苹果！你有什么需要选择白色的苹果呢？你本来就比所罗门还要聪明；你也不需要红色的苹果，没有它，你一样能变得非常富有，而且人们并不会嫉妒你的财富。”

“前辈，请告诉我!”杰斐打起了精神，目光炯炯地说道，“我们哈里法，受圣灵佑护的圣母在哪里?”

老人深深地鞠了一躬，头触碰到了地，借此方式给年轻人指明了道路。

在巴格达，谁不知道宇宙的太阳，伟大的，著名的杰斐呢?

一八七八年四月

两首四行诗

从前有一座城，城里的居民非常喜欢诗歌。如果一连几个星期没有好的新诗出现，他们就会把诗歌的匮乏当成是全城的厄运。

他们通常在这些时候穿上最坏的衣服，头发上撒些灰，成群结队地聚集到各个广场上，哭诉抱怨，责备诗神无情地抛弃了他们。

在这么一个不祥的日子里，年轻的诗人尤尼乌斯走进了某广场。广场上挤满了忧伤的百姓。

他疾步登上一个专门朗诵诗歌的平台，向群众示意要朗诵一首诗。

卫士们立刻挥动他们的权标："安静安静，注意了！"他们大声叫道。群众立刻安静下来，满怀期望地看着台上。

"朋友们！同胞们！"尤尼乌斯大声说道，他的声音略带颤抖。

"朋友们！同胞们！诗歌爱好者们！
你们！美丽与优雅的诗歌追随者！
不要让一时的忧伤黯淡了你们的灵魂，
心中的渴望在接近，
光明终将驱走黑暗！"

尤尼乌斯停住了，回应他的，却是从广场四周响起的嘈杂的嘘声和放肆的笑声。

每一张脸上都写着愤怒，每一双眼睛都燃烧着怒火，每一只手臂都高高挥舞，每一个人都想狠狠给他一拳头。

“他是想拿那个来欺骗我们的!”愤怒的喊声四处响起，“滚下去，低能的蹩脚诗人！滚开！笨蛋！去吃烂苹果臭鸡蛋吧，肮脏的小丑！给我们拿石头来，砸他!”

尤尼乌斯连滚带爬地从平台上逃下来。然而，还没等他跨进家门，广场就传来一阵阵狂热的喝彩，热情的欢呼和高声的赞美。

尤尼乌斯满怀好奇地回到广场，尽量不引起别人的注意(惹恼一群狂热的野兽是非常危险的)。

那么，他看见了什么呢?

那人群之上的，被人们高高架在肩膀上的——脚踏一块平坦的金色盾牌，身穿一件紫色袍子，飘逸的秀发上戴一顶桂冠——那不就是他的竞争对手，年轻的诗人尤利乌斯吗!

人群高声嚷嚷着:“光荣！光荣！光荣！不朽的尤利乌斯！他在巨大的悲伤中抚慰我们的灵魂！他赠予我们的诗歌比蜜还要甜美；比钹的音调还有节律；比盛开的玫瑰还要芬芳；比蔚蓝的天空还要纯洁！我们高举他庆祝胜利，用柔软的香气呵护他聪明的大脑，扇动棕榈叶清凉他的眉宇，把阿拉伯草药的芬芳播撒在他的足下！光荣啊!”

尤尼乌斯走到一个疯狂喝彩的狂热分子跟前:“我的同胞，请教导我！尤利乌斯写出了怎样的诗篇让你们如此兴奋！我呀，真是可惜，在他念诗的时候我没能在场。念出他的诗歌吧，如果你还记得，恳求你!”

“像那样的诗，我是不可能忘记的！”那个人兴奋地说，“你把我当成什么人了？听着——享受它吧，跟我们一起享受它！”

“诗歌爱好者们。”那位犹如神一般存在的尤利乌斯的诗是这样开头的。

“诗歌爱好者们！同胞们！朋友们！
美丽，优雅，韵律，你们追随！
你们的灵魂，忧伤不能黯淡！
渴望的时刻在接近！
白天终将驱散夜晚！”

“你认为这首诗写得怎么样？”

“天呐！”尤尼乌斯惊叫起来，“这不就是我的诗嘛！在我朗诵的时候尤利乌斯肯定在人群中，听见了我的诗，然后复述了出来，只是稍微改了改表达方式，而且也没有改得比原来更好。”

“啊，现在我认出你来了，你是尤尼乌斯！”那个被他拦下的狂热分子面带愤怒地反驳道，“你这个只会嫉妒别人的傻瓜。注意听好了，倒霉鬼，尤利乌斯的句子是多么卓尔不凡，‘白天终将驱散夜晚’；而你，你的句子简直是一堆垃圾，‘光明终将驱走黑暗’，什么光明？什么黑暗？”

“难道这两句话不是一样的吗？”尤尼乌斯辩解说。

“闭嘴！”那人打断了他，“你再说一个字我就要叫人了，他们会把你撕成碎片的！”

尤尼乌斯知趣地不做声了。一个满头灰发的老人听见他们的对话后，向这个不幸的诗人走来，用手拍着他的肩膀说：“尤尼乌斯，你有你的思想，但没有在一个恰当的时机表达出来；而他，自己没有思想，却是在一个正确的时候把别人的想法说了出来。这让他成为了对的那个人，而你只能以你的好心肠来安慰自己了。”

可怜的尤尼乌斯被挤到一边，只凭这副“好心肠”发挥出它最大的威力，自我安慰（老实说，并不是特别有效）。而在远处，在欢呼声、掌声和喜悦叫喊声中，在凌驾万物的金色阳光里，尤利乌斯身着华丽的紫袍，头戴桂冠，四周缭绕着浓郁的芳香烟雾。他雄伟的英姿，缓缓移动的骄傲挺拔的步子，就像俄国沙皇胜利凯旋，回到皇宫一样。棕榈的长枝在他面前一起一落，轻微地颤动以示对尤利乌斯的绝对服从，借此来表达每一个欣喜若狂的城民心中无尽的崇敬！

一八七八年四月

麻雀

我打猎回来，沿着公园中的林荫道走着，我的猎狗跑在我前头。

忽然，它放慢了脚步，开始偷偷摸摸地隐藏自己，好像在玩狩猎的游戏。

我放眼向前望去，看见了一只小麻雀：小巧的脑袋上长了一个嫩黄色的喙，头埋得低低的。它肯定是从鸟巢里跌落到地上的（因为此时此刻，大风呼呼地吹，道边的桦树猛烈地摇晃着）。小麻雀跌坐在地上，无助地拍打着那双稚嫩的翅膀。

我的猎狗匍匐起身子，慢慢地接近小麻雀。忽然，一个黑影从附近一棵树上俯冲下来——一只黑胸脯的老麻雀，像一块石头一样落在猎狗的鼻子前。它惊恐得全身的羽毛都竖起来，绝望而凄厉地尖叫着，连续两次向张着大嘴的猎狗冲过去。

它是来保护幼鸟的，用自己的身体挡住危险，但是它小小的身体因为恐惧而不断战栗，它的叫声变得嘶哑而古怪。一次又一次，它因为太害怕而昏厥过去，但每一次，它都支撑着重新站起来！身体里有股力量支撑着它，它顽强地站在小麻雀的前面，毫不退缩。

在它眼里，狗是多么庞大的一个怪物啊！但是，它不能安然躲在高高的树枝上，一股比恐惧更加强大的力量迫使它冲了下来。

我的猎狗站住了，不停往后缩。显然，它也感受到了这股力量，被震撼了。

我赶忙唤回那慌张的猎狗，满怀尊敬地走开了。

是的，不要笑，我尊敬那只小而勇敢的鸟，它是英雄，因为有爱。

爱……

我想这就是比死，或者比对死亡的恐惧更加强大的力量。只有因为它，因为爱，生命作为一个整体，才能维持，才能发展。

一八七八年四月

骷髅

一间豪华、璀璨、明亮的大厅，一群贵妇和绅士。

他们热烈地交谈着，脸上写着兴奋，那兴奋来源于一个著名的歌手。他们称她为神造，称她是不朽——啊，她昨天最后唱的颤音是多么美妙啊!

忽然，就像是巫师的魔杖挥舞了一下：每个脑袋上，每一张脸上精细的皮肉全部剥落下来，顷刻间露出死亡一般的惨白骷髅，其间还有裸露的下颌和牙龈闪出的银色的光。

我带着恐惧看那些下颌和牙龈不停地活动，那些圆钝的小骨球，在灯光和烛火的照耀下反转、闪耀。在它们中间还有其他更小的球，那是毫无意义的眼珠。

我不敢摸我自已的脸，也不敢朝镜子里瞥上一眼。

那些骷髅还是像之前一样转来转去，发出像之前一样的喧闹。他们玲珑的舌头像一小块红色的破布似的，不断从闪亮亮的牙齿间快速地伸进伸出，继续说着，多么美妙啊，多么卓越啊，那位不朽的……

是的，不朽的……那歌手最后唱的那句颤音。

一八七八年四月

劳动的人和细皮嫩肉的人

对话

劳动的人：你混到我们中间来干什么？你想要什么？你不是我们一伙儿的，走开！

细皮嫩肉的人：我是你们一伙儿的，兄弟们！

劳动的人：我们一伙儿的？真的？真新鲜！看看我这双手，看见了吗？他们多脏，闻起来还有污泥和沥青的气味。而你的手呢，看看，多么白嫩，闻起来有什么气味吗？

细皮嫩肉的人（伸出他的手）：你闻闻。

劳动的人（嗅了嗅他的手）：这是什么奇怪的味儿，闻起来有点像铁味儿。

细皮嫩肉的人：对，正是铁的气味。我这双手戴了整整六年的铁手铐。

劳动的人：怎么回事？

细皮嫩肉的人：怎么回事？因为我为你们的幸福生活付出努力。我想要解放你们这些受压迫又愚昧无知的人们，我反抗压迫你们的人，反抗当权者，结果被他们关了起来。

劳动的人：把你关了起来？真的？那你还敢造反？

两年后

劳动的人（向另外一个工人）：我说，彼得，你记不记得，前年这时候有个细皮嫩肉的家伙跟你讲过话？

另一个工人：记得，他怎么样了？

劳动的人：我听说今天他要被绞刑，告示已经贴出来了。

另一个工人：后来他还是继续反抗当权者？

劳动的人：是的，他一直在反抗。

另一个工人：啊！老兄，这样的话，我们能不能弄一小段绞刑用的绳子回家呀，听说这玩意儿可以让整个家族行大运哩！

劳动的人：好主意，老兄，我们一会儿去试试看。

一八七八年四月

玫瑰

八月的最后几天，秋天已经触手可及了。

太阳正在下山，一阵暴雨——没有电闪，没有雷鸣——刚刚横扫我们屋子前这片宽阔的平原。

门口的花园接受了暴雨的洗礼，沐浴着落日的霞光，燃烧般地闪着亮光，雾气弥漫。

她坐在客厅的桌子旁，带着持久迷离的神情，从一扇半开的大门向外张望，目光锁定在门口的花园。

我知道此时此刻她灵魂深处的想法，我知道，在短暂痛苦的反抗之后，她放弃了，让那无法自控的情绪完全占据了她。

忽然，她起身，快速走向花园，消失在迷雾中。

一个小时过去了，又一个小时过去了，她没有回来。

我站了起来，走出了屋子，沿着她走过的路走着——我相信她是在这条路上越走越远的。

四周一片漆黑，夜幕已经降临。在潮湿的沙地上，一个圆形的物体依稀可见，就算在迷雾中，还是可以看见它闪着红色的光。

我俯下身去，这是一朵新鲜的，刚刚盛开的玫瑰。两个小时前，我看见她胸前戴着的正是这朵玫瑰。

我小心翼翼拾起这朵陷入泥土的花，走回客厅，将它摆放在她椅子正对的桌面上。

终于，她回来了，脚步轻盈，走过整个屋子，坐在桌旁。

她的脸比起刚才越发的苍白，但却彰显出生机盎然的神情。她垂下的眼睛似乎比先前小了，因为她正睁大双眼好奇而愉悦地四处张望。

她看见了桌子上的玫瑰，拿了起来，看着那被碾碎的、沾着土的花瓣，又转过头来看看我，她的眼神忽然定住了，泪水沾湿了眼眶。

“你为什么要哭？”我问。

“我看见了这朵玫瑰的悲惨遭遇。”

我觉得这个时候应该说上一句意味深长的话。

“你的泪水可以洗净它沾染的尘埃。”我饱含深情地说。

“泪水不能洗净，它们只会燃烧。”她回答，转身把玫瑰扔进了壁炉，壁炉里燃烧的火焰正在渐渐熄灭。

“火比眼泪更会燃烧。”她情绪高昂地喊道。她可爱的眼睛，依旧满含着泪水，却疯狂而兴奋地大笑起来。

我知道，她，跟玫瑰一样，燃烧了。

一八七八年四月

纪念尤·彼·符斯卡娅

在烂泥地上，在腐败的干草堆上，在用摇摇欲坠的马棚仓促改造成的流动医疗站内，在被摧毁的保加利亚小村子里，两个多星期了，她躺着，等待严重的伤寒最终夺走她的生命。

她已经不省人事，没有任何医生照看过她。之前，伤残士兵们，那些她尚能站立时照顾的伤残士兵们，轮流从细菌滋生的垃圾堆里站起来，将盛在破裂的罐子里的水凑近她龟裂的嘴唇，淋上几滴。

她曾经年轻美貌，为上流社会所熟知，连最显要的权贵也曾对她表示过兴趣。女士们羡慕她，男士们追求她，其中有两三个默默而真挚地爱过她。人生曾对她露出笑脸，但是这笑容比泪水还要苦涩。

一颗柔软善良的心，却有着如此强大的力量，如此强烈的对奉献的渴望——帮助那些需要帮助的人。她不知道除此之外还有什么可以使她快乐，她不知道，也从未体验过。其他的快乐从她身边经过，但是她早已决心不去理睬它们。她周身燃烧着无法熄灭的信仰之火。她全身心投入到服务群众的事业中去。

她内心掩埋着怎样的宝藏，在她最隐秘的灵魂深处，从来无人知晓，而现在，更加没人了解了。

不过，现在，有了解的必要吗？她已经献身了，她的事业结束了。

但是，一想到甚至没人对她的遗体道一声感谢时，一种凄凉感便油然而生；虽然她生前，每次被感谢时，都会感到尴尬羞涩，难为情。

愿她可爱的身影不会怪罪我这朵迟来的小花，愿这朵小花可以斗胆陪葬在她的墓旁。

一八七八年九月

最后的会晤

我们从前是亲密无间的朋友，但遇到了一些意外的事情，我们分开，形同仇敌。

许多年过去了，我来到他居住的镇子，得知他病入膏肓，已经无药可救。他想见我。

我走进他的房间，走近他，我们的目光相遇了。

天呐，我几乎认不出他了！究竟是怎样凶险的病魔把他折磨成这个样子！

面黄肌瘦，满脸皱纹，头发已经掉光，只剩下稀稀拉拉的灰色胡须。他坐着，身上只穿了一件衬衫，衬衫故意被撕掉了一块——他羸弱的身体已经承受不了哪怕是最轻薄的衣物了。猛地，他伸出那只瘦得恐怖的手，那只手就像是被什么怪物啃光了皮肉似的，瘦骨嶙峋。嘴里挣扎着想要说些什么，却只能喃喃地发出几个不清晰的音节。他是想欢迎我的到来，还是继续责怪我，谁又能分得清呢？他羸弱的胸膛不断起伏，眼睛闪着光，瞳孔缩小，沾着两条干涸苦涩的泪痕。

我在他身边的一张椅子上坐下来，心情相当沉重，不自觉地低下头，凝视这丑陋恐怖的面孔，向他伸出了我的手。

但是我有种感觉，握住我的手的，并不是他的手。

在我们中间，似乎坐着一个高挑，恬静，白皙的女子，被一件长长的斗篷从头到脚地盖了起来。她深邃空洞的双眼洞察我们的心思，她泛白紧闭的双唇不曾吐出一个字眼。

这个女子把我们的手握在一块儿，我们和解了。

是的，死亡让我们互相原谅……

一八七八年四月

一次拜访

我坐在打开的窗边。清晨，五月第一天刚破晓的清晨。

霞光尚未出现，为了迎接它的到来，黑暗温暖的夜已经给天空注入了灰白和清凉。

没有迷雾，没有风，万物黯淡寂静，但隐隐约约可以察觉，苏醒的时刻越来越近。稀薄的空气里能感受到露水清冽的湿气。

忽然，呼呼呼，嗡嗡嗡，开着的窗户飞进来一只大鸟。

我一惊，仔细望着它。原来它不是鸟，而是一个长着一双小翅膀的女人，穿着一条紧身的长裙，这长裙飘飘然一直垂到她的脚边。

她浑身上下呈现出一种珠母般的灰色，只有翅膀内侧盛开着玫瑰一样的殷红，小而圆的头上一圈野百合花环束住她的一绺卷发，两根孔雀羽毛在她饱满的前额优雅地晃动，仿佛蝴蝶触须。

她在天花板周围来回飞了两次，小小的脸上满带笑意，那清澈乌黑的眼睛仿佛也在笑着——她愉悦的飞行使得它们像钻石一般闪耀。

她手中拿着来自草原的花朵长长的花柄——俄罗斯人称呼它为“沙皇的权杖”——的确像一根权杖。

她在我的上空快速地来来回回，用手里的花儿轻触我的头顶。

我扑向她，但是来不及了，她已经扑扇着翅膀飞出了窗户，一瞬间就消失不见了……

在花园里，在一簇紫丁香花丛里，一只斑鸠用黎明的第一声啼叫向她告别。在她离去的方向，奶白色的天空泛起了一片柔弱的红晕。

幻想女神，我认识你！你是注定要去拜访那些年轻的诗人，而你路过寒舍，实属偶然。

啊！诗歌！青春！少女的美艳！你短暂地照耀了我一瞬间，在早春刚破晓的清晨。

一八七八年五月

一幅浅浮雕

一个高瘦嶙峋的老妇人，冷酷无情的面孔，木讷呆滞的眼神，迈着大步走着。她干瘦如棍的手臂，用力推搡着她前面的另一个女孩。

老妇人，身材高大，虎背熊腰，威武有力，肌肉像希腊神话中的英雄赫拉克斯一样结实，牛一般粗壮的脖子上长着一个小脑袋，但是她双目失明——她推搡着前面一个小而瘦的女孩。

这个女孩眼睛明亮，她不断反抗着，回过头去，挥动她纤细美丽的双手。她表情生动丰富，露出了不耐烦和大无畏的神色，她不愿意服从，不想前进，不想听命于身后这个女人对她的驱使，但是，她依然被迫向前走着。

Necessitas—Vis—Libertas!

必须 - 自由 - 生活！

这三个词，谁能解释的请解释一下吧。

一八七八年五月

施舍

在一座大城市附近，一个病恹恹的老人沿着宽阔平坦的公路走着。

他踉踉跄跄地走着，衰老无力的双腿，拖着两脚艰难移动，步履蹒跚，摇摇晃晃，走两步就不得不停下来，好像那腿不属于他似的。破烂的衣衫像布袋一样挂在身上，没戴帽子的脑袋无力地垂在胸口——他疲乏透了。

他坐在路旁的一块大石头上，弯腰向前，手肘支撑在膝盖上，脸埋进手里，从他关节嶙峋的手指缝里，几滴眼泪渗了出来，掉落在干燥的灰土里。

他记起了一些往事……

记起了他曾经是如此强壮富有，记起他是怎样挥霍他年轻的本钱，把财富浪费在无关紧要的朋友，或是敌人身上。而现在，他连一小块面包都吃不上，世界遗弃了他，那些朋友甚至比敌人更快地遗弃了他。难道他真的沦落到要沿街乞讨的地步？他心中充满了苦涩和羞耻。泪水止不住地一滴一滴掉落，砸进灰色的尘土里。

忽然，听到有人叫唤他的名字。他抬起疲惫不堪的头，一个陌生人站在他的面前。

陌生人脸色镇静，但并不严厉；眼神平和，但并不明亮；带有一种洞察一切的智慧，但并无恶意。

“你已经散尽了你的财富，”他用无比平静的声音说道，“但很显然，你并不后悔你所做过的善事，是吗?”

“我一点也不后悔，”老人说着，叹了一口气，“但是现在我快要死了。”

“如果以前，没有乞丐向你伸手乞讨，”陌生人继续说道，“那么你将无处施展你的善心，你可能无法完成你行善的举动。”

老人什么都没有说，琢磨着。

“所以现在，放下你的自尊吧，可怜的人，”陌生人又开始说道，“去吧，伸出你的手，给其他好人一个机会，让他们用实际行动表达他们的善心。”

老人听了一怔，抬起头，但是陌生人已经消失了，而远处一个男人正沿着宽阔的马路走进视线。

老人向他走去，伸出手。这个男人理所当然地转开头，什么也没有给老人。

但一会儿，又有一个人经过，给了老人几个零钱。

于是老人用这些零钱买了面包，他觉得乞讨来的这一小块面包非常香甜。他没有感到羞耻，相反，平静和快乐充斥着他的整个身体。

一八七八年五月

昆虫

我梦见我们二十几个人，在一个窗户大开的宽敞房间里，坐着。

我们中有妇女，孩子，老人，我们吵吵闹闹，不知所云地讨论着一些非常著名的话题。

忽然，传来一阵尖锐的呼啸声，一只巨型昆虫飞进了房间，足足有两英尺长。它在房间里盘旋着，最后歇在了墙壁上。

这只虫子长得像苍蝇或者是黄蜂，身体是土黄色的，那宽阔坚硬的翅膀也是土黄色的；它的触手布满羽毛，向外伸展；它的脑袋肥硕带有棱角，就跟蜻蜓的脑袋一样；脑袋和爪子都是鲜艳的亮红色，像是在鲜血中浸泡过一样。

这只奇怪的虫子不断地上上下下，左右摇晃着它的脑袋，挥动着它的触角。忽然它猛地飞起来，绕着房间呼呼呼地盘旋飞舞，接着又停住，定在一处，令人憎恶地扭动着身体。

这只虫子在我们心中激起了厌恶，害怕，甚至恐惧的感觉。没有人见过类似的生物，我们都大叫起来："把这只恶心的怪物赶出去！"大家都在远处挥动手帕驱赶它，但是没人敢靠近它，当虫子再一次飞舞的时候，所有的人都本能地躲开了。

我们中有一个人，一个脸色苍白的年轻人，他惊讶地盯着其他人，耸耸肩膀，惊奇地裂开嘴，显然他不能理解这里出了什么事，为什么大家都如此躁动不安。他根本没有看见什么昆虫，也没有听见昆虫翅膀颤抖时发出的令人憎恶的呼呼声。

忽然，那只昆虫似乎盯上了这个年轻人，扑了过去，落在他脑袋上，就在两只眼睛正上方，蜇了他的额头。年轻人绝望地惨叫了一声，倒在地上，死了。

这只恐怖的虫子立刻飞出了房间。这时我们才大概猜出这位不速之客是什么东西。

一八七八年五月

白菜汤

一个老农妇，是个寡妇，只有唯一一个儿子——二十岁，是村里最强壮的工人，但是他死了。

村庄的女主人听说了老农妇的悲惨遭遇后，在葬礼那天拜访了她。

女主人在家里找到了她。

只见这位刚刚失去儿子的老妇人站在桌前，小屋的正中心，不慌不忙、神色镇定地一下一下举起右手胳膊（左手胳膊无力地垂在身边），从变黑的锅子里舀起清淡的白菜汤，一勺一勺地喝着。她的脸凹陷黝黑，眼珠肿胀布满血丝，但是她站得庄严笔直，好像在教堂里一样。

“天呐！”女主人想，“在这种时刻，她竟然还喝得下汤，这个人怎么这么冷漠，她不知道人间冷暖吗？”

此时此刻，女主人想起几年前，当她失去了出生才九个月的小女儿时，因为太过于悲痛，她拒绝去彼得堡附近的别墅避暑，在城里度过了整整一个夏天！

而这个老农妇竟然安然无恙地喝着白菜汤。

女主人终于沉不住气了：“塔缇娜，”她说道，“不是吧，我太惊讶了！难道你真的一点都不关心你的儿子吗？你怎么会有胃口吃得下东西，你怎么能喝得下白菜汤！”

“我的儿子瓦夏已经死了。”老农妇用平静的声音说道，悲痛的泪水此刻正从她深陷的脸颊滚落，“我当然伤心。他死了，我也就跟着他一起去了，他把我的心脏从身体里扯了出来。”她泣不成声，但忽然又变回了平静的语气，“可是，这汤不能白白浪费，里面还有盐呢。”

女主人耸耸肩膀，然后就无可奈何地走了。是啊，盐对她来说不值几个钱。

一八七八年五月

蔚蓝色的王国

啊，蔚蓝色的王国！光明与斑斓，青春与欢愉的王国！我在梦里，见到了你。我们一小群人在一起，驾驶一艘华丽又精致的小船，条纹旗帜下白色的帆迎风鼓起，像天鹅挺起的胸脯，在风中欢快地舞动。

我不熟识我的这些同伴，但在心底我能感觉到他们都很年轻，非常快乐，过着无忧无虑的生活，就像我一样。

我没有关注他们，我关注围绕在我周围的那一片无边无际的蓝色大海，海面上泛着闪闪的金色波光。在我之上，同样的无边无际的蓝色海洋，一轮红日在欢快地航行。

我们中时不时地爆发出阵阵爽朗欢乐的笑声，就像天神发出的笑声一般。

忽然，从一个人或者另一个人口中，传出圣灵美妙的话语和歌声，充满节奏，充满力量，似乎天空都在合着旋律回应他们，大海拍打着浪涛加入合奏。过了一会儿，海面又恢复了宁静。

我们的小船在柔波中轻快地航行，速度很快。它不受风的驱使，我们每个人轻微的心跳指引着它。它像活物一样，听从于我们内心的指引。

我们来到一群充满魔力的岛屿，半透明的岩石，紫水晶，祖母绿等等珍奇的宝石熠熠生辉。环岛的海滩长满野玫瑰，散发出迷离醉人的香气。一些岛屿下起了玫瑰和着野百合的花瓣之雨，另一些岛屿，鸟儿展开巨大的彩虹色翅膀直冲天际。

这些鸟在我们头顶盘旋飞行。在我们小船航行激起的点点泡沫里，百合与玫瑰的花瓣混入搅拌，直至消失不见。伴随着花和鸟一同到来的，还有声音——如蜜般甜腻的，仿佛还夹杂着女声的声音。我们周遭的一切，天空，大海，头顶鼓起的帆，船尾激起的浪花——都在诉说着爱，快乐的爱，幸福的爱！

而她，我们所深爱的，就在那儿，就在我们身边却又看不见。再过一会儿，看，她的双眼将会照耀你，她的笑容将会融化你，她会牵起你的手，带你走向无穷的极乐之地。

啊！蔚蓝色的王国！我在梦里，见到了你。

一八七八年六月

两个富豪

富豪罗特希尔特将他不可计量的财富中的几千块捐赠给了儿童教育，医疗保障和养老机构。所有人都在赞美他，包括我。我们被深深地感动了。

而同时，我不由自主地想起一个穷苦的农民家庭，他们在家徒四壁的农宅里收留他们的侄女，这个小姑娘失去了父母。

“如果留下卡特卡，”农妇说，“我们家最后几个零钱就会花完，到那时候连蘸面包的盐都买不起了。”

“那就不要盐了。”她的丈夫，一名农夫，回答道。

比起这两个农人，罗特希尔特还差得很远呢！

一八七八年七月

老人

黑暗、阴沉的日子已经来临。你的病痛，你所爱的人的病痛，以及衰老带来的冷漠和忧伤，一切你爱过的，你曾经义无反顾为之付出的，都在逐渐坠落，摔成碎片，一步一步走向毁灭。

你能怎么办呢？悲叹？抱怨？这样做于人于己都没有好处。

一棵干瘪萎缩的树，树叶愈发瘦小稀疏，但是颜色还是同先前一样的翠绿。

那么你也开始收缩吧，缩到你的身子里，缩进你的记忆里。这里，在向内开启的灵魂深处，有你的过往。只有你的手中攥着打开大门的钥匙，旧时的记忆只对你再度闪现迷人的光辉。这，是充满诱惑的芳香，是新鲜的绿色，是春日的优雅和蓬勃的生气。

但是，请小心，不要再向前看了，可怜的老人！

一八七八年七月

记者

一对朋友坐在桌旁饮茶。

街上响起一阵嘈杂的声音，混杂着绝望的哀嚎，暴怒的斥责和邪恶的狂笑。

“他们在打人。”一个朋友说着，伸头向窗外望去。

“强盗？还是杀人犯？”另一个朋友问，“我觉得无论是什么，我们决不能让这类非法的行为发生。走，我们去帮他一把。”

“他们打的似乎不是杀人犯。”

“不是杀人犯？那是个贼？那也一样，我们去把他从人堆里拉出来吧。”

“也不是个贼啊。”

“不是个贼？那一定是个在逃的售票员，铁路工人，军需官，俄罗斯文化庇护人，律师，保守的编辑，社会改革家？无论如何，我们快去帮帮他吧。”

“都不是，他们在打一个报社的记者。”

“记者？哦，那好吧，先喝完这杯茶再说吧。”

一八七八年七月

两兄弟

那是幻觉……

两个神界的使者出现在我面前，确切地说，是两个魔鬼。

我说他们是魔鬼，因为他们赤裸的身体上一块遮掩的布都没有，肩膀后侧长着两只强健有力的翅膀。

他们都是年轻的魔鬼，一个长得很胖，柔软细腻的皮肤，黑色的卷发，滚圆的褐色眼睛，浓密的睫毛。他看起来是个淘气鬼，既快乐又热情；他的脸充满魅力，又带着一点傲慢和邪恶，令人着迷；他圆润柔软的深红色嘴唇微微颤动着。这个年轻的魔鬼像一个征服者一样笑着，充满自信，且傲视一切。一个华丽的花环轻巧地戴在他闪亮的披肩长发上，就快要碰到他那天鹅绒般柔软的眉毛；他有着美洲豹般带着斑点的皮肤，身上别着一支金色长矛，从他有弧度的肩膀一直延伸到腿部；他的翅膀是淡淡的红玫瑰色，根部是亮红色，就像在鲜红的血液里浸染过一样；那对翅膀时不时抖动一下，发出银器般的沙沙声，像春雨洒落在大地上。

另外一个长得很瘦，皮肤发黄。他每呼吸一次，胸口就深陷下去，肋骨清晰可见。他的头发柔软，稀疏，笔直；眼睛大大的，圆圆的，透着灰白，眼神惶恐不安却异样的明亮；整个脸都是削尖的，半张的小嘴里露出一口尖锐的牙齿；紧缩的鹰钩鼻，突出的下巴，覆盖了一层发白的茸毛；龟裂的嘴唇紧闭着，从来没有露出过笑容。

这是一张精雕细琢的脸，但却异常恐怖无情（虽然第一个美丽而年轻的魔鬼拥有甜美可人的面庞，但也没有任何迹象显得他富有爱心）。第二个魔鬼的头部，有一圈歪曲的稻穗，被一根枯萎的草茎相连，缠绕在头上。他的胯间裹着一块灰色的粗布，身后的那对黯淡深灰的翅膀，缓慢而邪恶地扇动着。

两个年轻魔鬼似乎相互不可分离，依偎着彼此的肩膀。第一个柔软的手像一串多汁的葡萄搭在第二个瘦骨嶙峋的脖子上；第二个纤细的手腕，细长精巧的手指，像蛇一样缠绕在前者女孩一般丰腴的胸口。

这时，我听见了说话声，内容是这样的："爱与饥饿站在你面前——他们是一对孪生兄弟，是所有生灵赖以生存的两块基石。"

"一切生灵活着，都是为了获取食物，汲取营养，健康生长。"

"爱和饥饿——他们有着相同的目标：生命之河奔流不息，个体抑或生命整体，都是宇宙万物合一的生命形式。"

一八七八年八月

自私的人

他拥有一切条件成为世界的灾难。

他生来健康，天生富有，而且他的整个人生也将持续富有健康。他从未犯过任何错误，从未有过任何闪失，从没出现任何娄子，甚至从没口误。

他工作谨慎，认真负责，无可挑剔。并且，他自己也满足于自己这一点——谨慎本分。他以此来规范周围每一个人，他的家人，朋友和一切熟识的人。

谨慎本分是他最大的资本，而且他本人也极度苛刻地追求这个品质。他的谨慎本分给了他冷漠无情的权力，除了份内之事以外，他从来不做任何好事。所以说他无情，从没做过任何好事，因为份内之事根本就不算是“好事”。

除了自己以外，他从来不对任何人有过兴趣，如果别人不关心他，他就会变得非常生气。

他并不认为自己是个自私自利的人，而且他还异常热衷于找出别人身上自私自利的行为，加以严厉地指责。显然他是个自私的人，而别人的自私只是妨碍了他自私的行为。

因为他没有认识到自己身上哪怕最细小的缺点，他不会明白，更加不能容忍别人身上的任何不足。事实上，他根本不能理解任何人任何事情，因为他是一个，上上下下，前前后后，全方位的被伟大的自己给包围了的人。

他甚至不理解“原谅”这个词的含义。他从来没有必要原谅自己，又有什么必要让他去原谅别人呢？

面对自己良心的审判，面对上帝，他，就是一个伟大的奇迹，是道德的楷模。他抬起眼睛，望向苍天，用清晰响亮的声音毫不迟疑地宣布：“是的，我就是人类的模范，我是一个真正的，有道德的人！”

他不断重复这些话，直到他躺在床上奄奄一息，他的铁石心肠甚至不会有心跳的跳动——哦，那颗纯粹的，无瑕的心脏。

啊，这令人厌恶的自负，倔强，廉价的道德，比那些毫无掩饰的恶习更加令人作呕。

一八七六年十二月

至高无上神的盛宴

有一天，至高无上的神心血来潮，想要在他的蔚蓝色宫殿里举行一场大型的宴会。

所有的美德都被邀请了。只有美德们，其中没有男人，只有女人们。

美德们实在太多了，大的，小的。小一点的美德比那些大的美德更加亲切可人。所有的美德都彬彬有礼，和睦融洽地在一起交谈，像是亲人或者朋友一般。

但至高无上的神注意到有两位富有魅力的美德还没有正式地见面认识。

于是主人挽起了两位美德的手臂，并把它们放在一起。

"好施！"他指着第一位美德介绍道。

"感恩！"他又说道，指着第二位美德。

两位美德显得惊讶，那种感觉溢于言表，原来自从世界存在以来（而且世界已经存在了相当长一段时间了），这竟然是她们的第一次见面。

一八七八年十二月

斯芬克斯

黄灰色的沙石，表层细腻柔软，里层坚硬粗糙。沙，无边无际，无论你从哪个角度看，都望不到尽头。

在这沙尘飞扬的大漠之上，在这块堪称死亡之海的地方，埃及狮身人面兽斯芬克斯昂起了它硕大无比的头颅。

他们想说些什么，两片撅起的厚厚的嘴唇，亘古不变的肿胀上翻的鼻孔，还有那双狭长的眼睛，长在两道高挑弯曲的眉毛下面，一只睡眼朦胧，一只睁开观望世界。

而他们的确有话要说。他们真的在说着话，但是只有俄狄浦斯才能解开他们的秘密，理解他们无声的言语。

慢着，我知道这些面孔，这不是埃及人的脸。白皮肤，低眉毛，突出的颧骨，短小挺拔的鼻子，优雅的嘴唇，洁白的牙齿，柔软卷曲的胡须，不大的眼睛，瞳距很宽，还有脑袋上中分的发型……是的，他是你，卡尔普，西多儿，谢苗，你们是亚罗斯拉夫或者梁赞的农人。我的同胞们，有血有肉的俄罗斯同胞们！你们是不是也变成了一个个名叫斯芬克斯的狮身人面兽？

或者，你，也同样有话要说？是的，你，你也是斯芬克斯。

但是你的双眼，无神深陷的双眼，也在说着话……这话语同样的，神秘无声，一如他们谜一般的言语。

但是你的俄狄浦斯又在哪里呢？

啊！全俄罗斯的斯芬克斯啊，如若仅仅靠这身农人的装束，是远远不能成为你们的俄狄浦斯的。

一八七八年十二月

神女

我站在半环状连绵不断的美丽群山前。一片青葱翠绿的森林，从山顶到山脚严实地盖住了这片山脉。

山之上，那片清澈的蔚蓝是蓝天，蓝天上，阳光刺眼地闪耀着；山之下，那半藏于青草间的，是潺潺流动的小溪。

我想起古老的寓言，在基督诞世后的第一个世纪，一艘希腊的舰艇航行在爱琴海上。

时值正午，风平浪静。忽然，舵手头顶的桅杆上面，有个庄严的声音清晰地响起来:“当你们的船开经岛屿的时候，请高声喊出‘大潘已死!’”

舵手又惊又怕，当船经过那座岛屿的时候，他服从了那个声音，大喊:“大潘已死!”

立刻，环岛屿海滩上各处（虽然这个岛屿无人居住）回应了他，发出了大声的哭嚎，拖长调子的喊叫，忧郁悲哀的啜泣，“死了！死了！大潘死了!”我想着这个故事，一个奇异的想法冒了出来——要是我现在来喊这一嗓子会怎么样?

但我举目所望都是令人欢欣鼓舞的美丽景色，我无法联想到死亡，于是我用尽全部力气大喊:“大潘复活啦！大潘复活啦!”立刻——啊，这真是奇迹中的奇迹——面前半环状的青山立刻发出了各式各样的响声来回应我。洪亮欢快的笑声，喜悦的喃喃声还有鼓掌的声音。“他复活啦！大潘复活啦!”清脆年轻的声音交织响起。我眼前这幅景色刹那间被欢笑声点燃，明亮得如同高高悬挂的烈日，欢愉得如同草间潺潺的溪流。我听见一阵轻盈急促的脚步声，在翠绿的灌木丛中，波浪一般隐隐闪过珍珠般洁白的衣衫，还有裸露肌肤的色泽……这是神女，是神女，是山林神女，是酒神女祭祀正从高处的山顶向平原奔跑……

转瞬之间，她们出现在了树林旁每一个开阔的空地上。满头卷发华美地披散下来，纤长的双手举着花环和手鼓。她们散发出神样的光芒，大声笑着，那自由幸福的笑声伴随着她们跳跃舞动……

一个女神在向前飞奔，她比其他所有人更高更漂亮。她肩背一个箭筒，手持一把弯弓，一弯银白色的新月挂在她发际，那长发如波浪般披到肩膀。

"戴安娜，是你吗?"

银铃般的笑声瞬间停止了。

默不作声的女神面露惨白，死一般的神色在她脸上蔓延开来。我看见她脚底长出了根，深深地扎进了泥土里。由于不可名状的恐惧，她的嘴唇微微张开，眼睛瞪大，死死盯住前方的某一点。她看见了什么？她在看什么？

我转身朝着她视线的方向看去……

在远处的天际，低矮的地平线之外，闪耀着，是火一样燃烧的金色十字架，高耸于基督教堂的白色钟塔之上。女神望着的，正是那个十字架。

我听见身后传来一阵悠远嘶哑的悲鸣，像是琴弦断掉的刹那发出的震颤声。我猛地转身，神女们都不见了踪影。广阔的森林一如之前般翠绿，只是有星星点点的白色光芒，隐匿在错综浓密的枝杈里。这是神女们的白色衣角，还是山谷间腾起的迷雾，我无从知晓。

眼看着那些神女消失不见，我是多么的惆怅，多么的失落。

一八七八年十二月

朋友和敌人

一个被判处无期徒刑的囚犯，越狱而逃。他没命地朝前飞奔，身后紧紧跟着追捕他的狱卒。

他竭尽全力，终于摆脱了狱卒的追赶。

但是，很不幸，他的前面忽然出现了一条河，河岸陡峭。河虽然不宽，但水却相当深，而他恰恰不会游泳！

一块腐烂的薄木板歪斜地横在河上，逃亡的囚犯没多思考就把一只脚踏了上去。碰巧的是，在河对岸，忽然出现两个人，一个是他最亲密的朋友，另一个是最恨他的敌人。

敌人抱着胳膊，一言不发，而最亲密的朋友则以吃奶的力气尖声叫道："天呐！别过来，你疯了嘛？你在想什么啊，没看见这木板已经烂了吗！你一踩上去木板就会断的，这样你必死无疑！"

"但没有别的路了呀……后面的人快要追上来了，你听不见吗?"这不幸的人一边绝望地嘶吼着，一边踏上了木板。

"不，我不能让你踩上去，我不能看着你自取灭亡!"热心的朋友喊叫着，抽走了他脚下的木板。囚犯立刻跌进了滚滚的大浪中，很快就被淹没不见了。

敌人心满意足地笑着走开了，而朋友在岸边坐下来，为他可怜的朋友悲伤痛哭起来。

但他没有，甚至一刻都没有，为他朋友的死而感到自责。

“是他没有听我的话！他没有听！”朋友沮丧地喃喃自语。

“虽然，事实上，”他补充道，“他本来应该会在狱中消耗掉剩下的人生！无论如何，现在他不必受这个罪了！这个结局对他来说更好。我相信这一切都是命中注定的。”

“但是我还是好难过，从人道的角度来说他真是不幸！”

于是，这个善良的灵魂继续悲伤地恸哭，哀悼他误入歧途的朋友悲惨的命运。

一八七八年十二月

基督

在梦中，我看见年轻的自己，几乎还是个男孩的时候，站在一个天花板低矮的木房子的教堂里。在古旧众神画像前面，几根蜡烛闪烁着光芒，形成了一个个小红点。

一圈五彩的光芒围绕着团团火焰，在这火光的映照下，教堂一片昏暗，混沌不清。而我隐约看到，在我面前站了很多很多人，都是黄头发的农民。这些人时不时地摇摆，头一下一下上下点着，像极了夏风吹过时，挂在麦秆上成熟的大麦穗。

忽然，有个人从后边走来，走到我身边站定了。

我没有回头看他，但是我立刻就感觉到，这个人是基督。

紧张，好奇，敬畏的情绪一下子充斥着我的全身。我回过头，看着我身边这个人。

一张平淡无奇的脸，就跟这里所有人的脸一模一样。眼睛微微朝上看着，慈祥而专注；双唇轻轻合着，上嘴唇似乎是刚好靠在下嘴唇上；一撇小胡须左右分开，两臂抱胸，一动不动。就连身上的着装都跟大伙儿一模一样。

“他不是基督吧。”我想，“这么平凡又平凡的一个人，不可能是基督。”

我转回身，但还没等我把眼睛从这“平凡人”身上移开，一股神圣的感觉又立刻告诉我，站在我身边的不是别人，真是耶稣基督本人。

我又一次回过头，又一次，我看见了跟上次同样的一张脸，跟所有人的脸一模一样。虽然很陌生，但却是一张如此平凡常见的脸。

我的心猛地沉了一下，终于明白过来：原来就是这张平凡的脸——一张长得跟所有人都相似的脸——才是真正的耶稣基督的真面目啊！

一八七八年十二月

岩石

你有没有在海边见过一块年代久远的灰色岩石？明媚的春日，高高的海浪卷着浪花，从各个方向击打着岩石——亲吻它，挑逗它，爱抚它——溅起珍珠般闪闪发亮的泡沫，撒在它布满苔藓的身上。

岩石依旧是那块岩石，它阴沉的表面因此盛开出灿烂的笑容。

它们诉说着遥远的故事，当岩石还是凝固的岩浆的时候，全身通红地映着火的颜色。

同样的，当我打开年迈的心扉，让一群年轻女孩的灵魂进入，包围……在她们的爱抚下，它又闪现出了消失已久的色泽，燃烧起了早已熄灭的火焰！

海潮已退……虽然尚有刺骨的海风不断风干着岩石，但那鲜亮的色泽依然清晰。

一八七九年五月

鸽子

我站在倾斜山坡的顶端，在我面前，是一片成熟的麦田，那是金和银的海洋，一道隔着一道，不断地变换着颜色。

海面上没有泛起任何微小的波浪，令人窒息的空气中不见一丝风，这是暴风雨前的宁静。

太阳在靠近我的地方依旧闪耀出混沌的光芒，但是在麦田外不远处，一片深蓝色的积雨云横在天边，这片巨大厚重的云层遮住了整整半片天空。

四周一片死寂。在最后一束日光发射出的黯淡光线下，万物都萎靡地失去了光泽。没有鸟鸣，不见鸟影，麻雀隐蔽了起来，只有近处的一片巨大的牛蒡叶在不停地翻动，沙沙地诉说着什么。

树篱上苦艾的气味多么浓郁！我望向深蓝色的云块，心中出现了莫名的不安。“那就快来吧，快来呀，快来！”我想着，“闪电，耀眼吧！雷声，震撼吧！云块，翻动吧！加速翻动吧！让暴雨如洪水般倾泻！快快结束这恼人的时刻！”

但是积雨云并未翻动，它一如既往地横在天边，窒息一般压在死寂的大地上，愈发的肿胀，阴沉。

然而你看，在这死亡的灰蓝色云块边，什么东西平稳而淡定地飞过来了，像一块白色的手绢，或者一小捧雪。这是一只白色的鸽子从村子那边飞来。

它笔直地飞了过来，飞进了树林，然后忽然降落。几只昆虫飞过，四周依然一片死寂。但是，看呐，那两块手绢腾飞了起来，在空中闪光；两捧雪在飘浮，那是两只鸽子展开翅膀，稳稳地向巢的方向飞去。

最终，暴雨来临了，喧闹开始了！

我好不容易回到了家。狂风嘶吼着，暴躁地左右奔腾，追逐着低空中红色的云，冲击它们，把它们撕扯成碎片。视线里的一切都被风吹得混沌不堪，迷失了方向。接着，暴雨如注，倾盆而下；绿色的闪电刺破天际，令人目眩；巨雷猛地如炮轰一般响起，空气中充满了硫磺的气味……

但在伸出的屋檐下，一对白鸽依偎在顶层窗户的窗台上。一只就是跟着它的伴侣飞回来的，它在树林里把它找了回来，大概是从危难中救起了它。

它们竖起羽毛坐在一起，挨得很近，翅膀紧紧地依靠着另外一只的翅膀。

它们真是幸福啊！看着它们，我感到从未有过的幸福，虽然我是一个人……永远的，一个人。

一八七九年五月

明天！ 明天！

空虚，无聊，没有意义，但几乎每一天都是这么度过的。时光荏苒，岁月如梭，时间如白驹过隙，一天天的流逝，生活的痕迹却不曾留下。生存的意义在哪里呀，人们愚蠢地问自己。

然而，人们还是愿意如此生存。他们赞美生命，寄希望于生命，于自己，于未来……啊，他们眼中的未来是多么美好啊！

但是他们又如何确定，未来的日子不会像已经过去的千万个日子一样呢？

不，他们甚至不愿意去想，他们选择不想，但是却这么不折不扣地做了，一如既往。

“啊，明天，明天！”他们安慰自己，直到“明天”把他们撵进了坟墓。

也好，一旦进了坟墓，不管你愿不愿意，你都不会再想什么了。

一八七八年五月

大自然

我梦见我走进一座巨型、拱状屋顶的地下宫殿，殿里充满着一种地下才有的，温和的均匀的光芒。

在宫殿正中，坐着一个庄重的女人。她身着绿色垂地长袍，头支撑在手上，似乎陷入了深沉的思考。

我立刻意识到这个女人就是大自然本身，于是一阵虔诚的敬畏之情瞬间在我灵魂深处升腾。

我走近了这个女人，满怀敬意地鞠了一躬："啊，人类共同的母亲！"我叫道，"您在沉思什么呢？是不是在担心人类未来的命运，还是想着如何让人类达到最幸福的状态？"

这个女人慢慢抬起黑色威严的眼睛看着我。她的嘴唇抖动，我听见如钢铁碰撞发出的铿锵有力的声音。

她说："我想着如何给跳蚤的腿部肌肉增加更多的力气，这样它们就能轻易逃脱天敌的捕杀。猎与守的平衡已经被破坏了，必须重塑这种平衡。"

"什么？"我惊讶地回应，"您思考的就是这个吗？难道不是我们，人类，你最爱的孩子吗？"

女人听后微微皱了皱眉头："世间所有的生灵都是我的孩子，"她说，"我平等地对待他们，爱护他们，也让他们死去。"

"但，权力……真理……正义……"我又一次支吾其词。

"这都是人类创造的词语，"我听见钢铁般的声音掷地有声，

“我没有是非观，所谓真理对我来说毫无意义——正义？正义又是什么？——我给予你们生命，我也可以收回它们，然后给别的生灵。至于是虫蝇或者鸟兽，我根本不关心。你不要妨碍我了，照顾好你自己吧！”

我本来还要反驳的……但是忽然感到地底巨颤了一下，发出了一声凄惨的呻吟声，我便醒了。

一八七九年八月

“绞死他！”

“这事发生在一八〇三年，”我的一个老朋友开始了他的故事，“就在奥斯特尔利茨战役爆发前不久。那时候我是一个团的团长，我们驻扎在摩拉维亚。

“我们的军纪非常严格，绝对不允许士兵去干扰村民。但是，虽然我们是盟军，这些村民们还不是非常信任我们。

“我有一个勤务兵，他从前是我母亲的仆人，名叫叶戈尔。他是个话不多的老实人。我从小就认识他，一直把他当朋友看待。

“有一天，我在寝室休息。忽然听见一声恶毒的咒骂，接着是凄厉的哀嚎。原来某个宅子的女主人少了两只母鸡，她声称是我的勤务兵偷了去。勤务兵百口莫辩，于是叫我出来作证……‘他绝对不可能偷东西的，他是叶戈尔·阿弗塔莫诺夫。’我信誓旦旦地向女主人担保叶戈尔的正直品质，但是她不相信我。

“忽然，街口由远及近传来一阵马蹄的哒哒声，是总司令带着他的参谋人员骑着马经过，马走得不快。总司令是一个强壮的军人，脑袋向前耸着，肩章一直挂到胸口。

“女主人看见了他，立刻跑到他的马前，‘扑通’一声跪了下来，衣冠不整的，帽子也没戴，形状凄惨。她用手指着，尖声向总司令控诉我的勤务兵。

“‘大人!’她尖叫道，‘伟大的将军大人，求您审讯他，替我做主，救救我，这个士兵抢劫了我的家!’

“叶戈尔直挺挺地站在门口，帽子拽在手里，胸脯挺得老高，后脚跟靠在一起，站得像个哨兵。他一句话也没有反驳。我不知道这是因为这事被总司令撞见感到尴尬，还是不知如何面对被冤枉的窘境。他就这么窘迫地站着，不住地眨眼睛，脸白得像涂了石灰。

“总司令愠怒而又漫不经心地扫了他一眼，然后用生气的语气吼道:‘怎么回事?……’叶戈尔站成了一尊雕塑，露出了他的牙齿，看起来似乎是在笑，如果你从侧面看他，一定觉得这家伙就是在笑。

“这时，总司令忽然说道:‘绞死他!’然后拍拍马屁股走了。那马儿一开始还是颠着小步子走路，后来干脆跑了起来。一队参谋人员赶忙跟上他。其中的一个副官坐在马鞍上转过身子，朝着叶戈尔看了一眼。

“要反抗总司令的命令是根本不可能的……叶戈尔立刻被抓了起来，准备被处刑。

“那可怜的人完全被吓坏了，一边喘着粗气，一边喃喃地说了一句话:‘仁慈的老天爷啊，您苍天有眼，真的不是我干的。’

“接着他伤心地哭起来，跟我告别。我彻底陷入了绝望的状态:‘叶戈尔!叶戈尔!’我喊他的名字，‘你怎么不跟总司令解释清楚呢?’

“‘苍天有眼啊，真的不是我干的!’他又重复了刚才的话，抽泣着。那个女主人也被吓坏了，她从未想过这么极端的结局。她开始嚎叫着说这是她自己的错，恳求每一个人对我的勤务兵开恩，还发誓说丢的鸡已经被找到了，自己要跟总司令去交代清楚这件事情……

“自然，这些都无济于事，战争年代，纪律第一。那个女人不停地哭啊哭，越哭声音越大。”

“叶戈尔向神父忏悔并受到了宽恕。”他转身向我说道。

“‘长官，麻烦您跟那女主人说，不要太自责，我已经宽恕她了。’”

我的老朋友，当他讲这个故事的时候，不断重复着他的勤务兵的最后一句话，然后喃喃自语道：“我可怜的叶戈尔，亲爱的老朋友，他是真正品德高尚的人！”说着说着，眼泪就从他苍老的脸颊上滑落下来。

一八七九年八月

我要想些什么呢？

当我临终的时候，假使我还有精力去想一些事情的话，我应该想些什么呢？

我是不是应该，想想我是怎样挥霍了我的生命，终日昏昏沉沉，不知所为地度过了生命中的每一天，不懂得珍惜生命给予我的礼物？

“什么？这就是死亡？这么快！不可能！为什么？我还什么都没有……我刚刚做好一展身手的准备！”

我是不是应该，回忆过去，回忆过去为数不多的几次光辉灿烂的时刻，回忆那些珍贵的片段和面孔？

那时我做的坏事会不会一并出现，我的灵魂会不会被迟来的悔恨刺痛而遍体鳞伤？

我是不是应该，想想死后在地狱等待我的将会是什么……事实上，真的会有东西在死亡以后等我吗？

不，我以为我不会去想，我会极力投身于一些繁琐的事情上，从而分散自己的注意力，使得自己不去关注那些邪恶的黑暗，我前方成片空洞的黑暗。

有一次，我看见有个垂死的人，他不住地抱怨家人没有给他足够多的榛果……在他迅速黯淡下去的眼神中，我看见有些东西在最深处震颤，就像一只受了致命伤的小鸟，在垂死前无力拍打已经折断了的羽翼……

一八七九年八月

“多么美艳，多么鲜亮的玫瑰……”

很久很久以前，在某个地方，某个时间，我读过一首诗。这首诗很快被我遗忘了——除了第一句依旧刻在我的记忆深处。

“多么美艳，多么鲜亮的玫瑰……”

现在是冬季，窗户玻璃上结了一层白白的霜，我缩起身子，坐在房间某个角落，昏暗的房间里点燃着一支蜡烛。那句诗歌不断地在我脑海中回响，回响——

“多么美艳，多么鲜亮的玫瑰……”

于是我看见自己在俄罗斯乡间的小楼前，站在矮矮的窗玻璃下张望。夏季的黄昏慢慢地融化，黑夜浸透进来，温暖的空气中弥漫着水犀草和菩提树的芳香。在窗边，一个年轻的女孩身子依着手臂坐着，头歇在肩膀上。她静默而专注地望着天空，似乎在寻找新升起的星星。梦幻一般坦然、充满灵气的的眼神；好像是提问似的微张着双唇，充满感人的天真；胸口一起一伏平稳地呼吸。她依旧在生长，依旧尚未被触及，年轻精致的脸有种纯真而又温和的感动。我不敢上前对话，但对她的感觉是如此亲切，我的心止不住地悸动！

“多么美艳，多么鲜亮的玫瑰……”

而此时此刻，我身处的房间却是越来越暗。蜡烛烧歪了，愈发地黯淡，在低矮的天花板上映出闪闪烁烁的影子，飘忽不定。窗外因霜冻发出不愉快的吱呀声，那般沉闷，屋内有人轻声哀叹着年华老去的无奈……

“多么美艳，多么鲜亮的玫瑰……”

我眼前又出现了另外的景象。我听见了乡间生活愉快的乐章。两个亚麻色头发的脑袋靠在一起，四只灵动的大眼睛看着我，红扑扑的脸蛋儿似乎在下一秒就会露出微笑。他们的手亲昵地握在一起，年轻的声音碰撞出优美的音乐，如一串银铃一般此起彼伏。再远一点，在房间的一角，有一架钢琴，许许多多年轻的手，无章法地在琴键上飞舞，弹奏。一曲兰纳的华尔兹并不能掩盖家传的老茶壶发出的嘶嘶声，还有氤氲在上空的烟气……

“多么美艳，多么鲜亮的玫瑰……”

蜡烛闪烁了最后一下，顽强的发出最后的微弱光芒，绝望地熄灭了。有人止不住地咳嗽，抽动心肺，发出苍老的声音，一声声撕扯着我的灵魂，我禁不住裹紧了衣服，但寒冷无孔不入，渗透到我的骨髓。我的老狗蜷起身子，想把温暖紧紧包裹起来，但这一切无济于事，它在我的脚边发抖。我唯一的伴侣啊，我好冷，冷得血液就要结冰……而我看见的一切景色，此时都死了……死了……

“多么美艳，多么鲜亮的玫瑰……”

一八七八年九月

在海上

我搭乘小蒸汽船从汉堡前往伦敦。与我同行的还有一位乘客，她是一只小小的母猴，是汉堡的商人赠送给他英国搭档的礼物。

她被一根细链条拴在甲板的座位旁，不停地动来动去，努力想到更远的距离，一边走动一边发出伤鸟一般的哀鸣。

每当我路过的时候，她总会伸出那只黑色的小小的冰凉的手，然后用充满哀怨的眼神望着我，就像一个被囚禁的人类一样，那眼睛，盛满期待。我的心忽然柔软了一下，我握住她的手，于是她就不再躁动哀鸣了，温顺地安静下来。

四周一片死寂。大海像一页铅色的纸，不带任何感情地向四面八方铺展，看起来并不是没有尽头。一片浓雾悬垂在海面上空，把桅杆笼进雾里。那种柔和的幽光使人目眩。太阳高挂在天空，透过朦胧的雾渗透出一团模糊的红，只有在黄昏时分，阳光才能呈现出这样奇异、血红的色泽。

船激起狭长笔直的海浪，一层接着一层，越往远处的越宽阔，就像风拂过一匹厚实的丝质绒布。海浪宽广，泛着褶皱，一波一波荡漾开去，最后微颤了一下，消失在视野里。螺旋桨机械地转动，那力量使得泡沫飞溅，纯白如牛奶，轻轻嘶地一声，破碎成一个个蜿蜒的漩涡，然后彼此融在一起，最后也消失不见，似乎是被浓雾吞噬了。

船尾的一台小钟发出的声音跟母猴的哀鸣交错传来，持久而幽怨。

时不时有海豚探出水面，忽然又一翻身消失在平静无痕的海面下。

船长是一个沉默的人，脸被太阳晒得黝黑。他正在抽一支短烟斗，时而面露愠色向静止无趣的海面吐唾沫。

他对我所有的询问只回有一句支离破碎的咕哝，不再发出只言片语。看着他面无表情的脸，我被迫无奈去找我唯一的旅伴，那只母猴。

我在她身边坐下，她停止了哀鸣，又一次向我伸出了小手。

浓密的雾包裹压迫我们，令我们浑身湿乎乎的。我们相依而坐，像极了一对兄妹，双双被埋进了无意识的睡眠中。

我微笑起来，又有了另外一种感觉：

我们是同一个母亲的孩子，我很高兴这个可怜的小家伙能把我当成哥哥一样依偎着，因为信任而得到了安慰。

一八七九年十一月

某某

你平静优雅地穿梭人生，无泪无欢，只是偶尔对侵扰你宁静生活的琐事报以漠不关心的一瞥。

你优秀聪颖，世界与你相距甚远，你不需要任何人。

你的美艳，没人能说出，无论你是否为之骄傲。你不关心他人，自然也不需要他人的关心。

你的目光深邃，眼神空洞，思维跳跃。

在这片极乐世界里，在格鲁克优美的旋律中，你以优雅的姿态穿梭世界，无悲无喜。

一八七九年十一月

修道士

我曾经认识一个修道士，那是一个隐士，一个圣人。他活着只有一个目的，为了获取祈祷时的愉悦。他沉溺于此，久久站立在冰冷的教堂地板上，以至于膝盖以下的小腿变成了两块麻木的木桩。而他毫无感觉，继续站立，继续祈祷。

我理解他，甚至有点儿嫉妒他，希望他也能理解我，不谴责我，因为我不能感受他的快乐，更不能与之分享。

他达到了无我的境界，消灭了令人厌恶的“我”，但是我不祈祷，并不是因为珍爱所谓的“我”。

我的“我”，也许，对我来说更加繁琐可憎，相比他的“我”对他来讲。

他找到了忘却自我的方法。但是，我也是，我找到了方法，虽然没有像他那样经常忘却，那样陶醉。

他不说谎，但我也不能欺骗我自己……

一八七九年十一月

我们来打一仗

一件不经意的小事，有时候会改变整个人！

有一天我漫步在大路上，心中满是惆怅。

我的心被强烈的不安沉重地压迫着，整个人沉浸在沮丧的情绪里。我抬起头……在我的前面，两排柱子中间，道路像一根箭似的冲向远方。

越过它，越过这条路，在离我十步之遥的地方，在夏日太阳耀眼的金色光芒里，一群麻雀一个个神气活现地跳跃着，快活自由而又充满自信。

它们中有一只麻雀非常特别，它用尽全力沿着马路跳来跳去，努力挑战自我，似乎要征服它眼中的世界。它高高地挺起小胸膛，骄傲地叫着，好像在说："我天不怕地不怕！"真是一个勇敢的勇士！

就在这时，一只鹰在我头顶上方的高空中盘旋，窥视，似乎是在寻找机会，吃掉这个小小的勇士。

我看着它们，大笑起来，立刻振奋了精神，沮丧的情绪一扫而空。我觉得我重新感受到了超越、勇气和热情的力量。让这只鹰，也盘旋在我上空吧……来啊，要死要活我们来打一仗，然后就都给我见鬼去吧！

一八七九年十一月

祈祷

无论一个人祈祷的内容是什么，他总是在祈求一个奇迹。每个人祈祷的内容可以归于以下这句话：“伟大的主啊，请您让二乘以二不要等于四吧。”

而只有人对人的祈祷才是真正的祈祷。向宇宙间真实存在的灵魂祈祷，向更加聪明的人祈祷，向康德，黑格尔祈祷，而伟大的，无形的神灵是不存在抑或是不可想象的。

但是只要是一个活着的人，又怎能想象主会让二乘以二不等于四呢？

这时信徒会一跃而起，嚷道：“主可以做到！”但是，连他们自己都要不停地说服自己相信这一点。

但是在这种时候，理智会不会起来反抗他们这种毫无逻辑的思想呢？

于是莎士比亚就说了：“霍拉旭老兄，天上地下，你不知道的事情还有很多。”

如果有人想对真理提出异议，那他们就必须重复这个经典的问题“真理是什么？”既然这样了，就让我们什么都不想，饮酒，作乐，祈祷吧！

一八八一年七月

俄罗斯的语言

在那些彷徨不安的日子里，在那些担心祖国命运的日子里，唯有你，给予我依靠与支持，给予我力量和信心。啊，真诚的、自由的、伟大的俄罗斯的语言！要不是因为有你，目睹过俄罗斯境内发生的一切的我，怎样才能不陷入绝望？这种语言，是上天赠予我们的礼物，拥有这种语言的民族怎能不是一个伟大的民族呢？

一八八二年六月

猎人笔记

霍里和卡利内奇

但凡有人从波尔霍夫县和日兹德拉县这两个县城经过的时候，他一定会为奥谬尔省的人和卡卢加省的人之间的巨大差异而感到惊讶。奥省的农民个子不高，佝偻着背，表情阴郁，目光呆滞，似乎在怀疑一切；他们住在白锡木搭造的小棚子里，像奴隶一样在地里耕作，不能自由地买卖农产品；他们的伙食很差，不讲究营养，穿一双用树皮编织的鞋。而卡省的农民是代役租的农人，住在松木搭造的宽敞别墅里；他们高大，强壮，脸上干干净净，表情丰富，常常神采飞扬；他们做着黄油和沥青的买卖，周末的时候还会穿上高筒靴子。

奥省的村庄（我们现在说的是奥省东部的农庄）通常坐落在耕地中央，旁边流过一条水道，脏兮兮的，大部分的时间像是一个污水池。除了几棵无心栽植的柳树，两三棵光秃秃的桦树，方圆一英里以内你再也找不到别的树，再也看不到任何绿色。村庄里的小屋一个紧紧挤着另外一个，屋顶覆盖着腐烂的茅草……卡省的村庄则完全不同，它们通常是围绕森林而建的，一座座小屋自由排列，精致挺拔，铺有木板屋顶，大门紧闭，院子的篱笆既无破损，也不歪斜，不会招引过路的猪窜进院子里来做客……对于猎人来说，卡省的设置好多了。

在奥省，约摸再过五年光景，最后一片森林和灌木丛将会消失，沼泽地也会没有踪影。而卡省则恰恰相反，沼泽地绵延数十英里，森林覆盖数百英里，珍贵的松鸡经常在森林里出没，更有大量性情温和的大只山鹬，还有时不时猛然从林子里扑腾而起的山鹑，翅膀发出巨大的响声，把猎人和他的狗儿吓一跳。

我有一次去日兹德拉县打猎，在农田里遇见并结识了一个长相俊俏的农场主，名叫波卢特金，是来自卡省的。他是个狂热的猎人，因为热爱，他也自然而然成为了一个出色的猎人。然而他也有一些缺点，比如，他曾经向村子里每一个富豪家的女儿求婚。当遭到拒绝，既得不到人，也得不到钱的时候，心碎的他便向所有的朋友和熟人诉苦，但还是一如既往地给这些富家女赠送大量自己院子里产的酸桃和原料。他永远在讲同一个笑话，这个笑话尽管波卢特金先生自己觉得意义重大，但事实上从未取悦过任何人。他非常欣赏讽刺诗人阿基姆·纳西莫夫的作品和一本名叫《平娜》的庸俗小说。他说话口吃。他的狗被他命名为天文学家。他从来说不清楚“但是”这个词，都说成“但系”。他在自家的厨房创建起了法式烹饪系统，据他的厨师说，这种烹饪方式的秘诀在于，把所有食材本身的口味完全转化成另外一种味道。在这位烹饪艺术家手里，肉变成了鱼的味道，鱼变成了蘑菇的味道，通心粉变成火药的味道……更有甚者，任何一根胡萝卜，如果不被切成完美的菱形或者梯形是绝对不能下锅的。然而，除了以上微不足道的缺点以外，波卢特金先生还是相当出色的一个人。

我跟波卢特金先生相识的第一天，他就邀请我在他的别墅里过夜。

“这里到我家有五英里，”他说，“走路是太远了，我们还是先去霍里家里吧。”（亲爱的读者朋友，在此请原谅我忽略了他的结巴）。

“霍里是谁?”

“我的一个农奴，他住的离这里很近。”

我们就朝着霍里家走去。在树林的中央一小块被精心收拾过的空地上，霍里的独家宅院孤零零地站在那里。他的家包含了几间松木的屋子，四周围上了厚木板的栅栏。主屋前延伸出一条长长的小径，是用细木板铺成的。我们走了进去，遇见了一个二十岁的年轻小伙子，长得高挑又俊俏。

“啊，费佳！霍里在家吗?”波卢特金先生问他。

“不在家，霍里去城里了。”小伙子微笑着回答，露出一排雪白的牙齿。

“要准备马车吗?”

“是的，老弟，我们要一辆小马车。再拿一点克瓦斯酒来。”

我们走进屋里。清爽的木板墙面上，没有张贴任何廉价夺目的画；墙角，一幅装饰有银质边框的沉重圣象前，一盏灯燃烧着。椴木做的桌子是最近被重新刨了又擦洗干净的。无论是在窗框上，还是墙上的木头缝儿里，都没有灵巧的茶婆虫钻来钻去的影子，也没有闪闪烁烁的蟑螂。那个年轻的小伙子很快就备好了一大罐克瓦斯酒，一大块全麦面包和一打腌黄瓜，用木碗装着。他把这些吃的放在桌上，然后斜靠着门，微笑着盯着我们看。我们还没有完全享尽我们的午餐，马车已经准备好了，在门道前咯哒作响。我们走出门，一个小脸红扑扑的卷发男孩儿正坐在马车上，他约摸十五岁光景，是我们的马车夫，他正费劲地牵住一匹肥壮的花斑马。马车周围站着费佳和另外六个魁梧的小伙子，他们都长得很像。

“他们都是些小狐狸（霍里),”费佳跟着我们走出了台阶，说道，“但还不只是这些孩子呢，波塔普在林子里，西多尔跟老霍里进城去了。小心！瓦夏，”他转向马车夫继续说道，“快点儿赶马呀，你载的可是老爷呢！小心地上的沟沟，放慢点车速，别把车颠坏了，老爷的肚子也受不了！”

另外几个“小狐狸”听了费佳的话，都朝着他笑。波卢特金先生庄重地喊了一声：“让‘天文学家’坐进来！”费佳高兴地把‘天文学家’举到空中，放进车的地板上。那条狗咧着嘴，似乎露出了一个不情愿的笑。瓦夏放下缰绳，我们的车开动了。“这是我的事务所。”波卢特金先生忽然对我说道，指着一间低矮的房子，“我们要进去看看吗？”“当然要去看看。”“废弃了好久了。”他仔细检查了一下房子，边向里走边说，“不过还是值得参观一下的。”事务所包括两间空房间。一个独眼的看门人，冲出院子，波卢特金先生跟他打招呼：“你好呀，米尼亚伊奇，给我们倒些水吧。”独眼老头立马消失了，瞬间又带了一桶水和两只玻璃杯闪了回来。“尝尝，”波卢特金跟我说，“这是上好的井水。”我们一人喝了一杯，期间那老头把头埋得低低的，在向我们鞠躬。“来吧，我觉得现在我们可以走了。”我的新朋友说道，“在这间事务所里，我卖了四俄亩的林地给商人阿利卢耶夫，得了个好价钱呢！”我们在马车里坐定，一个半小时以后，马车到达了领主邸宅的院子。

晚饭时，我问波卢特金：“请跟我说说，为什么霍里要跟其他农奴分开，独自住在林子里呢？”

“是这么回事，他是一个聪明的农人。二十五年前，他的农宅被烧毁了，所以他找到我的继父，说：‘尼古拉·库兹米奇，请允许我住到你林子的沼地上去吧。我会付你很高的租金。’‘但你住到我家林子里干嘛呢？’‘啊，我想，只是想，尊敬的尼古拉·库兹米奇，你善良如此，就免我的劳工，用一个你认为合理的租金代替吧。’‘五十卢布一年!’‘非常合理!’‘但是注意，你不能拖欠租金!’‘当然不会，不拖欠，记住了。’于是，霍里就安顿在沼地上了。从那时候开始，人们就开始叫他狐狸。”

“那，他现在已经变得很有钱了吗?”我询问道。

“对，他已经富起来了。现在他付给我差不多一百元作为租金，也许马上又要加租了。我已经对他说了好多次:‘霍里啊，给你自己赎身吧，嗯，赎身吧。’但是那个滑头，说他不能赎，说没钱，说……哎，都是胡扯……”

第二天，刚喝完早茶，我们就又出发去打猎了。当我们驾车驶过村子的时候，波卢特金先生吩咐马车夫在一间矮房子前停了车，然后朝里大声喊道:

“卡利内奇!”

“来了，老爷，来了!”一个声音从院子里传出来，“我在系鞋带呢。”

我们继续往前走了一点。在村子外，一个四十来岁的男人赶上我们。这个人高高瘦瘦的，脑袋小又尖，他就是卡利内奇。黝黑的脸上星星点点长了些麻子，表情充满了和蔼可亲的幽默感，让我第一眼看到就心生喜欢。后来我才知道，卡利内奇每天都跟他老爷一起打猎，有时帮着背包，有时还帮着背枪，一路上记录下野物常出没的地点，还顺带做送水、搭简易木屋、采草莓、找车子等活儿。少了他，波卢特金先生简直寸步难行。卡利内奇生性乐天，性格温顺。每到闲暇的时候，总是自个儿低声哼着小曲儿，无忧无虑地四处张望。

他说话带有嗡嗡的鼻音，笑起来蓝色的眼睛闪亮亮的，还时不时习惯性地捋一下自己稀疏的胡须。他走路节奏不快，但是步子迈得很大，一手轻轻拄着一根又细又长的棍子。他一天内跟我闲聊了好几次，伺候我的时候态度恭敬，而待他老爷的时候却像对待一个小孩子一样。正午时分，难耐的酷暑使我们亟需一个阴凉的地方避暑，于是他带我们去了林子正中心的蜂房。在一间小棚屋门口，卡利内奇帮我们打开了门，屋里挂满了芳香四溢的干草。他铺开干草，让我们舒舒服服地坐在上面，自己戴上一个带孔的头套，拿出一把刀，一只小罐子，一块烧过的木头，然后自顾自地走进蜂房去给我们割蜂蜜。吃完温润透亮的蜂蜜以后，我们又喝了一小口泉水，而后便伴随着蜜蜂的嗡嗡声和风吹树叶的沙沙声睡着了。

一阵微风拂过，我睁开惺忪的睡眼，看到了坐在门槛上的卡利内奇。门半开着，而他，正在用小刀削制一把勺子。我久久望着他的脸，安静平和犹如静谧的夜空。波卢特金先生也醒了过来，但我们没有立马起身——经历了长时间的徒步和酣睡之后，一动不动地躺在干草堆里是一件多么美妙的事情。我身体舒服而疲惫，脸上轻微泛着柔和的光，眼睛闭着，享受这一醉人的慵懒时光。很久以后，我们起身，继续在森林里漫游狩猎，直到夜幕降临。晚饭过后，我们又聊起了霍里和卡利内奇。“卡利内奇真是好个帮手，”波卢特金先生跟我说，“他种起地来可麻利呢，一点儿都不含糊，但是他没空照料他的田地，因为我一直带着他跑。你想想，我每天都带他出去打猎，哪有时间种地呢？”

我表示同意，然后我们就睡觉去了。第二天，波卢特金先生要去镇上一趟，跟他的一个邻居谈判。这名叫皮丘科夫的邻居不仅耕了波卢特金先生的地，还打了他的女人。所以我只得一个人外出打猎，太阳下山之前我去霍里家转悠了一趟。在他的农舍门口，我遇见了一个光头老人——肩膀宽阔，矮小又敦实——他就是霍里。我好奇地观察着霍里：他的脸部轮廓让我想起了苏格拉底——带有棱角的前凸的额头，小眼睛，朝天鼻——跟苏格拉底一模一样。我们一同走进屋子，费佳，就是昨天那个费佳，给我们拿来一些牛奶和黑面包。霍里坐在沙发上，安静地捋着他的卷胡子，接着便与我交谈起来。他似乎很清楚自己重要的地位，慢慢地说话，稍微牵动身子，从那两撇小胡须遮盖下的嘴里，还时不时发出几串笑声。

我们无所不谈：雪，庄家，农人的生活……他总是赞同我的观点，到后来我都不好意思起来，觉得自己的观点其实没这么高明，于是乎，我们的谈话便开始有些异样。霍里说话非常谨慎，经常用一些不置可否的表达方式，以下便是我们谈话内容的一例：

“霍里，跟我说说，”我问他，“为什么你不向你的主人赎身呢？”

“我赎身干嘛？我了解我的主人，他给的租金也合理，他是个不错的主人。”

“自由，总是比不自由好一点吧。”我指出。

霍里狐疑地看了我一眼：“那当然。”他回答道。

“既然这样，那，你为什么不买下你的自由呢？”

霍里听后摇了摇头：“你想要我拿什么来买下它呢，老爷？”

“唉，得了吧，老人家！”

“霍里要是成了自由人，”他继续说道，降低了音调，像在自言自语一样，“在这里的所有人，只要他们没有留胡子，都会成为霍里的主子。”

“你剃了胡子不就好了？”

“胡子算得了什么？胡子就是杂草，想剃的话，立马就可以剃了。”

“没错啊，所以呢？”

“但是，霍里以后会直接成为商人。商人过得很好，而且也留着胡子。”

“怎么？你现在不就是在做着生意吗？”我问他。

“我们现在就卖卖黄油和沥青，小本生意……怎么样，老爷，您要备车吗？”

我自己默默想着：“这个家伙什么都不肯说，肚子里满是主意呢。”

接着高声吼了一声：“不，我不要车了，明天我想在你农舍附近溜达溜达，如果你同意，我今晚就在你的干草屋过夜吧。”

“非常欢迎您留下，但是你在干草屋怕是睡不舒服吧，一会儿我让女人们给你铺上单子，再给你拿个枕头。喂，娘儿们！”他一边喊一边坐起来，“娘儿们，过来过来，还有你，费佳，跟他们一起去。女人嘛，你懂得，都是一群蠢货。”

一刻钟后，费佳提了一个灯笼领我进了干草屋。我一下子躺在了芳香的干草堆上，狗在我脚边蜷做一团。费佳跟我道了声晚安，“嘎吱”一声关了门便走了。我一个人躺在草堆上，听着周围传来的各种声响，久久不能入睡。一头母牛停在门口，用力喷了两口气；我的狗趾高气昂地朝它吠叫；一头路过的猪在门口放慢脚步，低沉地哼哼唧唧；附近某处的一匹马开始咀嚼干草，发出喷鼻息的声音……很久以后，我终于睡着了。

天亮的时候，费佳叫醒了我。我非常喜欢这个干净利落的小伙子，我觉得老霍里也最中意他这个儿子了，他们俩经常相互打趣。老人家特地前来跟我打招呼，不知是因为我在这里住了一夜，还是因为别的原因，霍里的态度显然比昨天友好多了。

“早茶已经准备好了。”他微笑着跟我说话，“走吧，一起喝早茶去。”

我们在桌边就座，一个长相健硕的农妇，霍里的儿媳，带进来一罐子牛奶。他的儿子们一个接着一个走进了屋子。

“看你家的小伙子们长得多好啊！”我称赞道。

“是啊是啊，”他说着，用牙齿咬下一小块糖，“我跟我老伴儿是没有什么好抱怨的啦，至少看起来是这样。”

“他们都跟你住吗？”

“是啊，他们自己要跟我住的，所以就都住着喽。”

“都结婚了吗？”

“还剩下这一个，顽皮的小鬼！”他说着，指了指费佳。费佳正以他的一贯姿势倚着门。

“瓦夏，他还太小，要再等等。”

“为什么我要结婚呢？”费佳反驳道，“我一个人很好，要媳妇儿来干嘛？找个人吵架吗？嗯？”

“哈，你这家伙，我不要太了解你！你戴着银戒指，整天跟老爷家的小姐鬼混。‘讨厌，臭不要脸的！’”老人家模仿侍女们的语气说，“我太了解你了，你这个不干活的小无赖！”

“那媳妇儿有什么好处呢？”

“媳妇儿，就是劳动力，”霍里认真地说，“她是伺候农人的人。”

“我要劳动力做什么？”

“这样的话，你是想自己玩着火，让别人烫着是吧，我们都知道你就是这种想着不劳而获的人。”

“好吧，既然你说了，帮我找个媳妇儿吧！怎么，为什么不回应我了?”

“够了够了，你这个顽皮鬼！没发现我们已经吵到老爷了吗？我会给你找媳妇儿的，耐心等着……老爷，别生他的气，你也看出来了，他就是个孩子，还没来得及长点心眼。”

费佳摇了摇头。

“霍里在家嘛?”传来一阵熟悉的声音，卡利内奇走了进来，手里捧着一捧野草莓，是特地采来孝敬老朋友霍里的。老人家热情地接待了他。我惊讶地看着卡利内奇，不得不承认我实在是没有料到农人之间会有如此细腻的温情。

那天，我比平常晚了四个钟头出发打猎，接下来的三天我都住在霍里家。这两个新朋友引起了我的兴趣。不知道我是如何赢得了他们的信任，反正现在他们都能敞开心扉跟我聊天了。这两个新朋友毫无相似之处：霍里是个积极，务实的人，满脑子都是生意经，充满了理智；而卡利内奇则不然，他属于理想主义或者幻想家那一类，灵魂深处洋溢着浪漫而且极富热情。霍里很了解现实状况，对凡事都有很好的预见性。他持续地赚点小钱攒起来，跟主人或者其他有权势的人保持和睦的关系；卡利内奇穿树皮制的鞋，生活拮据，勉强度日。霍里有一个人丁兴旺，团结和睦的大家庭；卡利内奇曾经有过一个妻子，但他害怕他妻子，也没有生过孩子。

霍里总是用挑剔的眼光看待他的主人，波卢特金先生；而卡利内奇则非常崇拜他。霍里爱卡利内奇，经常保护他，照顾他；卡利内奇也爱霍里，并且尊敬他。霍里话不多，常常只是一个人笑笑，然后自己想事情；卡利内奇则热情地表达自己的想法，虽然他不像工厂里的干活能手一般伶牙俐齿。但是卡利内奇就是有某种神奇的力量，这点就算是霍里也不得不承认，他的力量可以治愈大出血，唤醒昏迷的人，甚至能让疯子变正常，还可以驱走虫子。他养的蜜蜂一直都很健康，产量也好，他有“吉利光之手”的称号。霍里曾要求他把新买的马牵进马厩里，好让这匹新马以后都交好运，当时我也在场，卡利内奇就郑重其事，一丝不苟地完成了这老朋友赋予他的使命。卡利内奇生来与自然有着更密切的联系；而霍里与人类社会联系更加紧密。卡利内奇不喜欢反驳，盲目地相信所有的事情；而霍里则怀疑一切，他人生观甚至有点自我讽刺的意味。他经历了许多事情，看透了人生百态，我从他那儿学到了很多这方面的经验。

比如说，从他的叙述中我得知，每年收割时节到来之前，必然会有一辆小型的，样式别致的马车出现在各个村庄。马车主是个身穿长外套的男人，是一个镰刀商人。如果你用现钱买他的镰刀，那他每一把将会卖一卢布二十五戈比到一个半卢布的纸币；如果想赊账，则卖四个卢布。当然，所有的农人都会选择赊账。过两三个星期，他会回到村里收账。因为那时农人们刚刚收割燕麦，所以有钱付给他。他们会一起去当地的小酒馆，就在那里把钱都算清了。

有些地主想出了主意，先用现钱把镰刀买回来，然后以同样的价格赊售给农人们。但是农人们似乎并不满意，甚至不买他们的账，因为向地主买镰刀丧失了很多乐趣：本来他们可以用手指弹弹刀面，听金属发出叮咚声，然后把刀反反复复在手里把玩，向这个“无恶不作的奸商”说上不下二十次“嗨，老伙计，你可骗不了我，这镰刀可不怎么样啊。”在买小镰刀的时候，他们也可以玩同样的把戏，不同的是，这次女人们也参与其中。有时候女人们争得太厉害，把商人逼急了还免不了动起手脚。

但是，女人们最吃亏的时候，要属发生以下这种情况：造纸厂的承包商会让一些特殊身份的人去收购造纸的原料——破布，有些县里称这种人为“鹰”。“鹰”从商人那里拿了二百卢布的现钞，就出来“打野”了。但是真正的鹰是一种高贵的鸟类，它们广阔天空盘旋，瞄准猎物，猛地俯冲，公然大胆地捕杀它们。这些人却跟鹰大不相同，他们“打野”的方式是狡诈的欺骗。

他把车停在村子附近的灌木里，然后只身绕到每家每户的后院，或者后门口转悠，装作是不经意路过，像在散步一样。女人们凭直觉可以认出这些人，于是便偷偷溜出去与他会面。交易便在此时匆匆达成。

女人们为了几个小钱，不仅卖了一切无用的破布条，甚至是丈夫的衬衣和自己的衬裙也毫不怜惜。到后来，女人们发现从家里偷些东西出来卖非常有利可图，于是把家里的大麻绳原料也拿出来卖了。这么一来，“鹰”的生意范围可算是大大地拓展了，而且升级了。为了应对这种情况，农人们也变得更加精明，关于“鹰”要到来的流言一旦出现，无论这消息多么遥远，多么不可靠，只要风一吹，草一动，他们就迅速警惕，敏锐地阻断一切“地下交易”的可能性。

毕竟，让女人卖大麻绳真算是件丢人的事情。这原本应该是男人的活儿，而他们也会卖大麻绳——不是在镇上卖（去镇上要自己把麻绳拖过去），而是卖给上门收购的小贩，这些小贩因为没有秤，所以规定四十把麻绳作为一普特（约为十六公斤）。可是你也知道，俄国人的手是怎么样的，一把下去可以抓多少东西，尤其是当他们“卖力抓”的时候。像我这样涉世不深，没有乡村经验的人（奥谬尔人就这么说我），这类的故事着实是听了不少。但是也并不总是霍里一个人在讲，他也问了我很多问题。

得知我曾到过国外，他的兴趣就来了，卡利内奇也同样饶有兴趣，但是他对山啊水啊，那些自然景观，风格奇异的建筑和城市风貌更有兴趣，而霍里却一个劲地问我政府和行政方面的问题。他总是有条有理地发问："那么，他们那是跟我们这一样的，还是不一样？老爷，快跟我们说说，究竟是怎么样的？"在我说故事的时候，卡利内奇会惊叹："哦，天呐，怎么能这样！"而霍里则保持沉默，紧锁眉毛，只是时不时地评论道："这种制度不适用于我们，但还是不错的制度。就是这样。"在这里我不能转达他所有的问题，当然也没有这个必要，但是从我们的对话中，我坚定了一个立场，大概坐在书前的你也不能料想到，这就是：彼得大帝很有可能是俄罗斯人，从他的改革手段来看，他是俄罗斯人。身为俄罗斯人的他如此相信自己的力量和权威，以至于敢铤而走险，他从不回望过去，而是策马向前。凡是好的他都喜欢，凡是合理的他都接受，至于这些都是从哪里来的，他从不过问。

他总是喜欢用他丰富而健全的思想去嘲笑德国那套不堪一击的理论，但霍里说："德国人是最富好奇心的。"他已经准备向德国人学习了。凭着他的优越地位，和本质上是独立的状况，霍里告诉了我很多——照农人的说法是——软磨硬泡也不会说的事情。事实上，他相当清楚自己现在的地位，跟霍里谈话，我有生以来第一次听到一个农人说出如此简明，睿智的话。以他的身份来说，他的知识是相当渊博的，但他不识字，卡利内奇反倒识字。

“这个吊儿郎当的家伙上过学呢，”霍里说，“他养的蜜蜂从来就能安然过冬，不会大批死掉。”

“那你有没有让你的孩子们学认字呢？”

霍里顿了一会儿，说：“费佳识字。”

“其他的呢？”

“其他的不识字。”

“为什么？”

老人家不说话了，接着便换了一个话题。

然而，虽然他很理性，也免不了有一些怪念头和偏见。比如说，他看不起女人，打心底里瞧不起她们。心情好的时候，他常常以调侃女人自娱自乐。他的妻子是个凶悍的老妇人，寸步不离地守着火炉，整天除了骂人就是发牢骚。她的儿子们都无视她，但她有本事让儿媳妇们待她如待神明一样敬畏三分。难怪在俄罗斯有首唱婆婆的歌是这样的：“我是你的儿媳，你是一家之主，你从来不打你的媳妇儿，你从来不打你年轻的媳妇儿呀……”我曾经想帮媳妇儿们说说话，好引起霍里的同情心，但他淡定地回答我说：“这么麻烦干嘛？都是些杂事，随便这些女人要吵要打，让她们自己去解决吧。如果我在中间插一手，反而会引起更大的矛盾，并且这种事情不值得浪费我的时间。”

有时候，这个凶悍的老妇人会离开她的火炉，走到院子里叫唤狗儿：“来，过来，狗。”等狗走到跟前以后，就用铁棒敲打它瘦削的背脊；或者她会站在过道上，像狼嚎一样（霍里正是这么描述的），咒骂每一个过路人。但是这个老妇人害怕她的丈夫，只要一声令下，她便会乖乖回到她的火炉旁。

听霍里和卡利内奇讨论到波卢特金先生的时候才叫有趣呢！

“霍里啊，不要丢下老爷一个人。”卡利内奇说。

“但是为什么他不帮你买双靴子呢?”霍里说。

“呃……靴子啊！我要靴子来干嘛呢？我只是个农人。”

“不对，我也是个农人啊，但你看!”霍里伸出他的脚，给卡利内奇亮了亮他的靴子，这双靴子做工十分讲究，皮质就像是猛犸象的皮一样厚实。

“可你跟我们都不一样呀!”卡利内奇反驳道。

“好吧，可是他至少要付给你树皮鞋的钱吧，你每天都跟他出去打猎，得一天消耗一双鞋吧。”

“他是给了我一些钱让我去买树皮鞋了。”

“是啊是啊，去年就给了你两个铜币。”

卡利内奇苦恼地转过身子，而霍里却“哧哧”地笑了起来，眼睛眯成了一条缝，完全找不着了。

卡利内奇一边轻轻拨弹着三弦琴，一边哼唱着悦耳的小曲。霍里对卡利内奇的弹唱也是百听不厌，也歪着头跟着合唱了起来，他低沉的和声有一种悲哀的情调。霍里尤其喜欢《我们命运啊！命运!》这首歌，费佳经常拿这件事情跟他老爷子逗趣：“老爷，你在哀伤些什么呢?”而霍里却只是把头埋进手掌里，遮住眼睛，继续悲叹他的命运……但在其余的任何时间里，霍里都是一个相当活跃的人，总是在忙忙碌碌些什么——修马车，补篱笆，检查马具。他倒也不是有洁癖，需要每个地方都一尘不染，他是这样回答我的“房间里闻起来要像是有人住着的一样”。

“你看,”我反驳道，“卡利内奇的蜂房多干净啊!”

“老爷，要是蜂房不干净，蜜蜂就都跑啦。”他叹一口气对我说。

“请问,”有一次他又问我，“你有自己的房产吗?”

“有的。”

“离这儿有多远？”

“一百里。”

“那老爷，你住那吗？”

“是的。”

“恐怕你最爱你的猎枪吧？”

“是的，我的确很喜欢打猎。”

“你打猎很出色，老爷，多打些松鸡吧，经常换换管家。”

第四天晚上，波卢特金先生叫我回去了。我虽然舍不得老霍里，还是跟他道了别。我同卡利内奇一同坐上马车。“那么，再见了，霍里——祝你好运。再见了，费佳。”

“再见老爷，再见啦，可不要忘记我们呀！”

我们出发了，映着夕阳散发出的第一道红色光芒。“明天必然是个好天气啊！”我望向清澈的蓝天，感叹道。“不，明天会下雨的。”卡利内奇如是回答我，“看，远处的鸭子在泼水，而且青草气特别浓郁。”我们的马车走进了灌木里，卡利内奇一边上上下下驾着马，一边又低沉地哼起了小曲，两眼目不转睛地望向夕阳西落的地方，出了神。

第二天，我就依依不舍地离开波卢特金先生热情好客的家。

叶尔莫莱和磨坊主妇

一天傍晚，我跟猎人叶尔莫莱出去“守击”，“守击”这个词究竟是什么意思呢？恐怕并不是每个读者朋友都知道，那么，就请听我细细说来。

春季，在太阳下山前的十五分钟，你带着猎枪走进树林子里，不用带上猎狗。在树林边缘，找一个安身之处，环视一下四周，检查你的弹筒帽，同时瞥一眼同行猎人的动向。十五分钟后，太阳落山，黄昏的余光还朦胧照着森林，渲染出一片让人为之陶醉的色彩，天空呈现出空灵的半透明色，鸟儿百转千回地鸣叫，嫩绿的青草闪着祖母绿宝石一般的光芒，和周围的大树小树一起享受着春天的这个美好时刻。你站着，等待。森林中央开始渐渐暗下来，眼看余晖缓缓向后退去，血红的夕阳边沿移过树根和树梢，慢慢地越升越高，从低处尚未抽芽的枝条，升高到肃穆沉寂的树冠。

好了，此时此刻，就算是最高处的枝桠也完全暗下来。天空由紫色变成了靛蓝色，混着青草，泥土，以及从地底深处翻腾上来的湿气，森林中这种特有的气味愈发浓烈起来。吹进森林的风在你身边耳语。鸟儿也渐渐没有了声响，张扬了一天的它们睡去了——可不是一下子睡着的，而是各种鸟类相继安静下来。首先听不见声响的是燕雀，过一会儿便是知更鸟，接着是黄色的鹀，它们配合默契，相约好了进入梦乡。整个森林的光线越来越暗，树木融进黑暗，映出一大块一大块的黑影，不真实，不深刻，模模糊糊，墨蓝的天空中隐隐约约地闪烁出了星星的光芒，微弱，却不可或缺。这时，所有的鸟儿都安静了下来。

只有红尾鸟和小啄木鸟还懒洋洋地发出口哨似的叫声，恋恋不舍，一会儿，意识到四周没有配合的声音时，它们也知趣地安静下来。忽然，悠悠的，高处传来柳莺的叫声，黄鹂跟着和了一句，声音凄厉悠远，夜莺也唱了起来，从高空掠过的声音，渗透到你的灵魂，在这样的夜晚挥之不去。你的心悬着，等得有点心急了，忽然——说到这里只有真正的猎人才能明白我的心境——忽然从深沉静寂的林中深处传出一种特殊的咔咔声，夹杂着翅膀快速扇动发出的呼呼声：那是山鹬，低垂着长长的喙，优雅穿梭在林中，这是属于它们的世界。当然等待它们的，将是你膛里的子弹。

这就是“守击”，那天我就跟叶尔莫莱一起“守击”山鹬去了。亲爱的读者，原谅我打断一下，在此，请允许我先介绍叶尔莫莱。

先请你在脑中想象一个人物形象，一个又高又瘦，病恹恹的四十五岁左右的中年人，修长狭窄的鼻梁，尖尖的额头，小而灰的眼睛，稀疏的头发竖在头顶上，厚嘴唇，经常带有一股嘲讽的神态。这人无论冬夏都穿一件黄黄的德国式土布褂，腰里滑稽地系着一条宽腰带。穿一件蓝色灯笼裤，戴一顶羊羔皮帽，是破落的地主一时高兴送给他的。腰带上系两个袋子，一个袋子在前面，巧妙地扎成两半，分装火药与霰弹；另一个袋子在后面，是装猎物的。至于棉絮，叶尔莫莱则是从他那魔袋似的帽子里掏出来的。

以他卖野物所得的钱，本来可以轻易买一只弹药囊和一个背袋，但是他从未考虑过要买这些东西。只是一直用老办法给枪上膛，而这点还恰恰惹得一些旁观者无比羡慕——因为正是如此他便能避免霰弹和火药撒出，或者混在一起的危险性，而且他手法极其熟练敏捷，无人能比。他的枪是单筒的，装着燧石，开一枪后坐力极大，就像一个脾气暴躁的莽夫狠狠地跺了一脚。正因为这样，叶尔莫莱的右脸颊总是比左脸颊肿大。他究竟是怎样用这支老爷枪打到野味的，这对所有人来说都是个谜，包括聪明绝顶的叶尔莫莱自己，但是他的确能猎到不少好东西。他也有一条棒极了的塞特种猎狗，机灵敏捷，名叫瓦列特卡，它主人从来都用不着喂它食物，但它却从来没有饿着。“喂它？为什么要喂它？狗是聪明的畜生，它可以自己找吃的活下去。”他总是这么说。

果不其然，这条名叫瓦列特卡的猎狗，虽然瘦得皮包骨头，以至于路人都会震惊于它的消瘦而驻足观看，但是它依旧生龙活虎，精神抖擞，而且寿命很长。更加可贵的是，无论它的境遇多么不幸，它从来没有逃走过，甚至从来没有想过要离开他的主人。只不过有一次，它出走了两天追母狗去了，但没过多久，这种傻气的行为就一去不复返了。瓦列特卡最奇异的特质就是，它对世界上的一切事物都表现出不可思议的漠视态度。如果我现在不是在描述一只狗的话，我会用“所有希望都幻灭了”来形容它。它常常只是坐着，短尾巴压在身子下面，板着脸，身子时不时颤抖，从来没咧开嘴笑过（众所周知狗是会笑的，而且笑得很可爱）。瓦列特卡长得奇丑，游手好闲的仆人们一找到机会就一个劲儿嘲笑它的相貌，但对于这些讥讽也好，嘲笑也好，有时候甚至是殴打，瓦列特卡总是报以一成不变的蔑视态度。

它可是厨师们茶余饭后的好消遣。毕竟作为一条狗，瓦列特卡有它的弱点：每当它饥肠辘辘的时候，它选择顶开厨房的门，一边贪婪地嗅着，一边焦急地四处寻觅，厨子们总是不顾一切地放下手中的活，骂骂咧咧地跑出去追打它。它一边奔跑一边依依不舍地回头张望。当然，瓦列特卡拥有卓越的追捕技术：耐力强，嗅觉灵敏。一旦它逮着机会抓住一只受伤的野兔，它会拖着野兔到阴凉的灌木丛下，狼吞虎咽一番直到啃光最后一块骨头。它进食的时候会尽量远远地避开叶尔莫莱，那时它主人通常操着不知哪个地方的方言，在咒骂它。叶尔莫莱是我许多邻居中的一个古板的地主家的佣人，古板的地主通常不爱打猎，而是更喜欢饲养些家禽。

只有在某些特殊场合下，比如生日聚会，命名日和选举日，古板地主家的厨子才有机会收拾几只长喙鸟。于是乎，每到那时他们就陷入了俄罗斯人特有的“我不知道我要做什么”时的癫狂状态，新鲜的感觉刺激了他们的创造力：他们创造了一种风味古怪的调味品，如此烹饪的食品惹来无数好奇客人驻足围观，却几乎没有人敢一尝其味的。

地主只要求叶尔莫莱每月必须送两对松鸡和鹧鸪去厨房，其余时间从来不过问他在哪，或者在干什么事儿。其他人都放弃他了，认为他是个毫无用处的废人，用我们奥廖尔的说法，就是个“窝囊废”。火药啊，霰弹啊，这些狩猎必备的材料自然是不会发给他的，这就跟他对待他狗的方式一模一样。

叶尔莫莱本身也是个怪人，像鸟儿一样无忧无虑，话特别多，样子散漫而古怪。他尤其喜欢酗酒，从来就坐不定，走起路来拖拖拉拉的，身子晃来晃去，然而以这种懒懒散散的走路方式，他一个白天可以走上五十英里的路。他有着非常丰富的遇险经验：在沼泽地，在树林子里，在屋顶上，在桥洞里，他不止一次地被关进阁楼，地窖或者干草棚，有时丢了枪，丢了狗，丢了所有他赖以活命的东西，甚至衣不蔽体，遭人毒打很长时间等等。但是他总能逢凶化吉，安然回家。用不了多久，他就又能穿戴整齐，装备好猎枪，带上猎狗，一如往日般悠悠然地出现在人们的视线里。虽然他心情看起来很不错，但是人们总不能称他为一个快乐的人，因为他整体看起来就是个怪人。

叶尔莫莱喜欢跟一个老好人聊聊天，特别是在喝酒的时候，但是聊的时间并不长，他就会起身离开。

“你这个鬼东西到哪去呀，这么晚了？”

“到恰普利诺去。”

“那地方有十英里远呀，你去那干嘛？”

“我去汉索夫隆家过夜。”

“别去了，在这儿过夜吧。”

“不，不行。”

叶尔莫莱就带着瓦列特卡，走进黑漆漆的夜幕里，穿过树林，越过水道。可是，汉索夫隆也不愿意让他踏进自己的地盘，担心他甚至会因此遭到一顿毒打，再被教训“不要骚扰本分的庄稼汉”。然而，叶尔莫莱有些无人能及的本领，比如他春季时在深水里钓鱼的技术，用手捉虾的本领，光靠着第六感觉就能寻找猎物的特异功能，招引鹌鹑，驯养鹞鹰，抓住那些歌声千回百转的夜莺……

只有一件事他做不来，那就是驯狗，他没有那个耐性。他曾经有过一个妻子，他们俩每周见面一次。她住在一所破破烂烂已经塌了一半的小屋子里，过着捉襟见肘的窘迫生活，从来不知道下一顿饭在哪里。从任何角度来讲，她都是一个相当穷苦的角色，甚至是叶尔莫莱，一个别人眼中如此随和温顺的家伙，也常常对她拳脚相加。叶尔莫莱在家中装出一副严厉瘆人的样子，导致他的妻子不知道如何取悦他，只要丈夫稍微看她一眼，她就怕得发抖，立马拿着她所剩下的最后一个硬币去给他买伏特加；每每丈夫伸开四肢，大模大样地躺在火炉边睡得香甜的时候，她总是卑躬屈膝地替他盖上一件皮袄。

我曾经不止一次地看到他面露凶相，比如他用牙齿结束那只垂死的小鸟的性命，脸上洋溢的表情，就令我厌恶。但是叶尔莫莱在家里呆着的时间从未超过一天，到了别的地方，他就又是“叶尔默尔卡”，方圆一百英里的人都这么叫他，有时候他也会这么称呼自己。身份最卑微的奴仆见到这个流浪汉都油然而生一种优越感，大概是因为这个原因，大家对他都很热情。农人们起初喜欢愚弄他，像追杀田野里的野兔一样追着打他，但是过后又会放了他。后来，他们都觉得他是个十足的怪人，就不再为难他了，有时候甚至给他面包吃，还会跟他聊聊天……

就是这样一个家伙，我带着他跟我一起打猎。我们一起来到伊斯塔河岸边一个很大的桦树林子里“守击”。

在俄罗斯，有许多河都是一边是平坦的草地牧场，另一边是崎岖的悬崖峭壁，比如伏尔加河，比如我们现在来到的伊斯塔河。伊斯塔河窄窄的，曲折蜿蜒犹如一条准备盘起身子的蛇，整条河道没有连着的半英里是直流的。站在某个地方，从陡峭的山坡上眺望，可以看见远处十英里的河道上搭建了堤坝，围起了池塘，岸边建造有磨坊，有用以种植的果园，花菜园，或者是刚开辟出来的柳园。伊斯塔河里有多得无法计数的鱼，尤其是斜齿鳊（农人们会在大热天灌木丛的阴凉下徒手抓这种鱼）。几只小小的沙钻鸟拍腾着翅膀，在岩石嶙峋的岸边啾啾地叫着，一转眼又贴着冰冷的河面快速飞过；野鸭子在池塘中央扎水找食物，然后又小心翼翼地四处顾盼，像是在寻找什么；在伸出的岩壁形成的天然阴凉里，几只鹭安然地站着……我们"守击"了将近一个小时，一共捕获了两对山鹬。太阳出来时我们还想再试试运气（守击在凌晨的时候也可以进行），于是我们打算在最近的磨坊里呆上一晚。我们走出林子，沿着斜坡走下去。深蓝色的水在下方流淌，空气里弥漫着夜雾，湿漉漉的。我们敲了敲门，惊醒了院子里的狗，它们便开始狂乱地吠叫，打破了夜的宁静。

"谁呀?"一个沙哑困倦的声音传来。

"我们是两个猎人，请让我们在你的磨坊里住一晚上吧。"我如是说道，等了一会儿，屋里没有动静。

"我们会付钱给你的!"

"我去问问主人，嘘，讨厌的狗，下地狱去吧!"

我们听到那个工人走进宅子的声音，一会儿他就回来了。

"不行，"他贴着门说道，"主人不允许你们进来。"

"为什么不许?"

"你们是猎人，身上肯定带着弹药呢，他怕你们把磨坊给烧了。"

"胡说八道，我们怎么会烧了磨坊?"

"去年就是这样，我们收留了几个渔夫，他们想在这里生火，结果整个磨坊都烧没了。"

"帮帮忙吧，老朋友，我们可不能露天睡啊!"

"那不关我们的事。"他说完就走了，靴子还发出噼噼啪啪的声音，越走越远了。

叶尔莫莱狠狠地诅咒了他几句，最后叹了一口气，说道："我们去村子里吧。"但是离这里最近的村子都有两英里远。

"还是待在这里吧，"我说，"露营得了，今晚还算暖和，我们去问刚才的磨坊主要一点干草，我想我们付钱的话他应该会卖给我们的。"

叶尔莫莱默认了，于是我们又一次前去敲门。

"你们究竟想怎么样?"那个工人的声音再一次传出来，"说过我们不能收留你们!"

我们说明了新的请求，他听完以后便进屋去询问主人，接着他们俩一起迎了出来。一个小侧门吱呀响了一下，出现了一个高而壮的男人，脸上布满了肥肉，脖子粗短结实，挺着一个啤酒肚，浑身上下都是肥肉，他就是磨坊主。磨坊主同意卖给我们些干草，转身走了约一百步远，从没有墙的小棚子里搬来了些干的麦秆和稻草。那个工人取出茶炊，摆在河边的草地上，然后蹲下身子，呼呼地一个劲儿向鼓风管里吹气。

火燃起来了，照亮了他年轻的脸。磨坊主跑回屋子去叫他的妻子，最后竟然主动邀请我们进屋子里过夜，但我拒绝了他，还是决定露营。磨坊主的妻子拿了些鸡蛋，牛奶，土豆和面包分给我们一起享用。等水烧开以后，我们一行人便开始饮茶。河面上升腾起一层濛濛的雾气，没有风，秧鸡躲在附近的林子里啼鸣，水车轮子在不远的地方嘀嗒作响，河流淌过堤坝汩汩有声。我们生起一堆小小的火，叶尔莫莱烤着土豆，我眯着眼睛打起了瞌睡。隐约中听到一阵轻微的声音，我醒了过来。

抬头一看，篝火旁，磨坊主的妻子正坐在一只倒扣的木桶上，和我的猎伴聊得正欢。我先前从她的服装，举止和口音中就已经看出她原本就是女仆出身，既不是地里干活的农妇，也不是大城市的女孩。而现在我才清楚地看见了她的相貌：她约摸三十来岁，脸庞消瘦而白皙，透露出俊美灵动的神气，尤其是那双眼睛，像是有魔力一般的，明亮而忧郁。她用手肘撑着膝盖，双手托住脸蛋坐着。叶尔莫莱背对着我，正在把柴火添进篝火里去。

“牛瘟疫又来了，在热尔图希纳，”磨坊主妻子说道，“伊万神父家的两头母牛都病死了……哎，可怜的畜生！”

“你养的猪有没有问题？”顿了一顿后，叶尔莫莱问。

“活着呢。”

“能给我一头小猪就好了。”

磨坊主妻子沉默了一会，然后叹了一口气：“跟你一起来的人是谁？”她问。

“科斯托马罗沃的老爷。”

叶尔莫莱把几根松树枝丢进篝火里，树枝一下子燃着了，腾起一股白色的浓烟。

“你丈夫为什么不让我们俩进屋休息呢？”

“他害怕。”

“害怕！这胖子也真是的。阿林娜・季莫菲耶夫娜，亲爱的，来一小杯酒吧，给我提点劲儿。”

磨坊主妻子起身消失在黑夜里，叶尔莫莱轻声哼起了歌：“为了来见你呀，我亲爱的小甜心，鞋子都踏破呀，都踏破。”

一会儿工夫，阿林娜就拿着一小瓶酒和一个玻璃杯回来了。叶尔莫莱站起来，画了一个十字，一口干掉了饼子里的酒。“好！”他说。

磨坊主妻子又重新坐回到木桶上。

“阿林娜·季莫菲耶夫娜，你还在生病么？”

“嗯。”

“得的什么病？”

“一到晚上就不住咳嗽，不好受。”

“老爷大概睡着了，”沉默了一会儿后，叶尔莫莱看了我一眼，继续说道，“不要去看医生，阿林娜，越看病得越厉害。”

“好吧，那我就不去看了。”

“不过你要来看我。”

阿林娜悲伤地低下头去。

“到时候我把我家那口子赶出去，”叶尔莫莱继续说，“说到做到。”

“你让老爷醒醒吧，叶尔莫莱·彼得罗维奇，看，土豆都烤好了。”

“哦，让他睡够吧，”我那忠实的仆人善解人意地说，“他走了一天的路，累啦，所以现在睡得很香哩。”

我躺在干草堆上，翻了个身，叶尔莫莱于是起身走向我：“土豆烤好了，要过来吃吗？”

我从小棚子里走出来，磨坊主妻子离开她刚坐的木桶，准备离开。我叫住了她，

“你们管这磨坊很久了吗？”

“我们是三一节那天来的，已经两年了。”

“你丈夫是哪里人呢？”

阿林娜没有听清楚我的问题。

“你丈夫，哪人呀？”叶尔莫莱提高嗓门，重复了一遍问题。

“他是别廖夫来的，别廖夫市里人。”

“你呢？也是别廖夫的？”

“不，我是仆人，以前是个仆人。”

“是谁家的？”

“兹威尔科夫老爷家的，现在我已经是自由人了。”

“哪个兹威尔科夫？”

“亚历山大·西雷奇。”

“你是专门服侍他妻子的丫头吧？”

“你怎么知道的？是的。”

我带着好奇和同情看着阿林娜。

“我认识你的老爷。”我继续说道。

“是吗？”她轻声回应道，低下了头。

在此我必须跟读者解释一下，为什么我对阿林娜曾经的境遇如此同情。我在彼得堡的时候，有机会认识了兹威尔科夫先生。他德高望重，在学识和才干上都享有盛誉。他的妻子，是个吹毛求疵，哭哭啼啼，用心险恶，俗不可耐的胖女人。他还有个儿子，十足的少爷脾气，蠢乎乎的又一副被娇惯坏了的样子。

兹威尔科夫先生自己长得也不讨人喜欢：一对小眼睛嵌在一张大得几乎是正方形的脸上，贼眉鼠眼地四处窥视；巨大的鼻子突起在脸上，鼻孔像两个黑洞；灰白色的板寸像刷子毛一样立在他因为经常动怒而沟壑纵横的额头上方；两片薄嘴唇总是不停地抽搐，摆出甜腻的微笑。兹威尔科夫先生最中意的姿态是双腿叉开很远站着，肥胖的手插进裤子里。有一次我恰好与兹威尔科夫先生驱车同行，去镇子外的海滩。我们便聊开了。作为一个经验丰富，爱好分析的人，兹威尔科夫先生企图把我带进他所谓的“真理之路”。

“请允许我向你指出，”他最后拖长腔调慢吞吞地说，“你们这些年轻人对于所有事情的批评也好，定位也好都是相当随意的，其实你们一点都不了解你们的祖国。俄罗斯，我说年轻人，对你来说根本就是一块未知之地，就是这样！……你们读的是德国的书。比如，你现在说的这些，存在的不存在的，比方说，关于家仆的……很好嘛，我不会跟你争，你们完全可以这么说，但你根本就不了解他们，不知道他们究竟是什么样的人。”（兹威尔科夫先生大声擤鼻涕，然后又吸了一口鼻咽）“让我来跟你讲一个小小的故事，也许你会感兴趣。”（兹威尔科夫先生清了清嗓子）“你肯定知道我妻子是怎么样的一个人，所以我很难想象，世界上还能找到一个比她更有爱心的女人，你肯定非常认可我的评价吧。

“她的那些丫头们啊，过的都不是普通人的生活，简直如同生活在天堂一般啊，这点毋庸置疑。我的妻子定了一条规矩，结了婚的女人都不能当她的丫头。的确应该是这样嘛，一个已婚妇女，生了孩子，这样那样的事情这么多，怎么可能尽心尽力地服侍女主人呢？她有心也没这个力了，脑子里想的全部是自己的事情，这是人之常情嘛。有一次我们乘车经过我们的村子。这是哪一年的事情来着？让我想想，哦，对了，有十五年了，是十五年前的事情。我们在村长那里见到了一个年轻的姑娘，长得非常好看。后来打听到是村长的女儿，那姑娘的举止啊，态度啊都非常讨人喜欢。

“于是我妻子跟我说：‘可可——’你可知道她总是这样，称呼我的爱称，我说：‘好呀，带她回去就是了。’那个村长不容分说就给我们跪下了，这对他来说真是太荣幸啦，你能想象得到么。不过那个姑娘嚎啕大哭了一阵，这也难怪，对她来说是有点难以割舍嘛：离开生她养她这么久的老家。这也没什么好奇怪的。没有多久她就跟我们熟识了，起初让她跟侍女们呆在一起，好让侍女们教她。后来你知道怎么着了，那姑娘进步可快了，我妻子简直就离不开她了，给她升到了最高级，变成贴身侍女啦。你看看，不过说句公道话，我从没有见过这么好的侍女，真的从来没有过，这个姑娘办事周全，谦虚又顺从——简直就是理想中的好侍女。不过我妻子呢，不得不说，真是太宠着她了：给好吃的，好穿的，还请她一同饮茶等等，你想想看，她就这样服侍我的妻子，一服侍就是十年。忽然有一天，一个明媚的清晨，你自己想想看，阿林娜——她叫阿林娜，没有打声招呼就冲进了我的书房，'噗通'一声就跪下了。坦白跟你讲，这件事情，是我不能接受的。一个人绝对不可以不顾自己的尊严。你说对不对？你觉得呢？

"'尊敬的老爷，亚历山大·西雷奇，我恳求您开恩！'

"'开什么恩？'

"'请允许我结婚吧！'老实说，我吃了一惊，'可是你这个傻瓜，你知道的，你的女主人没有别的侍女了呀。'

"'我会像之前一样伺候女主人的。'

"'胡说！胡说！你女主人不会要一个结过婚的侍女的。'

"'马拉尼亚可以替我的。'

"'别打这种主意。'

"'我听从您的吩咐……'

"老实说，我可真是愣住了，告诉你我是一个怎么样的人：没有事情——真的没有任何事情，我敢这么说——比忘恩负义对我的伤害更大。不用我多次强调，我妻子是个怎么样的人：她是人间的天使，她的善良是无法形容的。她人见人爱，即便是最邪恶的人也不会舍得伤害她。我把阿林娜赶出了书房。我想，这么做大概会让她回心转意，你可知道，我真的是不愿意任何人都做出忘恩负义的事情来。

“可是你猜怎么着？过了半年，她又来跟我提那件事情。我是真生气了，深深感觉到被人背叛了。但是一段时间以后，我的妻子哭哭啼啼地来找我，情绪非常激动，我当时都被吓住了，你可以想象到我当时有多么震惊：‘发生什么事了？’‘阿林娜她……我羞愧得都不想说出口，你知道是什么事情的。’‘怎么可能！……那个男人是谁？’‘是听差彼得鲁希卡。’我当时火气就冲了上来，我是这么一个人，凡事都要认真，不喜欢马虎了事。彼得鲁希卡没有错，要惩罚他也可以，但是我选择不责怪他。阿林娜……好一个阿林娜啊！我对她还有什么好说的呢！于是我下令剪光她的头发，给她穿上粗麻袋布的衣服，送到乡下去。我妻子失去了一个好侍女，可我也没有办法：不道德的女人无论如何也不能在我这个家里面呆下去，最好的方法就是立刻把她赶出家门。

“唉！唉！现在你可以自己想想看了，我的妻子，对对对，没错没错，天使！她就是一个天使！她离不开阿林娜，而阿林娜是知道这一点的，还竟然有脸……不，她根本没脸……跟我说，说了有用吗？唉，不管怎样都无济于事了。我已经被这个忘恩负义的姑娘深深地伤害了，很长时间都没有恢复过来。随便你怎么说，在这些人那里是找不到良心和人情的！就像你对一头狼再好，喂它东西吃，狼心总是向着森林。算是吃一堑长一智吧！我只是想跟你说说这件事情罢了……”

兹韦尔科夫先生还没说完话，就转过头，紧紧地缩在斗篷里面，努力平复他渐渐激动的情绪。

现在，亲爱的读者朋友，你们大概明白我为什么如此同情阿林娜了吧。

“你嫁给磨坊主很久了嘛？”最后，我问她。

“两年了。”

“怎么，你老爷最后同意你结婚了？”

“他给我赎了身。”

“谁？”

“萨韦利·阿历克谢伊维克。”

“他又是谁？”

“他是我丈夫。”（叶尔莫莱暗自笑了一下）

“是不是老爷对您说起过我啊？”阿林娜顿了一顿后，这样问到。

我不知道该怎样回答她。

“阿林娜……”磨坊主的声音从远处传来。她站起身来，走了。

“她丈夫人还好吗？”我问叶尔莫莱。

“还可以吧。”

“他们有孩子吗？”

“以前有过一个，不过夭折了。”

“怎么，是磨坊主看中了她，赎她出来花了很多钱吧？”

“我也不知道，她能读能写，所以可以在生意上帮把手。我觉得是磨坊主看中她的。”

“你认识她很久了吗？”

“很久啦，我以前一直去她老爷家走动，他们的房子离这不是很远。”

“那你也认识听差彼得鲁希卡吧？”

“彼得·瓦西里耶维奇吗？当然认识他。”

“他现在在哪儿呢?”

“当兵去了。”

我们沉默了一会儿。

“她看起来身体可不怎么好呀?”最后，我问叶尔莫莱。

“是啊，她身子可弱了呢！我说明天，可是守击的好机会。我们现在还是要先睡一会儿呀。”

一群野鸭子“啾啾”地从我们头顶掠过，而后听到它们纷纷落在了离我们不远的河面上。天已经黑透了，周遭的环境开始变得阴冷，夜莺还在周围的灌木里幽婉地唱歌。我们把身子扎进干草堆里，睡着了。

幽会

九月中旬的一天，我坐在白桦林里。大清早就下着细雨，期间又时不时射出温暖的阳光，天气反复无常。天空时而布满柔软的白云，时而片刻就云消雾散，露出一片湛蓝，明亮温柔，如同姑娘美丽的眼睛。我坐着，环顾四周，聆听着，遐想着。头顶上的树叶沙沙作响，光听这声音，你就能知道眼下是什么季节。这既不是春天里的欢声笑语，也不是夏天里的高声大语，也不是晚秋的闲言碎语，而是一种几乎听不见的，让人昏昏欲睡的喋喋不休。微风吹得树梢嗡嗡作响，隐隐约约，没有停止的意思。

尽管被雨打湿了，白桦林的最深处依然随着太阳的出没而变幻着。它一会儿光辉四射，仿佛一切都在微笑；一会儿稀疏的白桦树那纤细的枝条又显现出牛奶般的柔软光泽；一会儿地上的小树叶又折射出紫金色的斑驳光辉；挺拔的蕨类植物那优雅的茎秆，已经染上了秋色，一种熟透了的葡萄的那种色彩，它们在你眼前参差掩映，纵横交错。刹那间周围的一切又呈现出淡蓝色，绚丽的色彩迅即消失了。白桦树白茫茫一片，了无光泽，好像是刚刚飘落的雪。在冬日温暖的阳光普照之前，毛毛细雨就悄悄地、顽皮地在林中飘洒，拍打着树叶，发出簌簌的声音。白桦树的叶子虽然闪烁白色，但大部分都是绿色的，只有几处，长着些许嫩叶，整个都是红色的或金色的，阳光刹那间带着斑驳的光影照进厚密的枝叶，被晶莹雨水清洗过的嫩叶在阳光下闪烁，成了一道美丽的风景。林中听不到鸟叫，鸟儿都栖息了，静默了，偶尔可以听见山雀宛如铜铃的叫声，响动了整个白桦林。

我曾带着狗穿过一片高高的白杨林。老实说，我不大喜欢那种树——白杨树，不喜欢它淡紫色的树干和灰绿色的叶子，擎得高高的，像颤抖的扇子一般伸展在空中；不喜欢看它那些怪异的，稀疏的叶子放肆地摇摆。某些夏日傍晚，白杨树才会独自耸在一片矮灌木林之上，面对落日的红光，闪耀着，颤抖着，张扬着，从头到脚都沐浴在一整片黄色光芒之中。或者在一个晴朗有风的日子，白杨树整个儿喧闹着摇荡着，向着碧空低低絮语，它的每片叶子好像都在渴望挣脱，飞到远方——只有在这些时候，它才是可爱的。但通常说来我还是不喜欢这种树，所以没在白杨林里休息，而是来到白桦林。在一棵枝条贴近地面生长、可以给我遮雨的树下找到栖息之所。欣赏了一会周围的景色后，我便像一个比赛结束的运动员一样安心地甜甜地睡着了。

我不知道自己睡了多久，但当我睁开眼时，树林里到处洒满了阳光，透过欢腾喧闹的树叶，明蓝色的天空闪耀在每一个角落。云被狂风吹散，消失不见了。天气变得晴朗，空气中有种特别的清新干净的气息，让人勇气倍增，心旷神怡，这几乎总预示着在一天的阴雨后，一定会有一个清朗如初的夜晚。我正准备起身，再去碰碰运气，忽然看到一个一动不动的人影。我仔细一看，是一个年轻的农村姑娘。她坐在离我二十步远的地方，正低头沉思，两手放在膝上，一只手半开着，拿着一大束野花，随着她的呼吸，野花轻轻地碰在她的方格裙上，很有节奏；她穿着洁白的衬衫，领子和袖子都扣得紧紧的，衣服上显现出线条柔和的短皱褶，勾勒出她的身形；两行黄色大串珠项链从她的脖子垂至胸前。她长得很漂亮。浓密的金发很可爱，被仔细地梳成了两个半圆形，上面还束着细细的深红色发带，发带束得低低的，几乎垂到她乳白色的前额上，她脸庞的其他部分被晒成了淡淡的金棕色，只有细腻的肌肤才会晒成这种颜色。

我看不到她的眼睛——因为她没有抬起眼来，但我看到了她高高的精致的眉毛和长长的睫毛。睫毛湿湿的，一边脸颊上有明显的泪痕，已经被风干了，一直延伸至她那苍白的嘴唇；她小巧的头部看起来很迷人；即使她短扁上翘的大鼻子也无损她的美丽。我特别喜欢她脸上的表情，那样的单纯，那样的温柔，那样的悲伤，脸上还挂满了孩子般的困惑，那是对自己为什么悲伤的困惑。她显然是在等什么人。林子里有什么东西发出了轻微的声响，她立刻抬起头来，四下张望。在这明朗的环境里，她那双清澈略带羞怯的大眼睛在我眼前迅速闪过。

她倾听了一会儿，循着声音望去，睁大眼睛注视着发出轻微声响的地方，失望地叹了口气，慢慢转回头，头弯得更低了，双手开始拨弄起花来。她的眼睑泛红了，嘴唇微微颤动了几下，浓密的睫毛下滚落出一滴热泪，在脸颊上闪闪发光，缓慢滑落。就这样过了很长时间，可怜的女孩一动没动，只是偶尔苦闷绝望地摆摆手，继续倾听着，等待着，寻找着……树林里又发出声响来，她精神一振，声音没有停下来，而是越来越清晰，越来越靠近，终于变成果断而急促的脚步声。她挺直了身子，似乎受了惊吓。凝望的眼睛因为期待而颤抖，闪烁着兴奋的光芒。透过密密的树林，迅速闪现出一个男子的身形。她凝神一看，顿时脸红了，露出灿烂喜悦的微笑，想站起身来，却又立刻坐下，脸色变白，神情迷乱，直到那个人走到她身边站定时，她才抬起颤抖的、近乎是祈求的眼睛，急切地看着走近的人。

我从隐蔽处好奇地看着这个男人。说实话他没给我留下好印象。从种种外部迹象看，他是富有年轻的公子哥所宠幸的一位男仆。他的服装毫不时髦潇洒，他穿着一件古铜色短大衣，纽扣一直扣到上面，看样子那是主人不穿了的衣服，系着一条两头雪青色的粉红领带，戴着一顶系着金缎带的黑色丝绒帽，盖住了眉毛。他白衬衫的圆领硬邦邦地抵着他的耳朵，扎着他的脸颊，硬挺的袖口遮住了他整只手，一直遮到他红红的、弯曲的手指，手指上戴着金戒指，戒指上镶有勿忘我形的绿松石。

据我观察，他脸色红润鲜艳，无赖相十足，男人们往往厌恶这种脸型，但不幸的是，女人们见了却十分喜欢。显而易见，他粗俗的脸上多了几分轻蔑厌倦，他不停地眯起那双一直很小的乳灰色眼睛，沉着脸，耷拉着两片嘴角，假装打呵欠，一副满不在乎，却又不大自然的冷漠深沉，向后整一整卷曲得挺时髦的红色鬓发，有时捏一捏长在厚嘴唇上的黄髭须，说实话，装腔作势得让人受不了。他一看见那位等他的年轻农村姑娘，就装模作样起来。他慢慢悠悠、大摇大摆地走到她面前，站了一会儿，耸了耸肩膀，两手插在上衣口袋里，傲慢地向那个可怜的姑娘匆匆投去冷漠的一瞥，便坐到了地上。

"怎么，"他开口了，眼睛仍然看着别的地方，晃动着一只腿，一边打着呵欠，"你在这很久了吗?"

这女孩没有立刻回答。

"是很久了，维克托·亚力山大勒奇。"她终于说话了，声音小得几乎听不见。

"啊!"他脱下帽子，庄重地用手捋了捋几乎从眉边生起的，僵硬的浓密卷发，威严地望了望四周，不经意地再次用帽子盖住了他那宝贵的脑袋。"我完全把这事给忘了。再说天又下雨。"他又打起了呵欠。

"事情多得很，哪能件件都顾得上。老爷总在骂人。我们明天动身……"

"明天?"年轻姑娘提高了声音问道，用惊讶的目光盯着他。

"是的，明天。得了，得了，别哭啦!"他看到她全身战栗，弱弱地低下头去，气恼地接着说，"阿库丽娜，求你啦，别哭啦，你知道我可受不了这个。"他皱起了他的扁鼻子。"不然我马上就走。哭哭啼啼的，多傻啊!"

"那好，我不哭了，不哭了!"阿库丽娜急忙说，一边赶紧努力地控制住眼泪。

"你明天就走?"沉默了一会儿后，她又说，"什么时候我们能再见面呢，维克托·亚力山大勒奇?"

"我们会再见的，会再见的。如果不是明年——就是以后。东家大概是想去彼得堡服役呢，"他用鼻音漫不经心地傲慢地接着说，"没准儿我们还要去国外。"

"您会忘了我的，维克托·亚力山大勒奇。"阿库丽娜伤心地说。

"不，怎么会呢?我不会忘的。不过你要明白些事理，别犯傻，听你父亲的话。我不会忘了你的，不会……"他泰然自若地伸了个懒腰，又打了个呵欠。

"不要忘了我，维克托·亚力山大勒奇，"她用哀求的声调继续说，"没有人能像我一样爱您。一切都是为着您。您告诉我要听父亲的话，维克托·亚力山大勒奇，可我怎么能听父亲的话呢?”

“为什么不听?”他头枕在手上仰躺着，这些话好像是从胃里冒出来的。

“我怎么能听呢?维克托·亚力山大勒奇，您也知道的……”

她不说了。维克托玩起了他的钢表链。

“你不是蠢姑娘，阿库丽娜，”他总算开口了，“所以不要说傻话了。我希望你好好的——你明白我的意思吗?当然你可不笨——可以说，不完全像个乡下姑娘，可以这么说，你妈也不总是乡下婆娘。可是你到底没受过教育，所以别人对你说什么，你应该听从。”

“但这多可怕啊，维克多·亚力山大勒奇。”

“哎，胡说，亲爱的，有什么可怕的!你拿的这是什么?”他向她挪近了一点，继续说，“是花?”

“是的，”阿库丽娜沮丧地回答，“这是我采的野艾菊，”她提了提精神，又说道，“牛犊子挺爱吃的。这是鬼针草，能治瘰疬病。您看，多么好看的花啊!我以前从没见过这么可爱的花。这是勿忘草，这是香堇菜……还有这个，采给您的。”她说着，从黄艾菊下面拿出一小束用细草叶扎好的浅蓝色矢车菊，“您喜欢吗?”

维克托懒洋洋地伸出手，接过花，漫不经心地嗅着，把花束放在手指间转来转去，向上望着。阿库丽娜看着他，她悲伤的目光里，洋溢着温柔的忠诚、敬仰的顺从和纯洁的爱情。她怕他，不敢哭，要向他告别，最后一次对他表示爱慕，而他呢，像皇帝一样懒洋洋地躺着，耐心十足、傲慢无比地享受着她的崇拜。说实话，我愤怒地打量着他那张红红的脸，透过他那轻蔑冷漠的装腔作势，就可以察觉出他的虚荣心得到了安慰和满足。阿库丽娜此时可爱极了，她整个灵魂信任而热烈地展露在他面前，充满了真诚的依恋和热切的温柔，而他……他把矢车菊扔到了草地上，从上衣一侧口袋里拿出一块镶铜边的圆眼镜片，把它按到一只眼睛上，但无论他怎样努力地皱起眉毛，缩拢脸颊，耸高鼻子来托住它，镜片还是往下掉，落到他手里。

“这是什么？”阿库丽娜终于好奇地问道。

“眼镜片。”他神气地回答。

“干什么用的？”

“戴了它可以看得更清楚。”

“让我看看。”

“是的，是的，”他终于说话了，“当然，开始是会不好受的。”他屈尊似的拍了拍她的肩膀，她轻轻地从肩上拉过他的手，羞涩地吻了吻。“好了，好了，你的确是个好姑娘，”他自鸣得意地微笑了一下，继续说，“可有什么办法呢？你自己想想看！我和老爷是不会留在这的。很快就要入冬了，乡下的冬天——你也知道——简直糟透了。在彼得堡情况可就大不一样了！那儿简直妙极了，像你这样的傻丫头是做梦也想不到的！车水马龙，那个社会的人，那种文明——真让人吃惊！……”

阿库丽娜听得入了神，双唇像孩子一样微微张开。“不过，”他在草地上翻转下身子，接着说，“对你说这些有什么用呢？反正你也不会明白！”

“为什么这么说呢，维克托·亚力山大勒奇！我明白，我全都明白。”

“看看你这副样子！”

阿库丽娜低下了头。

“您从前和我说话不是这样的，维克托·亚力山大勒奇。”

她说着，没有抬起眼睛。

“从前？……从前！……我的老天！”他说着，好像很恼火。

接着两人都不作声了。

“我该走了。”维克托说，已经用胳膊肘支起了身子。

“再等会儿吧。”阿库丽娜苦苦哀求。

“还等什么呢，我已经和你告别过了。”

“等一会吧。”阿库丽娜又说了一遍。

维克托又躺了下来，开始吹起了口哨。阿库丽娜的眼睛一刻也未离开他。我看得出她渐渐激动起来，她的嘴唇颤动着，苍白的脸颊微微有些泛红。

“维克托·亚力山大勒奇，”她终于用断断续续的声音说起来，“您太不应该了，维克托·亚力山大勒奇，您真太不应该了！”

“什么不应该？”他皱着眉问道，微微抬起头转向她。

“您太不应该了，维克托·亚力山大勒奇。您至少应该在分别的时候对我说一句好听的话，哪怕说一个词也好，对我这个可怜不幸的薄命人。”

“那我该对你说什么呢？”

“我不知道，这您最清楚了，维克托·亚力山大勒奇。您就要走了，哪怕说一个好听的词……我造了什么孽让你这样对我？”

“你这人可真奇怪！我能做什么呢？”

“至少说一句啊。”

“瞧，你还纠结在这事上。”他气恼地说着，站起身来。

“您别生气，维克托·亚力山大勒奇。”她赶紧说着，忍不住落下眼泪。

“我没生气，只是你太蠢了……你想要什么？你知道我不能娶你，对吧？我总不能吧？是吧？那么你还想要什么，嗯？”他把脸伸过来好像在等着回答，还张开了手指。

“我什么都不要，不要……”她支支吾吾地说，壮着胆子向他伸出发颤的双手，“只要离别时的一句话。”

她的眼泪像泉水一样扑簌簌地落下来，她控制不了自己的情绪。

“哼，又哭起来了。”维克托冷冰冰地说，把帽子拉过来盖住眼睛。

“我什么都不要。”她继续说，用手遮住脸啜泣着，“今后我在家里该怎么办呢？该怎么办呢？会有什么事发生呢？我这苦命的人会怎么样呢？他们会把我嫁给一个我讨厌的人，一个受人唾弃的人。我真命苦……”

“老是这样，你就会这样。”维克托在原地烦躁地走来走去，低声嘟哝着。

“您总可以说上一句，说上一句话。您就说‘阿库丽娜……我……’”

突然她撕心裂肺地痛哭起来，再也说不下去了，她将脸埋在草丛中，悲痛地哭着……她全身抽搐着，脖子起伏不定……压抑了很久的悲痛终于像洪流一样奔涌出来。维克托在她旁边站了一会儿，耸了耸肩膀，转过身，大步走了。

过了一会儿，她平静点了，抬起头，跳起来，看了看四周，拧了下手，她想去追他，却双腿发软，跪在了地上。我忍不住向她奔过去，但她一看见我，不知从哪里来的力气，立刻站起来，轻轻尖叫一声，消失在了白桦林里，只留下散落一地的野花。

我站了一会，捡起那束矢车菊，走出林子，来到原野上。苍白清澈的天空中，太阳已经西沉，它的光线似乎变淡了，变冷了。太阳不再闪耀，而是弥漫成连续不断的、水一般透明的光晕。离日落不到半个小时了，可天上几乎没有晚霞。一阵风穿过枯黄的麦茬，迅速向我吹来。卷曲的小树叶在麦茬前快速地随风飘行，穿过道路，沿着杂树林边缘飞舞。树林面向田野的茂盛面，都在颤动着，泛着细碎的光，清晰却不耀眼。淡红色树木上，草叶上，麦秆上，到处都是秋天数不清的蜘蛛网在一起一伏地闪耀着。我停下脚步，忧伤起来……在渐渐凋零的自然那清新寒冷的微笑背后，冬天那凄凉可怕的景象似乎悄然逼近了。一只谨慎的乌鸦从我头顶高高飞过，双翼沉重猛烈地扇着，它转过头，斜看了我一眼，摆动翅膀，突兀地叫了声，隐没在树林后。一大群鸽子从打谷场嬉闹着飞起来，突然绕着圆柱旋转起来，而后纷纷散落在田野上。真是一番秋天的迹象了！有人赶着车从光秃秃的小山坡上经过，空马车发出嘎嘎的响声……

我向家走去，可怜的阿库丽娜一直留在我的脑海里，挥之不去。她那束矢车菊，虽然早已枯萎，却一直被我保存，直到今天。

我的邻居拉季洛夫

秋天一到，山鹬就纷纷栖息在老椴树院子里。在我们奥谬尔省，这种院子有很多。最初，我们的祖先在选地方安居的时候，总是留两英亩的肥田作为果园。除了果树，园中还种植椴树，洒下一片阴凉。而在最近的五十年，最多七十年里，这些被称为“贵族之家”的院子渐渐消失，小楼倒塌，碎砖碎瓦散落一地，有些还被卖去做建筑材料，石屋变成了成堆的垃圾，苹果树都枯死了，被砍了去当柴烧，树篱和栅栏从地里拔起，倒在一边。只有椴树像从前一样，欣欣向荣地生长着。周围已然变成了犁过的田地。它们的存在向浮夸的新一代讲述着祖辈父辈的故事。

这颗老椴树实在是粗壮繁茂，就连俄罗斯农民那砍树不长眼的斧子，也对它心生怜惜。它的叶子小小的，树枝却极其粗壮，尽力向四方伸展，投下一片浓荫。

一天，我跟尤姆莱在田里游荡，想打几只山鹑。我看见前面有一个荒院子，便走了过去。刚一踏进院子，就听“噗啦”一声，一只山鹬从灌木里飞出，我立马朝它开枪。这时，忽然“啊”的一声，不远处传来一声尖叫，一个惊慌失措的女孩从树后面窜出，随即又消失不见了。尤姆莱跑到我跟前:“你干嘛开枪呀，这里还住着地主呢。”

我还没来得及回答他，我的狗也还没来得及郑重其事地把猎物叼给我，一阵急促的脚步声就传过来。一个留着小胡子的高个子男人从灌木丛闪出来，站在我面前，脸色不大好看。我一个劲地道歉，并且主动报上姓名，还试图要把我刚在他的领地打到的鸟还给他，期待得到他的谅解。

“好了好了，”他笑着说，“我接受你的鸟，但是有个条件，你必须要跟我回家吃晚饭。”

说实在的，我不是特别乐意去，但更不好拒绝他。

“我是这儿的地主，老住户了，你们听说过我吗，我叫拉季洛夫，”我的这位新朋友继续说道，“今天周末，我家会烧一桌好菜，要不然也不敢邀请你们呀。”

我礼节性地回应了他一下，就跟着他走。我们走过一条刚被清扫过的小路，出了椴树院子，来到菜园。园子里种着几排青白的卷心菜，一边有几棵老苹果树，另一边是醋栗丛树。细长的竹竿子上爬满了蛇醉草，纠结缠绕的藤蔓上结着豆子，已经被太阳晒干。大扁南瓜歪倒在地上，藤上三角形叶子布满灰尘，叶缝中露出了一抹老黄瓜的淡黄。高瘦的荨麻随着树篱蜿蜒，偶尔冒出一丛接骨木、野蔷薇、忍冬之类的花草，那是曾经缤纷的花园留下的残迹。一个小鱼池里盛满红色的粘稠液体。有一口井，井边尽是些坑坑洼洼的水塘。几只鸭子无厘头地踩着水塘里的积水，一只狗眨巴着眼睛，微颤地趴在草地上猛地啃咬一块骨头，一头花斑母牛慵懒地咀嚼干草，时不时甩下尾巴扫过嶙峋的背脊。我们顺着小路，转弯，有几棵疯长的柳树和桦树，透过密不透风的树叶，一间小小的房子露出灰色的一角。木板屋顶，门口是歪斜的台阶。拉季洛夫停下了脚步。

“没事，你知道我们很想来的。”我连忙说。

我们进了屋，一个小伙子穿着厚呢子的蓝色长外套，站在台阶上跟我们打招呼。拉季洛夫看见他，就叫他去拿瓶伏特加酒给尤姆莱。我的猎人伙伴对着慷慨的主人深鞠了一躬。走进门厅，墙上挂有五颜六色的画和帘子。接着，我们来到了一个小房间，这是拉季洛夫的书房。我卸下一身的打猎装备，把猎枪倚在墙角。刚才那个小伙儿热情地帮我掸掉身上的灰尘。

"来，现在我们去客厅吧。"拉季洛夫友善地招呼我们，"见见我母亲。"

我跟他走到客厅，看见客厅中央的沙发上，坐着一个中等身材的老太太，身穿棕色衣服，戴一顶白帽，皮肤干瘪，温和的表情中流露出一点慈祥和忧伤。

老太太欠身向我弯了弯腰，手里的活没有停下，她布满皱纹的手正在织一个麻袋似的绒线包。

"你们在这住很久了？"她眨着眼睛，用一种温和柔弱的声音问。

"不久。"

"那准备长住？"

"到冬天吧，我想。"

老妇人便不再说话。

"这是，"拉季洛夫接着说，他指着一个高瘦的男人，这个人我进客厅时都没有注意到，"这是菲奥多·米赫伊奇。来啊，菲奥，表演一下你的拿手好戏。别老躲在角落。"

菲奥多·米赫伊奇立马从椅子上弹起来，从橱窗里拿了一把破旧的小提琴，又拿出琴弓。他抓握琴弓的姿势异于常态，不是握住弓尾，而是中间。他把小提琴支在胸前，闭上眼睛，边哼歌儿边跳起了舞，琴弦吱吱呀呀响作一团。这个男人看起来大约七十岁，单薄的大衣在他干枯瘦削的身体上起伏，略显伤感。他跳着舞，时不时猛地一蹦，然后在地上踏节拍，伸长青筋暴露的脖子，低下寸草不生的头，好似一个吊死鬼；时不时又弯曲膝盖，下蹲起立，明显他已经做不来这个动作。苍老破裂的歌声从他掉光牙齿的嘴里幽幽传出。

拉季洛夫大概从我脸上的表情猜到菲奥的“拿手好戏”并不能取悦我。

“很好很好，老先生，就到这里。”他说，“去歇会儿吧。”

菲奥多·米赫伊奇立马把小提琴搁在窗台上，向作为客人的我鞠了一躬，然后是向老太太，然后是拉季洛夫，最后才走。

“他本来也是个地主。”我的新朋友继续道，“也算很有钱的了，是他自己作孽，现在跟我一起住。在他得意的时候，他可是省里的风流人物，先后抢了两个男人的老婆，养了好些歌手在家里，自己也唱歌，舞跳得棒极了……来点伏特加么？晚餐刚刚准备好。”

那个在院子里跟我有一面之缘的女孩走进房间。

“啊，这是奥尔佳。”拉季洛夫看见了她，微微转过头，“让我来介绍……还是算了，我们去吃饭吧。”

我们走进餐厅，纷纷在餐桌旁就座。这时歇够了的菲奥多也来了，他眼目清亮，鼻头红红的，唱着《响起吧，胜利之声》。这个可怜的老人在房间的角落里有一张自己的小餐桌，没有铺桌布。他吃相太邋遢，所以大家不带他一起吃。他画了一个十字，叹了一口气，接着像鲨鱼一样狼吞虎咽起来。饭菜的确不错，由于是周末，所以还有果冻和西班牙千层饼作为加餐。

吃饭的时候，拉季洛夫开始讲述他七年的步兵生活，和在土耳其的一些奇闻轶事。我边听他讲着，边偷偷观察奥尔佳。她不属于那种漂亮的女人，但在眉宇间透出一股平静而坚毅的神采，她高高的白皙的额头，浓密的长发，尤其是那双褐色的眼睛，不算大，但是清澈，感性，灵动，迷人。我相信无论换做谁坐在我这个位置，一定会对她的容貌留下深刻的印象。她似乎非常关注于拉季洛夫讲的每一句话，不是一般的关注，而且一种近乎狂热的专注。从年纪上看，拉季洛夫可以做她父亲了，但是他叫她教名，所以我立马就知道他们不是父女关系。

在闲谈中，拉季洛夫提到了他的亡妻。“就是她姐姐。”他指了指奥尔佳补充道。奥尔佳“唰”地一下红了脸，垂下了眼睛。拉季洛夫顿了顿，换了一个话题。整个晚饭过程中，老太太始终没有说话，只吃着丁点的食物，也不忙着招呼我。她有着迟暮的气息，忧郁，畏缩，没有想法，没有希望，这股气息只需望一眼就令人心痛。快散席的时候，菲奥多开始为主客唱颂歌，拉季洛夫看了我一眼，示意他不要唱了。那老先生于是用手擦了一下嘴，眨巴了几下眼睛，鞠躬，然后又坐下了，屁股只占了椅子的最边缘。吃过饭，我跟拉季洛夫回到了他的书房。

如果一个人，脑子长期被一个想法或某种感情强烈占据，那他外在会表现出一种独特的形态。这些人即使性格，能力，社会地位和所接受的教育全然不同，也会有相似之处。我跟拉季洛夫待的时间越久，就越觉得他是这么个人。他不管是谈农事，收成，战争，当地的八卦新闻，即将开始的选举，都是兴致勃勃，滔滔不绝，但忽然一下，他叹一口气，坐回椅子靠着椅背，用手遮住脸，好似一个被乏味的工作折磨得精疲力竭的人。他的心，善良而温暖，似乎被某种巨大的感情浸透。

然而奇怪的是，我从没发现他对什么东西特别有兴趣，比如美食，美酒，打猎，库尔斯克的夜莺，有癫痫病的鸽子，俄罗斯文学，溜蹄马，匈牙利外套，扑克和台球，舞会，去城里旅游，造纸厂和制糖厂，亭台楼榭的油画，茶，训练有素的拉梢马，把腰带系到腋下的肥胖马车夫——那些穿着讲究，为了莫名其妙的原因就吹鼻子瞪眼的马车夫等等。“他是个怎样的地主呢?”我心想。但他从没表现出闷闷不乐或者怨天尤人，反而似乎对每一个遇见的人都充满善意，甚至唐突地试图跟他们成为亲密的朋友。

但事实上，你又能感觉到他不能跟任何人亲近，或者成为他们的朋友，不是因为他多么独立，而是因为他把自己完全地封闭了起来。我完全想象不出来拉季洛夫真正高兴的样子。他长得并不英俊，但他的眼神，他的笑容，他的整个人，都带有某种神秘的致命吸引力，是的，就是神秘。所以你想要去了解他，甚至去爱他。当然，他也会时不时表现出一些乡下地主的习性，但并不影响他成为一个有魅力的男人。

我们正要开始谈新任的县长，门口忽然传来奥尔佳的声音:“茶准备好了。”于是我们走进客厅。菲奥多正盘腿坐在之前他所在的小窗户和门之间的角落里。老太太正在织一只袜子，窗外飘进来一阵阵清爽的秋风，夹杂着苹果的甜香。奥尔佳正忙着倒茶，正好让我更加仔细地观察她。正像一般的乡村女孩那样，她话很少，但她不像她们那样，挖空心思想找些有趣的话来讲，那只能凸显出她们的愚笨和空虚。她没有自怨自艾，没有悲叹抱怨，没有难以名状的愁苦，没有翻眼望天，笑得迷离朦胧。她是那样平和沉着，像大喜大悲之后深吸进的一口新鲜空气，举手投足充满自由和坚定。我非常喜欢她。

我又与拉季洛夫聊开了，也不知怎么聊到一个话题，就是某些小细节会比大事件给人留下更加深刻的印象，对于这点，我们俩有相同的认识。

“是的，”拉季洛夫表示同意，“这点我深有体会，你知道，我已经结婚了。但是结婚后三年，我妻子因为难产死了。当时我觉得自己活不下去，我悲痛至极，精神处于崩溃边缘，却一滴眼泪都哭不出来，像着了魔一样。按照传统，他们给她穿上寿衣，把她放在灵床上，就在这间房里。牧师来了，教堂执事来了，开始吟唱，祈祷，燃香。我跪倒在地，但是没有眼泪。我的心似乎变成了石块，还有我的头，非常沉重。就这样我度过了她死后的第一天，晚上竟然还可以正常入睡。你可以想象吗？第二天早晨，我走进房间看我的妻子，那是夏日时分，阳光从头到脚地普照着她，如此明亮。猛地一下我发现……（说到这里的时候拉季洛夫情不自禁地颤抖了一下）你猜是什么，她有一只眼睛没有完全闭上，一只苍蝇正叮在那里。我一下子就瘫软在地，当我醒来的时候，就开始哭哭哭，不能自已。”

拉季洛夫沉默了，我看了看他，又看了看奥尔佳，我永远不会忘记他脸上的表情。老太太把正在织的袜子放在膝盖上，从小手提袋里拿出手帕，默默地擦眼泪。菲奥多忽然站了起来，抓起小提琴，沙哑地开始唱歌。他大概是想让我们高兴些，但是听到他唱出第一个字的时候我们都不约而同地颤抖了一下，于是拉季洛夫叫他别唱了。

“无论如何，过去的事就过去吧。”他继续说道，“我们不能眷恋着不放，而且毕竟，这都是为了接下来能好好生活。好像是伏尔泰说的吧。”他匆匆补充了一句。

“是啊，”我回答，“当然是这样，另外，每一种苦难都有尽头，不会无休无止地持续下去。”

“是吗？”拉季洛夫问，“也许你是对的，我想起有次我躺在土耳其医院的病房里，我得了斑疹伤寒，当时都快死了。医院条件很差，战争嘛，有个医院已经谢天谢地了。有次他们带来了几个新的病号，可是没有床位了。医生走来走去想办法，看到我的时候，他问护工，‘活的死的？’护工回答，‘早上是活的。’医生弯下腰，听见我在呼吸。于是这位先生激动地说，‘太可气了，这个人快死了，他死定了，但是还在这里呼着气，不肯死，无意义地占用床位，不让别人住进来。’‘唉，’我心里想，‘处境不妙啊，米哈伊洛·米哈伊雷奇。’但最终我的病好了，你看活到了现在，好好的。所以，你是对的，毋庸置疑。”

“其实无论怎样这条理论总是通用的。”我回答，“就算你死了，某种程度上也是逃离了苦难。”

“说得对，说得对，”他补充道，用拳头重重砸了一下桌子，“只要下了决心，再多苦难也能挺过去，犹豫不决有何意义呢？”

听到这里，奥尔佳迅速站起来，走到院子里去了。

“来吧，菲奥多，跳个舞吧！”拉季洛夫喊了一声。

菲奥多弹奏了起来，扭着古怪做作的舞步，在房间里来来回回，就像那个羊在驯服的熊身边跳的舞蹈一样。他还一边唱着：“在我们的大门口啊……”

门口传来一阵竞赛马车的嘎嘎声，几分钟后，一个身材高大，肩膀宽阔，神色坚毅的男人——独院小地主奥夫夏尼科夫，走进了屋子。他真是个非常出色的人，如果您，我亲爱的读者朋友，允许的话，我将在另一篇里再谈到他。现在我需要最后再说几句：第二天天没亮，我就出发跟尤姆莱去打猎，打完猎就回家了。一个礼拜后，我又去了拉季洛夫家，但他跟奥尔佳都不在。过了两个星期，我听说他忽然撇下他的母亲，跟自己的小姨子私奔了。

全省沸腾了，都在讨论着这件事情。我这才明白当拉季洛夫讲自己前妻的时候，奥尔佳脸上的复杂表情，那不仅仅是同情，还燃烧着嫉恨呢。离开村子前，我拜访了拉季洛夫的母亲。她当时正在客厅和菲奥多·米赫伊奇打牌。

“你儿子有消息了么?”最后我问她。

老妇人哭了起来，闭口不提关于拉季洛夫的事情，我便不好再问什么了。

白净草原

这是七月里明媚的一天，接连几个好天气后，这天的天气格外明媚。一大清早，天空澄澈空明，霞光和煦，没有如火般的灼热，柔和的光芒沐浴大地。太阳——不是旱季特有的那种刺眼的火红色，也不是暴雨前荧荧的深紫色，而是一种明亮而温和的暖暖的颜色，徐徐地从一条狭长的云后浮出，新鲜地闪耀，光芒融进了紫丁香色的云层中。云朵纤细的金边，像一条发着光的小蛇，其光芒犹如抛光的银子般耀眼。忽然，舞动的光线突然清晰了，于是耀眼的，欢快的，绚烂的朝阳飞也似的升了起来。

到了正午，高高的天空就常常会出现许多云团，金灰色的，包裹在银白色的边际线里。它们软绵绵地呆在天空，好似茫茫碧波中的岛屿，四周围绕着极其澄澈的深蓝色水流，而云朵，则在其间一动也不动。在天空的更远处，云朵们相互靠近，这时它们之间的深蓝色天空已经看不见了，但它们本身的颜色也就跟那片蔚蓝一样，浸透了光和热，融为一体。远在天际的地平线，带有一点淡紫色，一整天都没有变幻过，绵延向两边。整个天幕，没有聚集黑压的云层，只是有些地方透出浅蓝色的光线，这是淅淅沥沥洒下的小雨。

晚上，云朵都消失了。它们中最后剩下的几朵，黑乎乎的像是不明状态的烟雾，一条一条地横在天空，映着下落的夕阳透出一种粉红色。在夕阳落下的地方，宁静如它初升时一般，一道深红色的光辉久久地映在渐渐黑暗大地的边缘，温润地闪着光。黄昏，星星嵌在夜空中，小心翼翼地闪着光，像极了捧在手中的那团烛火。在这样的日子里，大地的一切色泽都柔和起来，明亮但不耀眼，万物像被加入了一种名叫温存的动人物质。在这样的日子里，天气有时会热得厉害，走在田野的小斜坡上甚至会有身处蒸笼的感觉，但一阵微风就可以把积郁的闷热吹走，同样也微微扬起了打着旋儿的尘土，这的确是持久好天气的一个征兆。尘土沿着大道飘荡，越过田野，像一小列白色纵队般游移着。洁净干燥的空气中有着苦艾，割断的黑麦和荞麦混杂起来的气味，甚至在天黑前的一小时还感觉不到一丝湿气。这个天气给农人们带来了收获的喜悦……

有一次我也碰上这种好天气，我去图拉省契伦县打松鸡。一会儿工夫，便搞到了不少野味，装在包里，满满的，把我的肩膀压得生疼。过了一会儿，晚霞的余光褪去，取而代之的萧索阴影开始凝聚，散布在虽然亮着但已无暖意的空气中——直到这个时候，我才决意回家去。我快步走过一片悠长的小树林，爬上一座山丘。意外的是，我没有看到预想中那片熟悉的、右边是橡树林、远处是低矮的白色教堂的平原，而是一个不同的，我完全不认识的陌生的地方。

一个狭小的山谷正在我的脚下向远方延展，正对着我的是一排厚密的山杨树形成的树墙。我站着，茫然不知所措起来，四处张望……暗暗心想:“唉呀，我肯定是走错了地方，我向右走，走过头了。”我一边惊异于自己竟然能把路走错，一边快速走下了山谷。一到山脚，一股黏糊糊的雾气立马包围了我，像是掉进了个充满湿气的地窖一样，浑身不舒适。山脚下那些厚叶片的草都被露水打湿了，白得像是一块平整的桌布一样，无论谁走上去都会莫名地滋生出一种恐惧感。我立马调转方向，沿着山杨树林左边拐向另一个方向。蝙蝠在静谧的白杨树林子上空盘旋，给昏暗的夜空增添神秘的气氛，一只迟归的小鹞鹰轻快地划过天空，径直回到了巢穴。“好，只要我一直走到那个拐角，我肯定就可以找到路了，只是走了一英里的冤枉路!”我心里想着。

最后我终于走到了树林子的边缘，可还是没有路可以走。眼前只有高高低低的灌木和野草，一大片杂草丛生的土地朝更远更广的地方延伸，再往远处看，是一片辽阔无边的荒野。我不得不再一次停下。“哦，这是哪儿呢?”我开始绞尽脑汁地思索我究竟是怎么走到这个地方的……“啊，这里肯定是帕拉欣灌木丛。”我忍不住大叫起来，“肯定是！那么那儿就是辛杰耶夫树林。我是怎么过来的呢？走了这么远啊……太奇怪了！我现在还是走右边的路回去吧!”

我转向右边，穿过灌木丛。这时，天已经在不知不觉中完全黑了，黑得一如暴风雨前压抑的情形。夜色中的湿气从四面腾起，又一起撒下。我沿着一条野草丛生的小路走着，一边谨慎地关注着眼前的情况。一会儿，四周完全变成了黑漆漆的一片，并且静谧地没有一丝声响——只有偶尔传出的鹌鹑的啼鸣。一只不知名的小夜鸟拍打着柔弱的翅膀，轻声从低空飞过，差点儿就撞着我，惊慌失措地躲进了灌木丛里。我走了很长一段路，终于走出了灌木丛，又沿着田边围起的树篱向前走。而现在，我已经完全不能看清远处的物体了，四周的原野苍茫一片，地平线以上，是无尽的黑色夜幕，那黑色似乎在一大团一大团地向我靠近。围绕着我的阴冷空气里，只有我的脚步声沉闷地响起。天空又开始渐渐变蓝，一种夜的深蓝色，有星光闪烁其中。

原来，刚才那个让我认为是树林子的地方竟然是一个黑色的圆形小坡。“唉，那我现在又是在哪呢?”我冒出了这样的疑问，这已经是我第三次站在某处无所适从。我看着我的英国黄斑花狗迪安卡，企图从它那找着解决问题的方法，因为在所有四条腿走路的动物中，它是最聪明的一只了。但是这只最聪明的家伙除了对我晃了晃尾巴，眨了眨疲惫的眼睛以外，就再也没有给我任何建设性的意见。我觉得作为主人，在它面前有点丢人，于是便狂奔向前，好像是忽然找着路一样。绕过这个圆形的小坡，我到了一块浅浅的洼地。

一种奇异的感受瞬间占据了我的头脑。这块洼地外形简直是一个标准的大铁锅，四周向内倾斜，底部站着几块巨大的白色石头——看起来像是偷偷汇集起来在商议什么。四下一片漆黑死寂，冷漠而没有活力的夜幕悬在上方，我的心沉到了谷底。几只小型的野兽在石林间轻声叫唤。我赶忙跑上了圆形小坡，虽然我依然抱着一丝希望，但此时此刻我已经确定自己是彻底地迷路了。周围景物的轮廓都淹没在茫茫夜色里，分辨不清，我只好放弃尝试，默默地在黑暗中直行，不知道前方的路会把我带去哪里……

我拖着腿，就这样费力地走了半小时，望着眼前迷蒙的景象，忽觉感觉自己似乎从未到过如此荒芜的地方，放眼不见一缕光亮，细听不闻一丝人声。一个又一个的山丘，一片又一片的田野，无边无际的。一丛丛的灌木好似从地底冒出来一样，直直地戳到我的鼻子底下。我一边继续走，一边想着能在某个地方躺下，等到天亮了再继续，走着走着，我忽然走到了一眼望不到底的恐怖的悬崖边上。

我赶忙缩回我悬在空中的腿，透过昏暗的夜雾，我隐约看到悬崖底下是一片广阔的平地。一条长长的河水绕着平地流淌，静静地围了它半圈，蜿蜒流向远方，整条河面上波光粼粼，泛着金属质感的光。我所在的这座山冈，就像一幅贯通天地的巨幕，阴森森的轮廓映着青黑色的天。在我正下方，有一处被悬崖和河流围起来的平地，像一面灰暗冷漠的镜子。在山冈陡峭的斜坡下，两堆离得很近的篝火燃烧着，散发出红色的火光，冒出迷离的烟雾。几个人围着篝火坐着，身后映出长长的影子，有一个卷发的小脑袋时不时地被火光照映出清晰的轮廓。

现在我终于知道自己究竟在什么地方了。眼下的这块平原，就是我们这里有名的白净草原。但知道这些也没用，我现在已经不可能回得了家了，别说是在如此漆黑的夜里，更别说我的腿累得像灌了铅一样。于是我打算到悬崖下的草地上，烤一烤火，在太阳升起前就暂且跟那些人们——我猜想大概是牲口贩子——过上一夜。我很顺利地向下滑，来到了草地旁，当我最后抓住的几根枝条还没放开时，几只邋遢的白色大狗就凶恶地朝我吠叫起来。一个孩子清脆的说话声音从篝火边传来，还有两三个男孩立刻利索地站了起来。他们对我喊话，我一一作了回答，接着他们就向我跑来，并赶走了那两只对我的迪安卡非常有兴趣的狗。后来，我们一起在篝火旁坐了下来。

聊了一阵以后，才发现他们几个跟牲口贩子真是差了十万八千里。其实他们只是住在附近村子里的农人的孩子，在这里放牧。在这样炎热的夏天里，农人们常常会在夜里把马儿放出来吃草，因为白天有苍蝇飞虫，扰人清静，所以在黄昏期间放出马儿，一到黎明时分再把它们赶回去——这可是这些孩子们最喜欢做的活儿了。

他们都不戴帽子，有几个年长的孩子身着古旧的老皮革袍子，跨上那几匹最好的马儿驰骋在平地上，其他小孩儿就在一旁尖叫呐喊，大声欢笑，挥动着手臂，高兴地一蹦老高。飞驰的马儿扬起了尘土，又轻又细如同一片黄色的云，踢踏作响的马蹄声渐行渐远，马儿挺起耳朵，尽情狂奔着。跑在最前面的那匹马，尾巴撒向空中，四条腿有节奏地交替着，周围的草物跟鬃毛合成一色。

我跟那群孩子们说，我迷路了，所以希望可以跟他们一起坐一会儿。他们问我从哪里来，我如实回答了，又随便聊了几句。我在一丛叶子已经快被牲口吃光的灌木旁躺了下来，开始向周围望去。周围的景色实在是太美了，像一幅色彩缤纷的画：在篝火旁，一圈金红色的光晕在摇曳，似乎随时都会被无尽的黑幕所吞噬；火焰时不时地窜出橘红色的光芒，跳出光晕围成的小圈之外；火舌灵敏的撩拨着干枯的柳枝，又迅速地消失不见；细长的阴影偶尔会扑向火焰，跟焰火共舞一小会儿。此时此刻的情景，真是一场黑暗与光明的争斗。

有时候，火光不那么旺了，光晕也缩小了些。在光线不能触及到的黑暗里，忽然会探出一个马头，有条纹的或是全白的脸，一边瞪着好奇的眼睛看着我们，一边快速咀嚼着青草，忽然又把头缩回去，一下子就不见了。只能听到它们继续吃草和喷响鼻的声音。从那圈仅有的光圈中很难分辨出黑暗中究竟发生了什么事情，所有近在咫尺的，似乎被一道巨大的黑幕隔开了，只有遥远的群山和森林映出模糊不清的昏暗轮廓，远远地悬在地平线以上。

此时的天空一片辽阔，无云，深远，充满神秘的威严。周围的气氛让人觉得似乎有一种甜蜜的气息靠近心脏，吸进一口俄罗斯夏夜里特有的气息，芳香沁入心脾，心旷神怡。四周静悄悄一片，只有偶尔的，在靠近河的地方，会忽然有一条大鱼跃出水面，水花洒下激起一阵哗啦啦的水声，岸边的芦苇随着渐近的水波飘荡，发出轻微的沙沙声，还有两堆篝火热烈地噼啪作响。

这些男孩儿们围着篝火坐着，刚才两只急切地想要吃掉我的狗如今也坐在一旁，就算是过了这么长时间了，它们还是不肯向我低头，只是半睁着迷离的眼睛，望向篝火，每隔一段时间就带着一种自尊心受伤的情绪向我嚎叫，一开始只是低声的咕噜，接着是又尖又细的的轻叫，声音里充满了一种不满的抱怨。围着篝火的一共有五个男孩儿，他们分别是：费佳，帕夫卢沙，伊柳沙，科斯佳和瓦尼亚。这些名字都是我听他们聊天的时候提及的，下面我就来给大家介绍一下他们

首先是费佳，他看起来差不多有十四岁，是他们中间年纪最大的一个。他长得很好，相貌秀气，鼻子眼睛长得精致小巧，浅色自然卷的头发，忽闪的眼睛里总是洋溢着开心随和的笑意，总而言之，从外貌来看，他一定家境很好，不是非得到白净草原来干活，只是随便郊游一下而已。他穿着一件色泽华丽的衬衫，有亮黄色的滚边，外面批了一件新的短大衣，几乎就要从他窄窄的肩膀上滑下来。一把小梳子挂在他蓝色的皮带上。他脚上的那双靴子，微微地伸到了小腿以上。这双靴子绝对是按照他的尺码定制的，而绝不是他父亲穿剩下了的。

第二个孩子，名叫帕夫卢沙，顶着乱糟糟的黑色头发，眼珠是灰色的，脸上的颧骨宽宽的，脸色苍白，两颊有些许雀斑，嘴很大但是嘴形很好看，他的脑袋生得很大，俗话说来就是一

个“啤酒锅”。总体来讲，这个孩子就是方方正正而且略显笨拙。毋庸置疑，他不属于那种长得好看的男孩儿，但是我还是很喜欢他。他非常正直而且有话直说，声音刚劲有力。他只穿了最一般的麻布衬衣，裤子上还打着补丁，穿着相当朴素。第三个孩子叫伊柳沙，实在是个无聊的孩子，长了一张长脸，鹰钩鼻子，眼睛总是一副看不清东西的样子，脸上充满了一种无奈又焦躁的局促感。他总是紧紧闭着嘴巴不说话，愁眉紧锁，半睁着眼睛——那是因为怕强光照射。他的亚麻色头发几乎是快要接近全白了，在帽檐压得很低的额头下面露出几绺，他自己还不停地捋耳朵两旁的头发。他穿着新的树皮鞋和护腿，一根麻绳在他腰间绕了三圈，束紧了他黑色的工作服。他跟帕夫卢沙看起来都不满十二岁。第四个孩子大约十岁，名叫科斯佳，他的眼睛里总是闪着一种若有所思的忧愁，这引起了我的注意。他整个脸又小又瘦，长着雀斑，尖尖的下巴就像一只小松鼠一样，嘴巴很小，但那对湿润的大眼睛又黑又亮，闪着迷人的光，给我留下非常深刻的印象，它们似乎是要表达嘴巴——至少是他的嘴巴——不能表达的东西。他长得很小，一副羸弱的样子，穿得也不大体面。最后一个孩子，名叫瓦尼亚，我一开始都没有注意到他，他蜷缩着身子躺在草地上，盖着一块方形的毯子，一动也不动，只是偶尔把头探出来一点，这个男孩儿最多也就七岁大。

我就躺在一棵灌木的下面，看着这些孩子们。一个小铁锅悬挂在篝火上，里面煮着几个马铃薯。帕夫卢沙跪在一旁照看炉火，把一片木头探进锅子里搅着。费佳躺在地上，一手支着头，另一只手抚着衣服的下摆。伊柳沙坐在科斯佳旁边，强迫症似的不断眨着眼睛。科斯佳沮丧地歪着头，眼睛望向遥远的地方。瓦尼亚还是一动不动地睡在毯子下面。我闭着眼睛，假装睡着了。男孩子们有一句没一句地开始聊开了。起先，他们闲聊了一些事情，比如说明早的工作，马儿的情况。忽然，费佳转向伊柳沙，然后——好像这是自然而然地承接了他们以上的谈话内容一样——问他：

“那么，你当真看见过家神?”

“没有，我没有见过他，从来没有人看见过他。”伊柳沙用一种微弱而沙哑的声音回答道，这种声音倒是跟他的面部表情非常匹配，“不过我听见过他的声音，没错，而且不止我一个人听见过。”

“他住在哪里? 在你家里?”帕夫卢沙问道。

“住在旧的造纸作坊里。”

“你怎么知道的? 你去过那个作坊?”

“我当然去过。我跟我哥哥阿夫久什卡是那里的磨纸工呀。”

“没想到你们竟然是工人!”

“那，你听说他是什么样子的呢?”费佳问道。

“是这样的，那天我跟阿夫久什卡，米赫耶夫村的费多尔、斜眼的伊万什卡、来自红冈的另一个伊万什卡，还有苏霍鲁科夫家的伊万什卡，加上另外几个男孩，大约有十个人的样子，这是我们的全班人马了。那天碰巧我们得在造纸磨坊里呆上一晚上，本来说我们是不用这么做的，但是那个叫纳扎罗夫的监工，坚持要叫我们留下来。他说：‘为什么不待在这里? 你们回家也是浪费时间啊孩子们，明天还有很多工作哩，别回去啦孩子们。’”

“于是我们便留下了，都睡在一起，然后阿夫久什卡打开了话匣子：‘我说，伙计们，要是家神来了，我们该怎么办呢?’他话还没说完，就忽然听见有人在我们脑袋上方走着，我们当时是躺在下面，他就在楼上，在水轮的边上，走来走去。我们细细听去，他不停地走，踩着脚下的地板吱呀作响，然后他就从我们正上方走了过去。就在这时，忽然开始滴水，一滴一滴一滴的，水轮被吱吱呀呀地带动着转了起来，可是水宫的闸门之前一直都是关着的。我们在想是谁打开了闸门，让水流出来呢？但水轮转了没几下就停止了。接着我们又听到他走向了那扇门，然后开始下楼梯。他步伐很稳健，不急不躁，木头梯子又发出了巨大的声响。没一会儿，他就走到了我们房间门口，然后就站着没有动。我们等啊等啊，忽然一下，门就自己开了。我们很害怕，向门缝看，可是什么东西也没有……忽然我们又听到一个水桶里的滤纸用的网格开始动个不停，一次又一次上上下下的，好像有一个人在拖着它漂洗一样，洗完以后又放回了原位。后来，又有一只桶，从挂着它的钉子上被取下来，接着又被挂了上去。忽然，就像是有人站在门口似的，从门口那传来了咳嗽和哽咽的声音，像绵羊的叫声一般响亮。我们吓得一个紧紧挨着另外一个，缩成一团……那晚我们真是被吓得半死！”

“我说，”帕夫卢沙喃喃地说，“他咳嗽干嘛？”

“我也不知道，也许是我们房间太潮湿了。”

他们都沉默了一小会儿。

“那好吧，土豆烧好了吗？”费佳问。

帕夫卢沙用棍子戳一戳它们。

“没好呢，还是生的……你们听，天呐，好大的水花！”他补充道，把头转向小河的方向，“肯定是梭鱼……快看，有流星！”

“我说伙伴们，我跟你说件事情，有一次我父亲跟我说啊……”科斯佳用一种尖细的声音说道。

“我们听着呢。”费佳鼓励他说下去。

“你们应该都知道镇上住的那个叫加夫里拉的木匠吧？”

“对啊，我们知道有这么个人。”

“你们知道他为什么一直这么伤感，从来不说话吗？你们知道吗？我告诉你们原因。我听我老爹说，有一回他为了采坚果去了森林，然后就迷路了。他没有停下，继续向前走啊走啊。哎呀，鬼知道他去了哪儿。他继续走啊走啊，伙计们，这可不妙了呀！他已经无路可走了，而且夜已深，他独自一个人在外，于是便就近找了一棵树顺着树干坐了下来，想着‘等到天亮了再说吧’。坐下不多久，他就开始打瞌睡了。刚刚睡着没一会儿，就听到有人在叫他的名字，他抬头一看，一个人都没有。于是他就继续睡觉，可是，他又一次听到有人喊他。他一次又一次抬头张望，终于看到在他前方的树枝上坐着一个鱼人，在呼唤着他。那个鱼人一边在树枝上晃来晃去，一边哈哈大笑……当时月光很明亮，超级明亮，亮得几乎照亮了平原上所有的东西。伙计们，你们想想，当时鱼人就明明白白地坐在树枝上，身上还像鱼鳞一样反着白色的光。鱼人喊他的名字，不停地大笑着，还招手叫他过去。

“加夫里拉站了起来，正要向鱼人走过去，但是呢，伙计们，这肯定是上帝显灵在帮他的忙——他像这样在胸口画了个十字……但是，连画个十字都太难啦。他自言自语说道：‘啊，我的手怎么动不了，僵硬得就像是一块石头一样。’……呃！那个可怕的女巫……所以，一旦他画完十字，伙计们，那个鱼人忽然就不笑了，反而开始哭了起来。没错，哭起来了，她一边哭，一边用长长的头发擦着泪水。她的头发是绿色的，就像是某种亚麻植物一样。加夫里拉目不转睛地看着她的一举一动，最后，他竟然开始向她提起了问题。‘你为什么要哭呢？’鱼人回答说：‘你本不应该画十字的，这样我们就可以一起快乐地度过一生。现在看来不行了。所以我哭了，我从心里感到深深的悲伤。但是我不会独自悲伤的，我要你跟我一起，从心底感到深深的悲伤直到你生命的尽头。’然后她便消失了。伙计们，接着加夫里拉就忽然找到了走出森林的路……从那以后，他就一直一副伤感的样子的，就像你们一直看到的那样。”

“啊！”费佳在一小段沉默以后忽然叫道，“但是树林子里一个邪恶的生灵怎么可能玷污基督徒的灵魂呢，而且他也没有按她所说的做呀？”

“算了吧，加夫里拉自己也说，那个鱼人的声音又尖锐又悲哀，就像一只癞蛤蟆一样。”科斯佳说道。

“这是你爸爸亲口告诉你的吗？”费佳继续问。

“是的，当时我正躺在高板床上，我听得清清楚楚。”

“这可奇了怪了，为什么他要这么悲伤呢？但我觉得吧，那个鱼人肯定喜欢他，因为她一直在叫他的名字。”

“是啊，她肯定喜欢他！”伊柳沙忽然插进来，“我敢肯定，但是她只不过想要一直玩弄他到死，她就是想这样。这些鱼人尽干这种事情。”

“这里附近肯定也有鱼人，我觉得。”费佳说道。

“没有，这里是完全敞开的空间。不过有点倒是符合鱼人出没，这里临河。”科斯佳说。

他们都不说话了。忽然，从远方传来一阵拖得长长的，嘹亮而悲哀的声音，这种声音难以名状，不知从何而来。一声声，打破深沉的寂静，升腾到半空，在空气中回荡摇曳，渐行渐远，最后消失。仔细听一下呢，好像是什么都没有，但还有回音在缭绕。似乎是有个人，站在地平线的边沿，持续地哭喊，悠长的，一声一声的，余音回响在心头；又像是有人躲在林子里，用尖锐无比的笑声回应着他，河面上飘过一阵低低的嘶嘶声。那群男孩们向四周看了看，微微地缩了缩身子。

“基督与我们同在!”伊柳沙小声说。

“哎，你们这群窝囊废!”帕夫卢沙大叫起来，“你们怕什么呀？来来来，土豆烧好了。”

于是他们都围到铁锅旁，开始吃冒着热气的土豆，只有瓦尼亚继续躺着一动不动。

“喂，你不过来吗?”帕夫卢沙问。

但是瓦尼亚还是缩在他的毯子下。锅子很快就见底了。

“伙计们，不久前我们在瓦尔纳维奇发生了一件事情，你们都听说了吗?”伊柳沙说。

“在大坝附近?”费佳问。

“对对，在那个已经坍塌的大坝附近。那个地方经常闹鬼，一直闹鬼的地方啊，四周都没有什么别的建筑，周围全是洼地啊，峡谷什么的，洼地里还有蛇出没。”

“好吧，究竟发生什么事情了，跟我说说吧。”

“事情是这样的，费佳，你可能不知道，从前有一个淹死的人埋在这里，他淹死在河底很久很久了。那时候河水还是很深的，但是他那个坟还是看得见的，虽然只是勉强看得见。大概能看见这么点儿——一个小土堆。几天前，管家把猎人叶尔莫莱叫到跟前，对他说，‘你去趟邮局吧，叶尔莫莱。’叶尔莫莱经常替我们跑邮局，他养的狗全部都死了，不知道是什么原因。它们只要跟着叶尔莫莱，就活不长，所以事实上它们都跟不了叶尔莫莱多久，但他是一个极其出色的猎人，每个人都非常喜欢他。叶尔莫莱就去了邮局，在镇里呆了一小段时间，骑马回来的时候有点迷迷糊糊了。当时正是夜晚，夜色撩人，月光照耀着大地……叶尔莫莱骑着马走过了大坝，那是他的必经之路。就这样，他继续走着，忽然看到在那个淹死人的坟旁，有一只漂亮的小羊在跑来跑去，长得白白的，毛发卷曲。于是叶尔莫莱想着，'嗯，我把它捉回去吧。'于是他下了马，把小羊抱在怀里。但是那只小羊好像一点都没有注意到他的动作，非常温顺。于是叶尔莫莱又坐回到自己的马鞍上，但是马却不安起来，不停地喷气，甩头。他不住地对马说'吁……吁……'抱着小羊继续上路了。他把小羊安置在前面，看着它，然而那只羊竟然也直直地回头看他，就像是这样。叶尔莫莱觉得有点莫名其妙的，'我好像记不得了，但是我好像以前也被这么看过似的。'但是，他还是默默的开始抚摸起羊的卷毛，一边还嘟囔着'咩咩咩，咩咩咩！'忽然，这只羊露出牙齿，也对他说'咩咩咩，咩咩咩！'"

伊柳沙话音未落，两只狗忽然站了起来，发神经一样疯狂地吠叫起来，然后飞也似的冲进了漆黑一片的夜里。这几个孩子也都紧张得不行，瓦尼亚一下子从毯子下蹦了起来，帕夫卢沙则呼喊着追逐那两只狗去了。狗儿的声音越来越远了。马群受到惊吓，发出了惊恐的叫声。帕夫卢沙在远处高声地命令着狗："格雷！甲虫！……"过了一会儿，两只狗就不叫了，帕夫卢沙的声音却依旧在远处依稀可辨……又过了一会儿，这些孩子们都神经紧绷，不住地东张西望，好像在等待什么事情发生一样……忽然一阵马蹄声传来，帕夫卢沙骑着一匹马停在了篝火旁。他抓住马鬃敏捷地跳了下来，两只狗也出现在光线里。

它们俩双双坐下，红红的舌头伸在外面。

“究竟发生什么事了?”孩子们问。

“没事，”帕夫卢沙一边向马招招手，一边说道，“狗闻到了什么东西吧，我觉得有可能是狼。”他说着这些，神色平静地深深吸着气。

听到这里，我不禁对帕夫卢沙刮目相看，此时此刻的他显得特别英俊。原本平凡的脸，因为剧烈的运动显得神采飞扬，充满着刚毅和无所畏惧的气概。在这样的黑夜里，他竟然赤手空拳，毫不犹豫地冲进了林子里独自面对狼群。“真是勇敢的孩子啊!”我看着他，心里这么想着。

“那你看见狼了吗?”科斯佳浑身发抖地询问。

“这种地方狼总是很多的。”帕夫卢沙说，“但只有在冬天的时候，这些狼才会对人有威胁。”

他又坐回到篝火旁，手搭在其中一只狗毛茸茸的头上。这个举动惹得那家伙激动极了，得意而又骄傲地望着帕夫卢沙，一动不动。

瓦尼亚又躺到了毯子下面。

“伊柳沙，你讲述的故事实在太恐怖了!”费佳开口说道，他的职责——作为一个好人家的公子哥儿——就是引导大家谈话的内容（他很少说话，显然是不想降低自己高贵的身份）。“所以刚才某些邪恶的灵魂在狗面前晃悠，惹得它们吠叫不已……其实，我很久以前就听说过那地方闹鬼啦!”

“你说瓦尔纳维奇？我也觉得那地方闹鬼呀！他们不止一次跟我说，以前那个老爷经常在那儿出没，他其实早就死啦！那个鬼穿着一件长摆外套，一边悲切地呻吟，一边低着头像是在找什么东西。有一次，特罗菲梅齐爷爷碰到他，便问他：‘伊万·伊凡内奇老爷，你在究竟在地上找什么呀?’”

“他竟然敢这么问?”费佳表示很惊奇。

“是的，就是这么问的。”

“好吧，看来我以后得改叫特罗菲梅齐爷爷为勇敢的爷爷……那，鬼是怎么回答的呢?”

“他用一种浑厚的声音说:‘我在找一种可以切断一切的草。’‘什么？伊万·伊凡内奇老爷，你想要一种可以切断一切的草?’‘坟里的锁太重啦，太重啦，我要出去，特罗菲梅齐，我要出去，出去……’”

“我的天呐!”费佳说道，“我敢说，他生前肯定过得不怎么样啊!”

“这太神奇了!”科斯佳说，“我以为只有在万圣节的时候，大家才可以看见死人的灵魂。”

“我们随时都可能见鬼。”伊柳沙加入了谈话。而从他那句话我发觉，他比其他在座的孩子们更加懂得这些乡间的风俗人情。

“但是在万圣节的时候，你也可以看见在这一年中死去的活人。只需要坐在教堂的走廊里，目不转睛地盯住路面就行了。它们会沿着马路走向你，这些人就是在今年里即将要死去的人。比如说，去年的时候，我就看见乌丽亚娜这么做的。”

“那，她当时有没有看见什么人呢?”科斯佳问了一句。

“当然有啦，一开始她坐了很长很长一段时间，没看见什么人也听不见任何动静……只有一只狗不知在哪个角落哀嚎不止，就像这样……忽然她抬起头：一个男孩正沿着马路走过来，身上只穿了一件衬衫。她看着他，原来就是伊万什卡·费得索伊夫。”

“那个在春天死了的人？”费佳问。

“对，就是他，虽然他当时埋头走着，但是乌丽亚娜还是能认识他呀。过了一会儿，她又看见了另外一个人，一个女人向她走来。她盯着那女人看呀看呀……啊，上帝啊！……竟然就是她自己，乌丽亚娜本人啊！”

“真的是她自己？这可能吗？”费佳又问道。

“千真万确的，我的上帝，真是她本人。”

“你怎么知道？她那时候还没有死呢！”

“可是今年还没有完全过去，她看着自己就这么走过，知道她自己的死期已经不远了。”

帕夫卢沙又把几根干木柴扔进火堆，火焰忽然窜起，立马把新加的几根柴火烧成了黑色，一边噼里啪啦地碎裂，一边冒出浓烟，接着开始萎缩，向着燃烧着的那头弯下了腰。火光闪耀，照向四方，尤其是篝火上方的一小片天空。忽然，不知从哪儿飞来一只白鸽，它直直地冲进火光里，惊恐万分地扑打翅膀乱飞了一阵，身体全然被红色的火光包裹，不一会儿就消失了。

“这是什么，帕夫卢沙？”科斯佳问，“会不会是一个要飞去天堂的灵魂？”

帕夫卢沙又把一把柴火扔进火堆。

“大概吧。”过了很久，他悠悠地说。

“帕夫卢沙，跟我们说说呢，”费佳说，“你们沙拉莫沃那地方有没有圣兆？”

“就是白天的时候太阳不见了？有啊有啊。”

“那你们都怕吗？”

“怕啊，不单单我们害怕呢。我们的老爷，虽然他好像能未卜先知，早早就告诉我们可能会有圣兆出现。但是一旦天一黑，他们说老爷自己也怕得不行咧！躲在农舍里的老女人，一见天黑了，就一把抓起拨火铁棒，噼噼啪啪地把碟子啊，碗啊，全部打碎了。‘世界末日啦，谁还要吃饭呀！’于是乎，汤汁什么的就流了一地，乱七八糟的。在我们村里还流传着这样一个故事，说圣兆都是白狼在地面作乱。白狼是会吃人的，还有吃人的飞禽，据说特里什卡在那时也会出现。”

“特里什卡是谁？”科斯佳问。

“嗯？你竟然不知道他？”伊柳沙来劲了，“怎么会呢，老弟，你是从什么地方来的呀，竟然不认识特里什卡？你肯定从小到大都待在你那封闭的小地方，没见识！特里什卡可是一个大英雄，他终有一天会出现的，可是因为他太厉害了，所以没有人可以见到他，也没任何办法跟他交流，啊，他真是个不可思议的人呀！举个例子吧，有一次农人们手里举着棒子想要抓住他。那时，他明明已经被困在中间，可是不知道他施了什么障眼术，他们什么都看不见啦。后来他们就分开来，他就逃了出来。”

“要是他被逮着了，就会被关进监狱。到那时呀，他会要一小碗水，他们就给他一碗水。于是他会把水泼在地上，然后就当着大家的面消失！如果他被铁链子绑起来了，只要拍拍手，链子就自己掉下来了。你看，这就是特里什卡，他去过很多地方，是个浪荡分子。他会带领那帮子异教徒们……人们拿他无可奈何……他简直是太怪异了。”

“是啊，是啊，”帕夫卢沙继续以深沉的语气说，“他就是这样的啦，于是在我们那个地方呀，人们就一直等他来。有一些老人就说，只要圣兆一出现，特里什卡就会来。所以只要是圣兆来的时候，所有人都站在街道旁，田野里，等着看究竟会发生什么。我们那地方，你们也知道的，是个开阔的地儿。大家都在张望，忽然有一个人从镇子另一边的山上走了下来，长得特别奇怪，脑袋巨大无比……于是所有人都喊了出来：'特里什卡来啦！不好啦，特里什卡来了！'然后便四散逃开。村长一下子就爬进水沟躲了起来；他老婆卡在门板缝里，拼了命地大叫，叫声吓到了院子里的狗；狗挣脱链条，越过栅栏，飞也似的冲进了林子里；库济卡的爹多罗费伊奇也藏进了燕麦地里，整个躺下来，开始像鹌鹑一样叫起来。'说不定，那个可怕的杀人魔王会放过一只弱小的鸟儿的。'所有的人都怕得要命！但是来人却不是特里什卡，而是我们的铜匠瓦维拉，他只是把新买的水桶倒扣在了头上。"

孩子们大笑起来，不多一会儿就又沉默了，在露天的环境下聊天，就常常会出现这种现象。我望向庄严肃穆的夜空，夜已经很深了，前半夜潮湿的凉气已经被暖烘烘的气流所代替，还要过一段时间鸟儿才会发出第一声鸣叫，露水才会闪耀第一缕光芒，而现在，夜还是笼在软绵绵的原野上。月亮还没有升上夜空，这段日子它总是出现的很晚。于是，数不尽的星星，竞相闪烁，就像一齐沿着银河奔跑。看着这夜空的景象，你隐约也会感觉到这广袤地球的奔腾不息……忽然，一阵奇异尖利的叫声响了起来，在河的对岸响了两次，很像是忍着疼痛的哀嚎，不过一会儿，在远一点的地方又响了一声。

科斯佳颤抖了一下："什么声音啊？"

"是苍鹭在叫。"帕夫卢沙冷静地回答。

"苍鹭？"科斯基学舌一般重复了一遍，"苍鹭是什么呀，帕夫卢沙，我昨晚也听见奇怪的叫声了。"他说着，顿了一顿，又接着说，“你也许知道是怎么回事吧？”

“你昨晚听见了什么？”

“我跟你说啊，昨晚我从石岭出发，想要到沙什基诺去的。我先是穿过了一片核桃林，然后越过一个小池塘——你知道那个池塘吗？就是旁边有一个深沟沟的那个——那个小小的水潭，你应该知道它的。水潭边的芦苇长得非常高，我走过去的时候，忽然就听到了一声那样的叫声，又悲凉又凄惨！我都快吓死了，兄弟们，那时候天已经很黑了，叫声又是那样幽怨。我都快吓哭了……那究竟是怎么搞的？嗯？”

“前年夏天，护林人阿基姆遭到几个盗贼抢劫，然后被淹死在池塘里，你听见的，也许是他的鬼魂在哭泣吧。”帕夫卢沙说。

“哦，我的天呐！这是真的吗？”科斯佳说着，原来那双已经很大的眼睛瞪得更加圆了，“幸亏我不知道这件事情啊，不然准被吓死了！”

“但是那儿也有很多小青蛙，”帕夫卢沙继续说，“说不定也是这么叫的呢。”

“青蛙？不不不，绝对不可能是青蛙，肯定不是的。（这时苍鹭又叫了一声）呃，就是这样的！”科斯佳不由得惊叫起来，“是林妖在尖叫！”

“林妖才不会叫呢，它们都是哑巴，”伊柳沙说，“它们只知道啪啪啪地拍手。”

“这么说，你是见过林妖的了？”费佳不无讥讽地接过了话头。

“没有见过，上帝保佑我，我才不想看见那玩意儿，不过我认识的一些人见过它。怎么回事呢，有一次，我们那儿一个农民就被它弄得迷了路。林妖带着他在林子里不断地走啊走，却始终是在绕圈圈，根本走不出去。直到天亮的时候，那个农民才回了家。”

“也就是说，那个人见过林妖喽?”

“对呀，他说林妖是一个很大很大的东西，通体包裹着一层黑色的物质，就像是一棵树一样。人们很难分辨它的样子。它好像是怕月光，总是离光线远远的，不住地瞪着巨大的眼睛向外望，还一眨一眨的……”

“呃!”费佳发出一声怪叫，声音还略微有些发颤，随即又耸了耸肩，大叫一声“呸!”

“这样的鬼东西怎么会活在世界上的?”帕夫卢沙问，“太不可思议了!”

“别说它坏话，小心被它听见。”伊柳沙说完又是很长一段时间的沉默。

……

“伙计们，快看快看，”忽然瓦尼亚稚气地大叫起来，“快看那些星星呀，像蜜蜂一样挤在一起呢!”

他光滑的小脸蛋儿从毯子下伸了出来，用一只手托着，慢慢抬起了大眼睛。其他孩子也望向天空，看了很长很长时间。

“好吧，瓦尼亚，”费佳继续说，“你的姐姐阿纽特卡身体还好吧?”

“好得很呢。”瓦尼亚含糊地回答。

“那你问问她，怎么不来看我们呢?”

“我不知道。”

“那你叫她来嘛。”

“行啊。”

“跟她说，我有礼物送给她。”

“礼物？我有份吗？”

“有，你也有。”

瓦尼亚叹了一口气。

“不，我不想要礼物。你还是给她吧，她在家的时候对我们可好了。”

说完这句话，瓦尼亚又低下头躺在了地上。帕夫卢沙站起来，把那只铁锅拿在了手里。

“你去哪？”费佳问他。

“到河边打点水，我想喝水。”

两只狗跟着他一起去了。

“小心，别掉河里去了！”伊柳沙朝着他的后背大叫。

“怎么会掉进河里？”费佳说，“他一向很谨慎的！”

“没错，他是一直很小心。但是总有稀奇古怪的事情发生嘛，比如他低下身子去打水时，可能会有水妖一把抓住他，把他拖进河里。然后别人就会说是有个小孩自己掉到河里去的。可是究竟是怎么掉进去的呢？就没人追问了……他现在钻到芦苇丛里去了。”他伸着耳朵仔细听着，这么说道。

芦苇被分开的时候真的在“窸窣”作响，就像我们称呼它的名字一样。

“不过真有这事吗？听说那个叫阿库丽娜的疯子就是掉进水里以后变疯的。”科斯佳问。

“的确是这样，她现在多可怜啊！他们说她过去可是个大美人哩！水妖给她施了法术，它肯定没想到人们会这么快把她救上来。在水底的时候就给她施法了。”

我以前见过阿库丽娜几次。她总是衣衫褴褛，瘦得吓人，脸黑得跟煤炭一样，眼神迷离，永远咧着嘴笑着。她可以一连好几个小时在马路上走来走去，跺着脚，瘦骨嶙峋的双手一直按住胸口，两只脚无力地前后换来换去，像极了一头困兽。她完全不明白别人跟她说的话，只是时不时地会咯咯咯地笑上一阵。

“但是他们说啊，”科斯佳继续说，“阿库丽娜是自己跳河自杀的，因为她的情人欺骗了她。”

“没错，是这样的。”

“那你还记得瓦夏吗?”科斯佳一脸悲伤地问。

“瓦夏是谁?”费佳说。

“你怎么不知道，就是那个淹死的瓦夏呀。”科斯佳说，“就是在这条河里。唉，他是个好人呀，真是个好人！他的妈妈，菲克里斯塔，她是多么疼爱他啊！但是她好像早就预料到有一天河水会给瓦夏带来噩运似的——夏天的时候，每次听说瓦夏跟我们几个一起去河边洗澡，她总是会吓得全身发抖。别人的妈妈都觉得无所谓，只是自顾自地提着水桶走过。但是菲克里斯塔会停下来，把水桶放到地上，然后朝瓦夏大叫：‘回来啊，儿子，回来啊，亲爱的孩子！’没人知道瓦夏是怎么淹死的。他在岸边玩，他妈妈在割晒干草。忽然，她听见一个声音，好像是有人在水下吹泡泡一样——再一看，瓦夏的一顶帽子飘在水面上呢。你们知道，打那以后，菲克里斯塔就不大正常了：她每天都躺在瓦夏被淹死的小河旁，兄弟们，就在那条河旁边她躺下来，然后开始唱歌。你们还记得瓦夏以前一直唱的那首歌吗？她就在河边一边哭啊哭啊，一边唱着这首歌，一边还向老天爷诉苦。”

“帕夫卢沙回来了。”费佳说。

只见帕夫卢沙端着满满一锅子的水走到了篝火旁。

“伙计们，”他顿了一顿，说道，“事情不妙啊。”

“发生什么事了?”科斯佳迫不及待地问。

“我听到瓦夏说话了。”

听到这句话，似乎所有人都颤抖了一下。

“什么意思？什么叫听到瓦夏说话了?”科斯佳问。

“我也不知道。我正在弯腰打水呢，忽然我听见一个人在喊我的名字，而那正是瓦夏的声音，但是这个声音是从水下传来的，不停地喊‘帕夫卢沙，帕夫卢沙，过来呀，过来呀。’我跑掉了，不过水还是打回来了。”

“啊，上帝啊，可怜可怜我们吧!”所有的孩子都这么说着，用手在胸口画起了十字。

“是水妖在喊你，帕夫卢沙，”费佳说，“我们刚刚还在说到瓦夏呢!”

“这不是一个好兆头啊。”伊柳沙思考了一会儿，默默地说。

“其实也没什么大碍，你们不用担心。”帕夫卢沙坐了下来，坚定地说，“就算是真的，那也没人能逃脱得了自己的命运。”

其他孩子们都僵住了，显然帕夫卢沙的话给了他们很大的冲击。他们纷纷在篝火前躺下，像是要准备睡觉的样子。

“那是什么声音?”科斯佳忽然抬起头，问。

帕夫卢沙侧过头，仔细听着。

“是麻鹬在一边飞一边叫。”

“它们是要飞到哪里去?”

“飞到另一个地方，有人说那里是没有严冬的。”

“真有这样的地方?”

“真有。”

“很远吗?”

“非常非常远，比大海还要远。”

科斯佳叹了一口气，然后闭上了眼睛。

三个多小时过去了，我一直跟这些孩子们在一起。月亮终于升了起来，起先我还没有注意到，它只是一弯小小的新月。刚刚那没有月亮的夜空，显得无比肃穆寂静，而现在这些星星们，挂在夜幕的时间所剩不多，要不了多久，就要沉入茫茫的宇宙。周遭的一切都出奇的肃静，所有的一切都沉沉入睡，享受着黎明前最后一点点酣畅的时光。空气里的香气此时也开始消散，一股湿气似乎在蔓延……夏天的黑夜是多么短暂！……孩子们的说话声跟篝火一样，渐渐熄灭了。两只狗也在打盹儿，远处的马群，借着昏暗的光线，我只能隐约看见它们低着头的轮廓——它们也都睡了……而我，也渐渐陷入一种疲乏的意识空洞状态，不多一会儿，也进入了梦乡。

一阵清风拂过，我睁开眼睛，天已经微亮了。东方微微泛起了鱼肚白，霞光尚没有出现。然而，目之所及的一切都已经清晰可辨。浅灰色的天空此时正越来越亮，越来越鲜红，星星一闪一闪地发出最后昏暗的光亮，有一些已经淡得看不见了。整个大地充满了潮湿的气息，每一片树叶上都挂着露珠。人声和喧闹声从远处传来，一阵轻轻的晨风在泥土地上欢愉地飘动游荡。我的身体兴奋得轻轻打颤，以回应这完美的晨景。我迅速爬了起来，走向那群孩子们。他们躺在尚有一丝余热的篝火旁睡得死死的，只有帕夫卢沙半抬着身子，专注地看着我。

我对他点了一点头，便顺着雾气重重的河岸往家的方向走了。走了不到两英里路，我周围那沾满露水的、辽阔的白净草原，前方层层叠叠的绿色树林，后面扬尘的小路和路边闪着红光的灌木丛，笼罩着晨雾的淡蓝色河水，水里还反射着晨光，起先是粉红色，然后是鲜红色，接着变成了金灿灿的颜色……所有这些都开始苏醒过来，它们开始唱歌，喧闹，交流。四周挂满了大颗大颗的露珠，在阳光的照耀下发出亮如钻石的光芒。纯洁清澈如同沐浴在清晨的清新中，远处的钟声像是在欢迎我的到来。忽然，那群我刚刚分别的孩子们驾着精神抖擞的马儿们，从我身旁疾驰而去……

可惜的是，帕夫卢沙在那年去世了。不是被淹死的，而是从马上掉了下来。多么好的一个孩子，真是可惜啊！

莓泉

八月初，天气往往炎热得叫人无法忍耐。每到这个时节，从上午十二点到下午三点这段时间里，就算是对打猎抱着最坚毅态度的狂热分子也无法顶住高温坚持出猎，而最忠诚的猎狗，此时也只能闲得舔舔主人的马刺，或者跟着主人跑来跑去，眼神中带着不悦，舌头伸得老长，一个劲地喘气。主人责骂它，它只能委屈地摇摇尾巴，一脸困惑地望着主人。它不能像从前一般，猛地撒腿跑出去追赶猎物。而我，恰恰在这种天气里外出打猎了。

我一直很想找个阴凉的地方躺下来，就算一小会儿也好。我那不知疲倦的狗儿疯狂地在灌木丛中跑来跑去，显然它也不知道这种燥热的行为有何意义。最终，这令人窒息的热浪迫使我想个法子节省精力。于是，我来到了伊斯塔小河边（想必我亲爱的读者朋友们已经听说过这条河了），沿着陡峭的河岸往下滑，越过横跨河面的大坝，踏着黄沙，向着一口泉水的方向走去。这口泉水，周遭的邻人们都称之为：莓泉。

在河岸峭壁上某个开口处，大峡谷的豁口在此变得狭小而深邃，莓泉的泉水就从这个缝隙里涌了出来。泉水顺着二十步高的崖壁，带着欢快的汩汩声流入河中。泉口旁长满了天鹅绒般细密的青草，而阳光，似乎从来都穿不透崖壁，正因为如此，河水，永远是如银丝般的清冷。我走到泉水边，一个桦树木质的杯子被放在草地上，这是路过的农民为方便大家喝水而留在这里的。我痛痛快快地喝饱了水，躺在阴凉处，向四周张望着。我看到不远处，由于水流的冲击而形成了一个小山洞，洞口的水跟周遭的流水相互作用，泛起了层层的涟漪。而在洞里，两个老人正背对着我坐着。

其中一个在钓鱼，长得相当高大结实，穿着深绿色的外套，戴一顶绒线便帽；另外一个又瘦又小，穿了一件打着补丁的厚粗棉布外套，没有戴帽子，他双膝上放着一小罐鱼虫，时不时把手放在自己那灰白头发的脑袋上，好像在挡住阳光似的。我凝神一看，原来这个人就是舒米西诺的斯乔普什卡，请读者们耐心听我介绍介绍这个人。

离开我的住所几英里的地方，有一个大村子叫舒米西诺。村里有一座为圣科济马和圣达米安建立的石砌教堂。正对这座教堂的地方，曾经有一所宏伟庄严的地主宅邸，周围有各式各样的外屋、办公室、手工作坊、马厩、地下室、马车库、澡堂、临时厨房、客人或管理员住的厢房、温室、公用的秋千和其他有着各种用处的建筑。一户地主人家住在这所宅邸里，原来一切都相当顺利，直到有一天早晨，所有这些繁华的建筑都被一场大火化成了灰烬。

主人们迁到别处去了，这所宅邸便就此衰落。这所曾经辉煌的大宅子已经变成了灰凄凄的杂菜园，到处都堆着砖头，这些砖头是原本宅子的根基。人们用在火灾中幸免于难的木材迅速搭建了一个小木屋，用十年前为了要造哥特式亭台而购买的船板作屋顶，园丁米特罗凡，和他的妻子阿克西尼娅，以及七个孩子就住在这所小木屋里。

米特罗凡收到指令，要把蔬菜还有院子里种的其他东西供给远在一百五十英里外的主人食用，阿克西尼娅则受命看管一头蒂罗尔种的奶牛，这头牛是花大价钱从莫斯科买来的，但是从买来至今它从未产出过一滴牛奶。她还看管一只有冠子的灰色公鸭，这是唯一的“老爷家的”家禽。他们的七个孩子，因为年龄尚小，没有派遣给他们特殊的任务，然而正是这点，使他们一个个都长成了不折不扣的懒鬼。

我在园丁家住过两次，而我每次经过他们家的时候，总是会向他们买一些黄瓜。那些黄瓜不知道是什么原因，在夏天的时候已经长得硕大，淡而无味，覆盖一层黄色厚实的皮。正是在他们那，我第一次见到了斯乔普什卡。在那个地方，除了米特罗凡一家，一个老聋子格拉锡姆（他是个教会委员，所以出于福利制度让他住在独眼士兵的寡妇家的一个小房子里），就没有其他仆人了。所以至于我要向各位介绍的斯乔普卡什，不能简简单单地把他视作一个仆人，事实上，他根本就不是一个普通人。

但凡是人，在社会中总有这样那样的地位，总会有这样那样的关系。至于家仆呢，即使得不到工钱，至少也会得到所谓的“口粮”。而斯乔普卡什却绝对没有遵循这两类生存之道的任何一种，他似乎跟任何人都没有关系，没人知道他的存在，甚至没人知晓他的过去，村子里没有任何有关他的故事。人口调查数据库中恐怕也未必有这么个人。曾经有一个不明确的传闻，说他曾经是某个人的随从，不过这个传闻就到此为止，至于他是谁，从哪儿来，是谁的子嗣，是怎么成为舒米西诺村上的人的，他身上那件万年不变的粗棉布外套是哪儿来的，住哪儿，靠什么维持生计……以上所有的问题，绝没有人知道，就连一丁点儿线索都没有。而且，说句实话，其实根本就没有人关心这些和他有关的问题。

只有特罗菲梅齐大老爷（他对所有家仆直系四代的家谱都了如指掌）有一次说过，他记得已故的老爷阿列克谢·罗曼内奇旅长出征回来时，辎重车上载着一个土耳其女人，而斯乔普卡什，则是这个女人的亲戚。按照俄罗斯的旧习俗，过节的时候，家家户户都会在沿路摆上荞麦馅饼和伏特加酒，用以款待路过的人，或者直接施舍给他们钱财。但即使是在这种日子里，也不见斯乔普卡什摆设任何盛着食物的桌子，或者装着美酒的木桶。他从来不向他主人行礼或者亲吻主人的手，也从不为了祝老爷健康而一口气干掉管家手里满满的一杯酒。

有时候，大概只会有些好人心路过，施舍给这个可怜的穷人一块吃剩了的馅饼。复活节的时候，人们对他喊“耶稣复活啦”，但是他从不卷起沾满油污的衣袖，从没有在口袋里掏出过一枚复活节彩蛋，眨着眼睛喘着气把它送给某个少爷或是太太。夏天，他住在鸡棚子旁边一间小小的储藏室里；冬天，他就住在澡堂子的接待室里；更冷的时候，他就在干草棚里过夜。有时候人们会发狠踢他一脚，但是从没有一个人跟他谈过话。至于他，似乎从出生开始就没有因为要说话而开过口。

火灾之后，这个被众人抛弃的家伙就在园丁米特罗凡那里找到了个避难所。园丁从未搭理过他，也没跟他说过如“来跟我一起住吧”之类的话，但倒也没有撵他走。斯乔普卡什其实也不是住在园丁的屋子里，他住在菜园子里。他行动走路都是悄无声息的，打喷嚏或者咳嗽的时候都害怕似的用手捂住嘴巴。他总是像蚂蚁一样忙忙碌碌，前前后后不停地干活，而他忙活这么大半天也只是为了能填饱肚子。事实上，如果一整天的时间里，他没有如此为食物而辛勤工作的话，我们这位可怜的朋友肯定已经饿死了。人生的痛苦在于不知道下一顿饭在哪里！

有时候，斯乔普卡什会坐在树篱下啃或者吸一根胡萝卜，或者剁几块肮脏的白菜根；有时候会呼哧呼哧地提着一桶水到某个地方去；有时会在小锅子下生起火，然后从大衣胸口取出几块黑乎乎的泔脚，放进小锅子里；有时在自己的小木屋里，砰砰砰地敲钉子，做一个放面包的架子。所有这些他都默默地完成，仿佛这都是秘密似的：当你向他看上一眼，他就又藏起来了。他有时会忽然消失一两天，当然啦，也没有人会注意到他不见了……然后，一转眼，他又出现了！在树篱下的某个地方，偷偷摸摸地在水壶下生火。他脸很小，眼睛是淡黄色的，头发一直垂到眉毛上，一个尖尖的鼻子，又大又薄的耳朵，像蝙蝠的耳朵一样，那胡子长的好像是有两个星期没有修理过了，而且也没见它变多或者变少过。这就是斯乔普卡什了，我在伊斯塔河河岸遇见，身边还有另外一个老人相伴的斯乔普卡什。

我站起身来走向他，打了一个招呼，然后在他身旁坐下了。斯乔普卡什的同伴也是我的一个熟人，他是彼得·伊里奇伯爵家的一个农奴米哈伊洛·萨韦利耶夫，绰号叫做“大雾”，他已经是自由人了。他住在一个肺病患者博尔霍夫那，博尔霍夫开了一间小旅馆，我曾经去那个小旅馆住过几次。就算到现在，年轻的官员，或是一些悠闲无事的旅者（商人们一般都忙着做生意，他们更看重细节，宁愿窝在那些条纹羽毛的被褥里，也无暇顾及周遭的风景）经过奥廖尔大道的时候，依旧可以在离特罗伊茨科耶大村不远处看到一座两层的弃楼——屋顶已经完全塌下来了，窗子被钉得严严实实的，已经完全荒废了。在一个阳光明媚的正午，你是想象不出什么东西比这座废弃的楼房更加令人充满凄凉感的了。这里很久以前住过一位达官贵人，名叫彼得·伊里奇伯爵，他尤其热情好客，并因此闻名一时。在那段时间，整个省的人都在他的屋子里聚会，伴着家庭乐队喧嚣的乐曲、鞭炮烟花的噼啪声，尽情地跳舞玩乐。而现在，路过这座废弃豪宅的老妇人，都心生惋惜，怀念她们失去的青春年华。伯爵一直不停地在举办舞会，流连在不断向他献媚的宾客中，他幸福地微笑，但不幸的是，他的财力根本负担不起如此铺张的花销。当他彻底破产的时候，彼得去了圣彼得堡，希望在那里可以找到一份工作。但他最终也没有能够靠自己的努力赚到一分钱，便死在了旅馆的房间里。

"大雾"从前是彼得家的管家，在这位伯爵还活着的时候他已经获得了自由。现在，他大约七十岁了，长相普通但是乐观积极，始终挂着微笑。只有卡捷琳娜时代的人才能有这种微笑：透露着一股温和和庄严的力量。"大雾"说话的时候，两片嘴唇不紧不慢地一张一翕，眼睛亲切地闪着光，轻轻的，还带着一点鼻音。就连他擤鼻涕、嗅鼻烟也是如此从容不迫，好像是在做什么重要的事情一样。

"喂，米哈伊洛·萨韦利耶夫，"我搭起话来，"怎么样，钓了不少鱼吧？"

"在这儿呢，你过来看看这个鱼笼，两条鲈鱼，还有五条鲤鱼，斯乔普什卡，拿来给他看看。"

斯乔普什卡伸手把鱼笼递给了我。

"近来好吗？斯乔普什卡？"我问他。

"吼……吼……没……没……没什么不好的，老爷。"斯乔普什卡结结巴巴地回答我，好像千斤重的东西压住了他的舌头。

"米特罗凡好吗？"

"好……好……好，老爷。"

这个可怜的老人转过了脸。

“但是咬钩的鱼不多啊，”“大雾”在一旁说道，“这天热得太吓人了，鱼儿都躲在灌木丛下面睡觉呢。给我装个饵，斯乔普什卡。”斯乔普什卡拿出一条蠕虫，放在摊开的手掌心上，啪啪地打了两下，装在了鱼钩上，又吐上一口唾沫，这才交给“大雾”。“谢了，斯乔普什卡……你呢？你好吗，老爷？”他把脸转向我，继续说，“出来打猎散散心吗？”

“你自己都看到啦。”

“啊，你的狗是英国种的还是德国种的呀？”

这个老人喜欢时不时卖弄自己，好像在说，“我也是见过世面的人。”

“我也不知道什么种的，但这是条好狗呢。”

“啊，那你出门也带着猎狗吗？”

“是啊，我有两群猎狗。”

“的确是这样的，有人非常喜欢狗，有人白送他们都不要。根据我的经验，我养狗可是为了体面……人走出去嘛，要有气派，马要有气派，陪着打猎的人要有气派，都要有气派。那个走了的彼得伯爵啊——愿上帝保佑他的灵魂——就不是个猎人，但是他就养狗，而且他还一年两次地带着狗儿们外出溜达。

所有陪同出行的猎人都穿着镶金银边带的盛装，在院子里集合，并吹起了号角。伯爵大人走出来，马便被牵到了他跟前。他登上马背，这时，猎人的头头会把他的脚塞进马镫里，脱下自己的帽子，把马鞭放在帽子里呈给伯爵大人。他会在马背上狠狠地抽上一鞭子，所有的猎人齐声喊口号，然后才向外走去。一个猎人骑在伯爵大人后面，用绸带子牵着他的两只爱犬，好吃好喝地照料它们……你想想看，而且，这个跟班的猎人，高高地坐在哥萨克马鞍子上，红光满面，眼珠子骨碌碌地转着，就像这样……当然还有很多客人，你也知道的，在那种场合下，又是娱乐活动，又是荣誉盛会……啊，又给它跑了，好家伙！”他忽然来了这么一句，拉了拉他的鱼竿。

“他们说，伯爵以前活得相当潇洒啊？”我问。

老人家朝着蠕虫吐了一口唾沫，甩出了钓钩。

“他是一个很好的绅士，人人都知道。常常会有，可以说是上流社会的人，到彼得堡来，专程拜访他。他们经常胸前佩戴着彩色的丝带围坐在桌子边上一同吃饭。好吧，他的确知道如何取悦他们。他有时候会叫我：‘大雾，明天我要几条活的鲟鱼，去看看能不能钓几条给我，听到没有？’

“‘听到了，大人。’绣花的外套，假发，手杖，香水，上等的科隆香水，鼻烟壶，大幅的画……这些他都可以直接从巴黎订购。他举办晚宴的时候，我的天，那可真是了不得！焰火冲天，车水马龙！有时候还会鸣炮。单单是管弦乐队就有四十个人，他雇佣了一个德国人当乐队指挥，不过那个德国人真是太得寸进尺了，竟然要求跟大人同桌进餐，所以伯爵大人就炒了他的鱿鱼。‘我的乐队，’他是这样说的，‘就算没有指挥，一样可以演奏。’他当然可以这么说，他是老大嘛。

“接着他们就会开始跳舞，一直跳啊跳直到天亮，尤其是爱科塞斯舞，两男两女一起跳，还有西班牙舞马特拉杜尔……嘿……嘿……好家伙，上钩啦！（老人家从水面拽上来一条小鲈鱼）拿着，斯乔普什卡！我们家大人真是所有大人的典范啊，”他继续说道，又甩出了钩子，“他的心肠也很好，有时候他也打人，但是没等你抬起头那会儿工夫，他就把这件事给忘记了。只有一件事，他有情妇。唉，那些女人啊，上帝啊，请宽恕她们吧！就是她们搞得大人破产了，要知道大人可都是把她们从下等人里面挑选出来的呀，她们怎么能不贪财？哎呦，她们可贪财了，整个欧洲最贵重的东西估计都被她们收入囊中了！有人可能会说，‘为什么大人不能按照他的心意生活呢？这是他自己的事情啊。’但是搞到自己破产总是不应该的。在这群女人中，有一个人比较特殊，她的名字叫阿库琳娜。现在已经死了，愿上帝保佑她的灵魂！她是西托亚守望人的女儿，可真是个泼妇！有好几次，她还扇了大人几个嘴巴子。可是大人啊，完完全全被这女人迷住了。她把我的侄子送去充军了，就因为那可怜的孩子不小心把可可洒在了她的新裙子上……而且她的仆人可不止只有我侄子一个。啊，好吧好吧，这些都是古老的回忆了！”老人家深深地叹了一口气，低下头便不再说话了。

“照我看来，你家大人很严厉吧？”一阵短暂的沉默以后，我又问道。

“那时候严厉可算是个时髦的事啊，老爷。”他一边摇了摇头一边这样回应我。

“现在不流行严厉了？”我看着他的眼睛问。

他斜眼看了我一眼："现在嘛，情况肯定好很多了。"他喃喃地说，用力甩出了钩子。

我们坐在树荫底下，即使这样，还是抵挡不住那令人窒息的炎热。湿热难耐的空气凝成厚重的一块一块。在这样的环境里，人只能把被烘烤已久的脸，慢慢抬出，渴求吸到一丝流动的空气，但是四周却是如固体一般沉闷。火辣辣的太阳在蓝得发黑的天空中辐射出热气。我们正对面的河岸上，是一片黄澄澄的燕麦田，田里到处长满了苦艾。所有的燕麦都纹丝不动，没有一株哪怕是轻微地晃动。前面一点的地方，一匹农用的马站在河里，河水刚能没过它的膝盖，它慢悠悠地甩着湿淋淋的尾巴。时不时的，在一丛浮在水面的灌木下，一条大鱼露出个脸来，吐一连串的泡泡，又慢条斯理地转身潜到水下，激起水面一层层涟漪。蝗虫在焦枯的草丛里鸣叫；鹌鹑有气无力的，勉勉强强啼那么几声；鹞鹰张开翅膀，平稳地在旷野上滑翔，忽然又迅速扇翅，尾翼张成一个半圆，降落在某处。我们被太阳烤得没有思想，一动不动地坐着。这时，从我们身后的山谷，传来一阵声响，有人踩着水正向我们这走来。我回头一看，只见一个约摸五十岁的农人，满脸风尘，穿着衬衫拖鞋，背一只柳条制筐，一件外套搭在肩膀上。他走到泉水边，畅快地喝了个饱，然后抬起头来。

“啊，弗拉斯!”“大雾”看着他打起招呼来，“你好啊，老朋友！从哪儿来的?”

“你好呀，我从米哈伊洛·萨韦利耶夫来!”农人说着向我们走近了一点，“走了很长一段路呢!”

“你去了哪里呀?”“大雾”问他。

“去了莫斯科，我主人家。”

“去干嘛了?”

“请他帮个忙。”

“帮什么忙?”

“哦，让他减免一点我的代役租，或者把我改成劳役租，或者换一个地方待着，或者随便什么……我儿子死了，我现在一个人对付不了了。”

“你儿子死了?”

“死了，我的儿子，”农人顿了一顿，说道，“他原来住在莫斯科，是个出租马车夫，其实一直是他替我付代役租的。”

“那你们现在还是付代役租的?”

“是的，我们付代役租。”

“你老爷怎么说的呢?”

“他怎么说? 他把我赶了出来! 他说:‘你竟敢直接就跑来找我麻烦了，这些事情有管家在管呀，你要……’他说，‘先把你欠着的代役租还清了再说!’他火冒三丈的向我吼。”

“然后呢? 你回来了吗?”

“嗯，然后我就回来了，我想到我儿子那儿，找找看他有没有留下什么东西，但是没人肯正面回答我。我跟他的雇主说:‘我是菲利浦的父亲,’那人对我说:‘我什么都不知道，你儿子，你儿子什么都没有留下，而且他还欠了我的钱呢!’所以我只好走了。”

农人面带微笑，娓娓道来，似乎是在讲别人的事情，但是他的眼眶却湿润了，泪水从他那双小眼睛里滑落，嘴唇也微微颤抖着。

“那你现在怎么办呢? 回家去吗?”

“要不然怎么办呢? 我当然只能回家了，我想我妻子现在应该正挨着饿呢。”

“那真是该回去看看。”斯乔普什卡忽然说起话来。他看起来有点迷糊，接着又一声不响地开始挖鱼虫罐子。

“那么你要到管家那去吗?”“大雾”继续问他，眼神带着一点诧异看着斯乔普什卡。

“我去找他干什么? 我还欠他些钱呢，我儿子死前生了好几年的病，那段时间他连自己的代役租都付不起。但是我倒不会为此事所累，反正他们从我这一个子儿都拿不到……没错，老兄，随你怎么要花招，我没钱就是了!”农人哈哈哈大笑起来。

"金帝利安·谢苗内奇，无论他多聪明……只要……"

弗拉斯又大笑起来。

"哦，事情可不妙啊，弗拉斯老兄。""大雾"忽然故意说出这么一句话。

"不妙？哪里不妙？"（弗拉斯的声音忽然中断了）"怎么这么热呀！"他换了个话题继续说，用袖子擦着脸。

"你老爷是谁？"我问他。

"瓦列里安·彼得罗维奇伯爵。"

"是彼得·伊里奇的儿子吗？"

"是他，"大雾回答，"彼得·伊里奇生前就把弗拉斯的村子给他了。"

"他现在好吗？"

"好得很，谢天谢地！"弗拉斯回应道，"红光满面的。"

"看见了吧，老爷，""大雾"转向我，继续说，"在莫斯科附近生活可真不错，但生活在这里的话，付代役租就是另外一回事情了。"

"你们一共需要付多少钱呢？"

"九十五卢布。"弗拉斯喃喃地说。

"喏，你看着，而且土地很少的，都是老爷家的树林子。"

"而且，听说这树林子也卖掉了。"农人说。

"唉，你看看……斯乔普什卡，给我条鱼虫……喂，斯乔普什卡，怎么了，睡着了吗？"

斯乔普什卡回过神来。农人在我们身边坐下了。我们几个又一次陷入了沉默。河对岸，有人在唱歌，唉，那是多么忧伤的曲子呀。可怜的弗拉斯又一次沉痛地悲伤起来。

半个小时后，我们就各奔东西了。

独院地主奥夫夏尼科夫

想象一下吧，一个七十岁左右、带有款款绅士风度的高大壮实的男人，脸长得还有点像克雷洛夫，低垂的眉毛下面有双清澈的透着智慧的双眼，举止高贵从容，言谈有条不紊，这就是奥夫夏尼科夫了。他总是穿着宽大的蓝色长袖大衣，排扣一直扣到最上面的那一个，脖子上还系着淡紫色的丝绸围巾，流苏装饰的皮靴擦得油光锃亮，总的看起来就像是一个生意不错的商人。他有双健美的大手，又软又白，说话的时候还不自觉地摸着大衣的扣子。他的高贵和沉着，他的敏锐和机警，他的率真和执着，都让我联想到彼得大帝之前的那个俄国贵族世家。要是给奥夫夏尼科夫穿上那个时代的节日盛装肯定特别相称。他是旧时代遗留下来的最后一个绅士。邻居们都很敬重他，觉得与他相识是一件很有面子的事。其他的独院地主们也几乎到了崇拜他的程度——只要遇见他，远远地便脱帽敬礼，大家以他为自豪。总的来说，那个时候，地主和农民也没什么大差别，地主们有时候甚至还比不上农民。他们的牛畜小得可怜，马儿们也半死不活，样子蔫蔫的，马具也破破烂烂拿不出手。在这点上，奥夫夏尼科夫已经算是个例外了，即便如此，他也不能算是个富有的人。他跟他的妻子一起住在干净舒适的小屋里，仅有的几个仆人也都是着装破旧。奥夫夏尼科夫称呼他们为雇佣工。雇佣工们也在庄稼地里干活，奥夫夏尼科夫从没把自己当做贵族，抑或是地主，收到邀请也不会第一个就座，等客人到场时总会站起来殷勤地拥抱欢迎，绝无遗漏。他那种端庄严肃又和善的气场使得到场的宾客都情不自禁地对他鞠躬。奥夫夏尼科夫持有那种保守的旧时贵族遗风，倒不是出于迷信（他头脑中是相当独立并且乐于接受新鲜事物的），只是习惯而已。举个例子来说，他就不喜欢那种座子上配有弹簧的马车，觉得坐着不舒服，反而更喜欢那种赛马拉的车，要不就是配有漂亮精致皮垫的小马车，他总是亲自驾驭着他亲爱的栗色马（他所有的马都是栗色的）。他的马夫，一个有着红扑扑脸颊的年轻小伙子，总是顶着一头弧形的头发，穿着深蓝色的外套，腰间裹着皮带，毕恭毕敬地坐在奥夫夏尼科夫身旁。奥夫夏尼科夫有很多固定的习惯，比如晚饭之后必定要打个盹，每逢周六去一次澡堂，只读关于宗教的书籍，每逢读书的时候还势必要严肃认真地调整一下架在鼻子上的银质圆眼镜，还有必须早睡早起，他把胡子刮得很干净，留着德式发型。他对待客人热情真诚，但也从不过度，从来不会太过殷勤地跑前跑后张罗各种甜点或是菜肴。“夫人!”他轻缓地喊了一声，也没有起身，只是把头稍稍偏向他的妻子，说，“拿些好吃的食物来给我们的客人们品尝一下吧。”他把食物当作是上帝赐予人们的恩惠，而贩卖食物便是带有罪孽的。在一八四〇年，那时候爆发了全国性的饥饿灾荒和通货膨胀，奥夫夏尼科夫把仓库里的食物拿出来分给了当地的农民和农场主们。次年，形势好转之后，那些接受过帮助的人们带着深深的感激之情把食物如数归还。邻里之间常常找他来协调争端，人们也总是接受他的意见，采纳他的提议。多亏了他那令人信服的调停工作，许多人家的土地界定问题就这么被调和解决了。不过，经历过两三次跟女性地主的不愉快交涉之后，他就声明再也不介入女性之间的争论了，因为他实在受不了那种手忙脚乱，七嘴八舌的混乱无序。有一次，不知怎么回事，他家房子着火了，一个雇佣工惊慌失措地跌撞跑来，失声尖叫："着火了！着火了!!""有什么可喊的?"奥夫夏尼科夫仍然慢悠悠地说，"把我的帽子和手杖递过来，我去看看。"奥夫夏尼科夫喜欢自己驯马，有一次，他坐着一辆由一匹脾气烈性的比秋克马拉的马车下山，那马逃也似的飞奔起来。"喂，好了，好了，小伙计，你这样会出事的。"奥夫夏尼科夫安慰它道。说时迟那时快，他连同那匹失控的马还有身后那个陪同的小男孩一起跌下了山谷。不过所幸的是，峡谷地下盖了厚厚一层沙子，没有人受伤，只有那匹马折了一条腿。"你看吧，"奥夫夏尼科夫从地上爬起来，依旧用他那波澜不惊的口吻对那匹马说，"我告诉过你了。"奥夫夏尼科夫有一个与他十分相配的妻子，叫塔季雅娜·伊利尼奇娜。塔季雅娜个子高高的，端庄大方，不太说话，总是穿着一条栗色丝绸连衣裙。她是个冰美人，不过即便如此，从没有人抱怨过她冷漠，反而好多穷人都称作她恩人或施主。她年轻时绝对是个风华绝代的美人，即便是现在依旧能从她那端庄的五官，深色的大眼，精致的双唇中看出她当年的风采。奥夫夏尼科夫家没有子嗣。

我跟他认识是在拉其洛夫家里，两天之后去拜访他，他碰巧在家，正在读圣徒传，一只灰色的猫趴在他肩膀上咕噜咕噜地叫。他按他的习惯接待了我，庄严又富有情意，之后我们就聊起天来。

"实话告诉我吧，路卡·彼德罗维奇，"我问了他这么一句，"你那个时代一切都比现在要好吧?"

"从某些方面来说，是的，那时候确实不错。"奥夫夏尼科夫回答说，“我们以前活得比现在简单多了，生活也富足，不过，确实要比较的话，还是现在要强一点，等你们的下一代长大成人，日子肯定会更好的。”

“噢，路卡·彼德罗维奇，我还以为您会大力称赞那个时候的生活呢。”

“噢，不！我并没觉得那个时候有什么特别值得称赞的。打个比方说吧，你看你现在是个地主，这就跟你祖父一样，但是你肯定远没有当年你祖父那般的威风了！当然，你应该也不会那么做的。即使是现在，有些地主还是尽可能地压榨排挤我们，不过当然了，这似乎是难以避免的。我年轻时候经历的种种现在已经压根儿看不到了。”

“您说的是什么事呢，举个例子吧？”

“嗯，举个例子的话，那我们就来说说你的祖父吧。他当年可是个专横威风的人啊！他经常欺负像我们这样的贫苦农民。你也许知道，噢，你肯定知道自己家族的土地吧，就是从车普勒金到马利宁那块地，现在是你们家的地了。可是当年，你要知道，这块地其实是我们的，整块地都是我们的。是你祖父把它从我家抢走了，他骑着他的马经过，用手指着这块地，说：‘这是我的财产。’然后就这么归他所有了。我的父亲为人耿直，脾气又暴躁，怎么受得了这气？当然了，又有谁能甘心把自己的东西拱手相让呢？于是，他告上了法庭，可是只有他一个去上了诉，其他人都因为畏惧压根儿没有出现，甚至还有人向你祖父打了小报告，说彼得·奥夫夏尼科夫不满你祖父夺走他的土地，告他去了。你祖父立即派了他手下的猎手巴乌什一帮子人，气势汹汹地找到了我父亲，并把他押到了你家的地里。我那时候还是个小孩子，光着脚追啊追，你知道发生了什么？他们把我父亲带到了你家里，押在窗户前，用棍子狠狠地抽打。你祖父就这么站在阳台上看着这一切，你祖母也坐在一旁冷冷地观望着。我父亲大声呼喊：‘仁慈的女士玛利亚·瓦西里耶夫纳啊，为我说说情吧！可怜可怜我！’但她唯一的反应就是稍稍挪了挪身子继续观望。就这样，他们强迫我父亲放弃了那块土地，还要强迫他感恩，因为他们至少留了活口。你去问问你家的那些佃户们，那块地的名字就叫做棍棒之地，因为它是通过棍棒得来的。所以，你应该能看出来，像我们这样的穷人们是不太会对旧秩序有多少眷恋的。”

我不知道怎么回应奥夫夏尼科夫，也没勇气抬起头看他。

“我们以前还有一个邻居，叫科莫夫·斯捷潘尼克托珀里昂尼奇。他总是不断找我父亲的麻烦，当然刚讲的那事儿与他没关系，是其他的事儿。科莫夫这人嗜酒如命，经常大摆酒席宴请众友。当他喝得酩酊大醉的时候，就会爆出法语‘塞磅！’然后说，‘把这些那些狗屁图画统统拿走！’他会派人把所有邻居都请来，马车就在路口候着，要是你敢不去，他立马亲自找上门来！真是个古怪的家伙啊！他不喝酒的时候，还不至于满口胡言，可一旦喝高了，那完全是口无遮拦，信口雌黄，说他在彼得堡有三座房子，一座是带一个烟囱的红色房子，一座是带两个烟囱的蓝色房子，还有一个是一个烟囱都没有。还有三个儿子（事实上他根本连老婆都没讨到），一个在步兵连，一个在骑兵连，还有一个在为他干活。然后他还会说他那三个儿子就分别住在那三座房子里，常有海军将领来拜访大儿子，二儿子的客人都是陆军军官，而小儿子呢，客人全是英国人！说完这些，他就要站起来，举杯高呼：‘为我最孝顺的大儿子干杯，祝他身体健康！’然后他就开始抽泣。要是有人没有举杯同饮，他就会大发雷霆，骂道：‘我一枪毙了你，让你死无葬身之地！’然后他可能会边跳边叫喊：‘一起来跳舞吧，神保佑我们，让我们一起开心起来，快乐起来吧！’那么，你就必须得跳舞了，为了不惹麻烦，只好跳起舞来。他的那些女仆们被他折磨得也真是够惨的。有时候他会让女仆们彻夜唱歌给他听，其中声音最响的那个就能得奖。如果她们觉得实在太累了，他就抱头痛哭，捶胸顿足：‘我真是个命苦的人啊！所有的人都抛弃我这个惹人讨厌的糟老头了啊！’这时候那些马夫们就赶紧过来，叫醒那些睡意正浓的女仆们，鼓励她们继续唱歌。就是这样一个邻居，却偏偏相中了我的父亲。我父亲差点就被他折磨死了，感谢上帝，他先我父亲一步，喝醉的时候从鸽子棚上失足摔下来，摔死了。你看看，这就是我那些‘可爱的’邻居们啊！”

“世态实在大不一样了啊！”我感叹道。

“没错儿，确实如此。”奥夫夏尼科夫说，“真是这样，那时候的旧贵族们就是这么肆意妄为，当然他们还不算是真正意义上的达官贵族呢，我以前在莫斯科的时候见过那些真正出身显赫的，他们说现在这些人也已经绝迹了。”

“您在莫斯科待过吗？”

“待过，不过，那是很久以前的事了，很久很久以前的事了。我现在已经七十三岁了，我去莫斯科的时候我只有十六岁！”奥夫夏尼科夫叹了口气。

“您在那看见的人都是什么样的呀？”

“我看过太多的达官贵族了，实在太多了，他们随处可见，那些贵族们也总是乐于接受其他人的好奇心和仰慕之情。不过这些人中没有人能比得上阿列克塞·格里格列维奇·奥罗夫·切斯明斯基伯爵的。我经常能见到阿列克塞·格里格列维奇伯爵，因为我有一个表叔当时是他的管家。伯爵住在离卡卢加门不远的沙波洛夫卡大街。他是个大绅士，风度翩翩，威严同时又带有亲切感。你很难想象，这实在难以用语言来描述！就外表而言已经十分明显的与众不同了，再加上他的那种力量感和神采奕奕的双眼，你要是不认识他，肯定会因为他的气势而感到恐惧，不敢接近他，但是只要你一接近他，你就会立马感到他身上散发出的阳光般的温暖，觉得全身都暖融融的，愉快又舒服。他从不拒绝任何一个想要接近他的人，对各种活动都兴趣盎然，积极参与。他也参加赛马，愿意和任何一个人比试，而且为了不冒犯他的对手，从不会一开始就超前领先，总是到最后关头再快马加鞭赶过去，第一个冲过终点，这样别人也会比较有面子。他总是十分有风度，安慰他的对手，称赞对方的马。他还养着一群训练有素的高级品种的鸽子。他会走出屋子，坐在院子的躺椅里，叫人把鸽子放出来让它们也散散心，这时候四周的屋顶上就会有人持枪来防止老鹰的突袭。院子角落里有一只很大的银质水盆，伯爵就悠闲地在水中欣赏着天空中鸽子们的倒影。他还救济了很多的穷人和乞丐，那可是贡献了很大一笔钱的啊！要是他生气了，那可是不得了，雷霆万钧，所有人都吓坏了，不过还没来得及擦眼泪呢，一分钟以后，他脸上又挂起笑容来了。要是他宴请宾客，全莫斯科的人一准都喝醉！你知道吗，他还特别聪明，曾经打败过土耳其人。他还爱玩摔跤，他请来了全国一群力气很大的人，这些人有从图拉来的，有从哈尔科夫来的，还有唐波夫，各个地方。如果谁跟他比试输了，他就给别人一部分奖金，要是对方赢了的话，就可以拿到一份十分丰厚的奖赏还有阿列克塞·格里格列维奇伯爵的亲吻。我还住在莫斯科的时候，他举办过一次打猎聚会，那时候还从来没有过这样的聚会呢。他给整个帝国的猎人们都发去了邀请，定了个日子，然后让他们在三个月之内赶到莫斯科。于是猎人们都带着自己的猎狗们来到了莫斯科，人山人海啊，几乎就像搬来了一整支军队！伯爵先宴请了众位猎人，饱餐一顿之后，猎人们便都出了城。成千上万的人啊，可是你猜怎么着，你祖父的那条猎狗跑得最快，赢了冠军！”

“是米勒维特卡吗？”我问道。

“米勒维特卡！对！就是米勒维特卡！于是伯爵就过来询问你的祖父，问他说：‘把狗卖给我吧，你要什么条件交换都行。’‘噢，不行，伯爵，我不是做买卖的，我不会为了不义之财卖任何东西的，如果是尊敬的您的话，我甚至宁愿转让我的妻子，也不会抛弃我的米勒维特卡。’阿列克塞·格里格列维奇伯爵十分欣赏你的祖父。‘你这样我反倒很喜欢。’伯爵说。于是你的祖父把他的猎狗带回了家，后来米勒维特卡死的时候，你祖父还让人给它演奏了送葬曲，并埋在了自家的花园里，对它还有一个墓碑，是的，专门给一条猎狗举行的葬礼，还立了个墓碑，上面还刻下了墓志铭。”

“阿列克塞·格里格列维奇伯爵好像从来没有得罪过谁。”我说。

“是的，事情总是这样的：只有没有本事的人才会整天飘飘然的自以为是地翘起尾巴的。”

“那巴乌什又是个什么样的人呢？”沉默了一会儿之后，我又发问了。

“你知道米勒维特卡，却居然不知道巴乌什？这怎么可能呢？他就是替你祖父驯那条猎狗的猎手啊，是你祖父最得力的猎手了！你祖父十分偏爱他，就像他偏爱米勒维特卡一样偏爱。

巴乌什是个雷厉风行的人，只要是你祖父的指令，一出口必定立马去做，赴汤蹈火，在所不辞。他高呼一声猎狗，整个森林响彻着回音。要是赶上他发脾气了，他就干脆从马上跳下来，悠闲地躺在地上不管事儿了。那群猎狗刚还听到他的呼号，现在突然没指令了就乱做一团啦！它们不再追逐猎物，不再搜寻猎物的气味，什么都不做了。哈哈，你祖父肯定很恼火：'这泼皮无赖！我非扒了他的皮不可，剁他脚跟，割他喉咙！让他死的都不好受！'不过最终你祖父还是只好叫人去问巴乌什要什么，为什么不继续打猎了。一般在这种情况下，巴乌什都会提出要一些伏特加，然后一饮而尽，跨上他的马，精神抖擞的重新招呼那些猎狗去了。"

"您看起来也很热爱打猎啊，路卡·彼得洛维奇?"

"我以前的确是，不过现在不了。我的年纪已经过了，不过在年轻的时候……你知道，我们这些人，由于身份地位的关系，是不大适合老是跟着那些贵族们的。当然总是会有那么几个不学无术的嗜酒之徒，总是屁颠屁颠地跟着贵族们瞎跑，不过那又有什么意思呢，不过是为了那些享受丢掉自尊迎合出丑罢了，到头来只能自取其辱啊。那些贵族们给他骑一瘸一拐的最差劲的马，故意扯掉他的帽子还丢在地上，还拿鞭子把他当马一样抽打，他还必须讨好似的对这些都笑嘻嘻的，这样才能博得贵族一笑。噢，我告诉你，你地位越低下，你就越要自爱，不然你只有自己出丑。"

"嗯，就是这样的。"奥夫夏尼科夫长长地叹了口气，继续说道，"时光如流水，一去不返啊。现在的世道已经完全不一样了，特别是贵族们的生活已经天翻地覆了。土地少的，也都当差去了，或者去干别的了；土地多的呢，也不敢认了。我告诉你啊，我其实打心底很乐意见到那些贵族们，因为他们都是那么的彬彬有礼，和蔼可亲。当时界定土地的时候，只有一点我觉得十分不解，他们都懂得很多东西，说起话来头头是道，动之以情晓之以理，把你的心都给说融化了，可是他们却不能真正理解实际生活中的利益往来，他们甚至搞不清楚什么是对自己有利的，于是那些下人们就把他们当猴耍。比如说那个亚历山大·弗拉季米罗维奇·科罗廖夫，你应该知道他吧？他可是个地地道道的贵族，家境富裕，仪表堂堂。他很有学问，游历各个地方，好像还出过国，眼界开阔，说话简洁明了，见到我们这些人都会跟我们握手，十分有教养。你知道他的是吧？好吧，那就听我说说吧。就在上周，中介人尼基福尔·伊利奇请我们去参加在别廖佐夫卡举办的宴会，尼基福尔·伊利奇说：‘各位绅士们！今天我们来界定一下土地吧，其他地区都已经界定过了。咱们已经是个落后分子啦！这太没面子啦，咱们这就开始吧。’他说完我们就开始干了。紧接着就是跟往常一样的商议和讨论，渐渐的我们的代表开始不高兴了。第一个发脾气的是钦尼科夫·波尔菲里。可他为什么要发脾气呢？他自己半点儿土地都没有，他只是代表他兄弟来这儿的。他嚷嚷着：‘不！你们骗不了我！不行！不能那么做！我要看测量图，叫测量员把他的图那来给我看！’‘可是您要来图想干吗呢？’‘噢！你们以为我是傻子么？哼！你们以为我会就这样告诉你我要干嘛吗？休想！你们赶紧叫测量员过来！这就是我要的，别的说什么也没用！’他握着拳头一直在测量图上敲着，这就冒犯了马尔法·德米特列夫娜。他大叫着：‘您怎么能这么干？这太毁我的名声了！’‘您的名声？’他却说，‘您那点儿名声，连我的栗色母马都不稀罕。’后来无论如何总算给他灌了一些马杰拉酒，他不闹了，可是其他人却闹翻天了。坐在墙角里的亚历山大·弗拉季米罗维奇·科罗廖夫摇了摇头，嘴里吮着手杖的顶端。我感到羞愧，我真想立马就离开那个地方。‘可是别人会以为我们是怎么样的人呢?’我自己劝解自己。就在这时，那位亚历山大·弗拉季米雷奇站起来了，清清嗓子，好像要开口讲话。中介人连忙说:‘各位，各位，亚历山大·弗拉季米雷奇有话要说。’我不得不承认，这些贵族们这一点做得真好，他们立刻安静了下来。亚历山大·弗拉季米雷奇开始说了:‘我们似乎忘了我们来这儿聚会的目的了。界定土地对于土地的主人来说确实是一件好事，但最终目的是什么呢?界定土地之后就可以减轻农民的负担，一方面更便于他们耕种，一方面交得起租税。可是现在农民们自己都不知道自己的地在哪儿，有的人要走很远的路，到五里以外的田里去耕作，况且这样也不好监督他们。农民的利益跟我们的利益是相辅相成的，要好都好，要不好都不好，所以，争论这些芝麻绿豆的小事根本就是不明智的。’他继续说，说啊说，说了好多话，都太有道理啦！句句动人心弦，贵族们一个个低下了头。我都差点哭出眼泪来，说心里话，就是在古书里也找不出说的那么好的话。可是结果呢?

“他自己无论如何都不愿意转让也不愿意出售他那四俄亩苔藓遍布的沼泽地。他说:‘我会派人抽干那儿的水分，我要在那儿盖一个先进的毛纺厂。’还说，‘我有我的打算，我决定就在那儿建个厂子。’事情要果真如此也就挺好的，可是事实并不是这样的，他之所以这样说，只是因为他的邻居安东·卡拉西科夫没有拿一百卢布贿赂他的管家。最后，我们各自回家了，什么结果也没商量出来！就是到了今天，亚历山大·弗拉季米雷奇仍然觉得当时的决定是正确的，还时不时地说起毛纺厂，只是他至今也没有派人去那块沼泽地抽水!”

“那他是怎么管理他的家产呢?”

“他总是用些新招。那些佃农们可没一个说他好话的。当然他们的意见也没什么用。亚历山大·弗拉季米雷奇的方法其实都挺管用的。”

“卢卡·彼得罗维奇，您是什么意思?我以为您是比较因循守旧的呢。”

“我呀，那是另一码子事儿。你看，我又不是贵族也不是地主，我那些家产根本不算什么。再说，我也不知道，要是不这样，还能怎么样啊!我做事尽最大努力遵循公平原则和法律条规，剩下的那就由上帝掌控了。年轻人不喜欢老方法，他们总是推陈出新，我想他们是对的。是时间该想想新法子了。不过，只是有一点不足，那些年轻的地主老是要小聪明，把农民当实验品，这样玩那样玩，玩散架了就丢掉。这样的话，从农民混过来的管家，或管事的德国人就再次牢牢地控制住了农民。怎么没有一个年轻的地主做个榜样给大伙儿瞧瞧?‘看!这就是大家该用的管理方法!’最后结局又会怎么样呢?难道我有生之年就没有福分见到新气象了?老一套被淘汰了，新的一代却还不知道在哪里呢!”

我不知如何来回答奥夫夏尼科夫。他往四周看了看，然后朝我挪了挪，压低声音说道:“您知道瓦西利·尼科拉伊奇·柳博兹沃诺夫的事吗?”

“不知道，没听说过。“

“你来说说看，他到底是个多奇怪的人。我反正完全没有想法。他的那些佃农跟我描述之后，我也还是不明白他们到底想说什么。你也知道吧，他很年轻，母亲刚刚去世。不久之前继承了母亲留下来的一大笔家产。然后呢，他去自家的地里，佃农们都聚集起来，想一睹老爷的风采。瓦西利·尼科拉伊奇朝他们走来了，佃农们一看，实在太奇怪啦，老爷穿着马车夫才穿的棉毛裤，脚蹬镶边的靴子，上身也穿着马车夫才穿的红衬衣，胡子长长的，头上那顶小帽子以前从来没见过。他的表情扑朔迷离，难以捉摸，难道是喝醉酒了吗？不过他其实没有喝醉酒，但无论如何总是有什么不对劲的地方。'弟兄们，你们好啊！'他说，'上帝会赐福给你们的。'佃户们一声不响地给他鞠了躬。你知道，他们肯定开始有点儿害怕了。他看上去好像底气不足。他还给大家说了一些话，说：'我和你们一样，都是俄国人。我热爱俄国的一切，一切。我的心为俄国而跳动！血液为俄国而奔流！'他忽然说，'伙计们！来吧，我们唱一首俄国民歌吧！'佃农们双腿吓得直打晃，他们都吓呆了。有一个胆大的领头唱了几句，又马上蹲下躲到别人身后去了。这真是令人觉得奇怪，可我们这里就是有一些这样不拘小节的地主。他们的穿衣打扮跟马车夫实在没什么差别。他们跟农民们一起唱歌、跳舞、喝酒、弹吉他、大吃大喝。但这个瓦西利·尼古拉伊奇却总像个大姑娘。他总是在屋子里看看书写写字，要不就是大声地唱赞美诗，也不跟人攀谈，特别害羞，一个人遛遛花园什么的，看上去不是因为有什么伤心的事儿，也不是纯粹因为无聊。在瓦西利·尼古拉伊奇还没有来之前，原先的那个管家还心神不定担惊受怕的。他挨家挨户地讨好，说好话。他做了些什么，自己心里最清楚。佃户们满怀希望，想着：'该死的！这回你跑不了干系了，你这个强盗！等着瞧吧，有你好看的！'可是到最后，事实上呢？唉！我怎么跟你解释呢，谁也不知道怎么搞的，瓦西利·尼古拉伊奇把管家叫到跟前，还没等开口呢，脸先红了，紧张得呼吸都急促了。他说：‘当我的管家，你不要欺压任何一个人，听到了吗？’从此之后，他再也没有叫那管家单独谈过话。他在自己的土地上生活，但这土地就好像不是他的一样，完全没有掌控权。如此一来，管家就更加为非作歹了。佃农们由于害怕，也不敢去找瓦西利·尼古拉伊奇诉说。还有更奇怪的事情呢，这位地主朝佃农们躬身行礼，亲切地问候他们，细声慢语的。可那些佃农们确实是吓坏啦，不知如何是好。先生，您说，这种怪事情您怎么解释呢？要不就是我年纪大了，脑子不好使了，或者其他什么原因，总之我是怎么也想不通了。”

我告诉奥夫夏尼科夫，也许是这个柳博兹沃诺夫有点不正常吧。

“绝对不正常，他脸又宽又长，你说这么一张脸，噢，我的上帝啊！还有胡子，尽管他那么年轻！哎，谁知道呢！”然后奥夫夏尼科夫长长地叹了口气。

“咱们别说贵族们的事儿了。”我提议说，“讲讲独院地主的故事吧，卢卡·彼得罗维奇，行吧？”

“哎，你别提了。”他赶紧说，“真的，不过，我其实也可以说说，可是说了又有什么用呢！”

奥夫夏尼科夫摆了摆手：“我们来喝杯茶吧，边喝边说。我们其实就是普通的农民，没有什么特别的。是吧，仔细想想，我们又能是什么别的呢？”

他沉默了好一阵。等到茶端上来了，塔季雅娜·伊利尼奇娜从她的座位上缓缓站起来，换了个离我们更近一点的地方坐下。就在我们说话的时候，她已经不声不响地出去进来好几回了。接下来，整个屋子笼罩在一片寂静之中。奥夫夏尼科夫神色严肃的一杯接着一杯地喝茶。

“米佳今天过来看我们了。”塔季雅娜·伊利尼奇娜小声地说。

奥夫夏尼科夫蹙起了眉头：“他来干嘛？”

“他是来道歉的。”

奥夫夏尼科夫摇了摇头：“唉，您说，”他把头转向我，继续问到，“对这些亲戚有什么法子呢？总不能就当没有这人吧。上帝赐给我一个侄子。他也是挺有头脑的一个人，人很聪明，这绝对没争议，也接受了良好的教育，可我就是对他不抱什么希望，觉得成不了事，不会有什么好结果的。他原先找了一个政府机关的工作，后来辞了，因为他觉得没干头。他觉得自己是个贵族吗？就算真是个贵族，也不可能一下子就当上了将军呀。所以现在他整天在家闲着没事儿干。只是这样也就算了，他居然做起了帮人家诉讼的活儿。他替农民写上诉状请愿，给乡警想办法告土地测量员的状，进出大小酒馆，跟一些无业游民、市井小民、旅馆里打杂的人一起厮混。这样下去，要不了多久就把自己前途毁了。这儿和县里警察局的人警告了他不止一次了。多亏他那三寸不烂之舌，说一些笑话，逗他们开心。但总有一天要闯祸的呀。”

“现在他还在你的小屋里待着吗？”他问妻子，“你总是心太软了，老是护着他。”

塔季雅娜·伊利尼奇娜笑着垂下了眼，脸上泛起淡淡红晕。

“反正，我是看明白了。”奥夫夏尼科夫接着说，“不是我说你，你这样会毁了这孩子的！好吧，去叫他进来吧。看在咱们贵宾的面子上，我今天就放过这个浑小子，去吧去吧，去把他叫过来。”

塔季雅娜·伊利尼奇娜走到门口，叫了声："米佳！"

米佳，一个二十八岁的年轻人，高高的个子，头发卷卷的，正准备要走进来，一眼看见我，就在门口停住了。他穿着德国样式的衣服，但是再一看那肩部大得夸张的皱褶就知道这是一件俄国人做的衣服。

"好的，进来吧，进来！"老头儿说，"你有什么不好意思的。你得好好谢谢你婶婶，我这次就既往不咎了！我来介绍一下。"他手指着米佳说，"这是我的亲侄子，但他无论如何也不肯听我的话，真是没得救了。"

我和米佳彼此鞠了个躬。

"好，告诉我，你又做什么错事了？你自己说，他们抱怨你什么？跟我们解释解释吧？"

米佳似乎不想在我面前说明事情的原委："叔叔，过会儿再说好吗？"他小声说。

"不行，别等以后了，就现在。"老头子接着说，"你肯定自己惭愧了，我就知道，在这位先生面前，反而更好。说吧说吧，我们都听着呢。"

"我有什么好惭愧的。"米佳开始说了，一边说一边还激动地摇头晃脑，"叔，您老人家给我评评理。列舍季洛夫的几个独院地主找到我说：'哥们，帮我们讨个公道吧。'我问，'怎么了？''是这么回事：我们把粮库管理得有条不紊，完美至极。可是，有一天就有几个政府官员来我们这儿了，自称上头派他们来检查粮库。他们检查了一阵儿，说：'我们不得不向上头报告，你们的粮库管理混乱，漏洞百出。'我们问，'请问哪里有漏洞？'他回答说，'这个我自己知道。'于是我们碰了个头，决定跟往常一样去给那些官员一点好处，让他为我们美言几句，但是普罗霍雷奇阻止了我们，他说那样做只会让那些官员的胃口越来越大，大家想想，难道就没有正义可言了么？我们听从了那个老人家的意见，没有买通那官员，现在可好，跟官方卷入了一场恶斗，他们果真告了我们的状，还写了一份报告。所以现在我们只好上法院，回应他的指控了。”

“你们果真把粮库管理得那么好吗？”我问。

“上帝都可以为我们证明，我们还按规定存了相应数目的粮食。”

“那么看来，”我说，“如果真是这样，你们就没什么好怕的了。”

“于是我就帮他们写了状纸，我也不知道那场官司谁打赢了，那些人因为什么原因才来您这里告我的状？这还不清楚吗？不管是谁，最贴身的总是自己的衬衣。”

“谁都是如此，不过你显然是个例外。”老头低沉地说，“还有你在那儿跟舒托洛莫夫的农民们又干了什么？”

“您是怎么知道的？”

“你别管这个，我就是知道了。”

“那好吧，这件事儿也一样，我觉得自己做得对，您老再来给评评理。舒托洛莫夫的农民中间有一个叫别斯潘金的，他租了他们四俄亩地来种，后来他就说这些土地归他所有。舒托洛莫夫的农民们是交过代役租的，你说谁来为他们说话为他们做主啊？他们的老爷又出国了。所有人都知道他们一直以来都在耕种那四俄亩地。所以他们找到我，求我帮忙起草一份诉状，我就写了一个。可是别斯潘金听说后，就扬言要砍掉我的脑袋，把我粉身碎骨。那就看看他有什么能耐来砍我的头吧，至少现在我还在这儿呢。”

“听着，你先别得意，你这样早晚会掉头的。”老头说，“你完全就是个疯子。”

“为什么？叔叔，你以前是怎么教导我的？”

“我知道，我知道你要说什么。”奥夫夏尼科夫插嘴说，“我的确是跟你说过‘做人，要做一个正直无私的人，要热心帮助他人，不能老是为自己找理由’。可是你真的完全听进去了吗？你难道没有经常白吃白喝！嗯？那些人把你拉到酒馆里，给你灌酒，还讨好你说，‘善良的德米特里·阿列克塞伊奇老爷，帮帮我们吧，我们是懂得感恩的。’然后从座位底下塞给你一个银卢布或者一张五卢布纸币，有没有这回事！你说，是这样的吗！嗯？难道没有吗？”

“我承认这件事我的确做得不地道。”米佳低着头说，“但我没有对不起自己良心，我拿的都不是农民的钱。”

“你现在是还没拿过，可是日后你实在缺钱花的时候呢，你肯定会拿。你居然还知道人要有良心。唉！当然喽，你似乎都是在为好人们效劳哪，那你还记不记得博里卡·彼列霍多夫？谁给他跑的关系？谁给他帮的忙？嗯？”

“当然了，那个彼列霍多夫是罪有应得。”

“他盗用公款，还有比这更过分的事儿吗！”

“可是，叔，您再想想，他那么穷，还要拉扯一家子的人呢。”

“穷，穷……他整天赌博，嗜酒如命，所以才会那么穷！”

“他本来只是想借酒消愁的。”米佳的声音低下去了。

“还消愁！好吧，你也许是帮了一点忙，如果你是真心关心他，想要帮他的话，就不会跟他坐下来一起买醉吧！”

“他人挺好的。”

“在你那儿，谁都是挺好的。你拿给他了吗?”奥夫夏尼科夫转向她妻子，“去，你知道的，就放在那儿。”

塔季雅娜·伊利尼奇娜点了点头。

“你这阵子在意大利，都去了些什么地方逛啦?”老头继续问。

“一直在镇子上。”

“是不是一直在镇里打台球、打赌、喝茶、跑官府、跟生意人的孩子鬼混、趴在房里写上诉状啊?对吧?肯定是这样的，你说说看?”

“差不多吧。”米佳轻轻笑着说，“对了，忘了跟您说了，安东·帕尔费内奇·丰季科夫说星期天请您共进晚餐。”

“我才不去见那个啤酒肚呢。用腐臭味儿的油做很贵的鱼!噢，上帝保佑!”

“我还遇见费多西娅·米海洛夫娜了。”

“哪个费多西娅?”

“就是加尔片琴科家的那个，米库利诺那片土地的主人。费多西娅原来是米库利诺村的。她住在莫斯科，给别人做衣服。交代役租，每年一百八十二个半卢布。她保证每年按时交租，在莫斯科做得很不错，有很多主顾。不久前加尔片琴科给她写信让她回来，想让她待在这儿，却不让她干活。她跟她老爷请示说想赎身，但那地主没有回应。叔啊，您去跟加尔片琴科说说吧，您不是认识他吗?费多西娅愿意出个好价钱的。”

“不会吧，我想那是你的钱，对不对?好吧，好吧，我答应你，去跟他说一说，但我可不敢保证。”老头说着，脸上浮现出难办的神情，“那加尔片琴科，噢，上帝啊，原谅他吧，他对钱可没个底啊，他又是收购期票，又是放高利贷，又是抢购土地，是谁把他带来这儿的？哎，这种外来佬，真是受不了。跟他商量个事，他不会立马给你明确答复的，但是，让我试着说说看吧。”

“尽量帮帮侄子吧，叔。”

“行，我答应你了。可是你也别掉以轻心，保护自己啊！行了行了，别再自我开脱了，愿上帝保佑你吧。以后啊，自己要当心，不然的话，米佳啊，我话说在这里，否则你有的亏吃呢！我也不可能永远罩着你啊，我自己也不是有什么大能耐的人。好了，走吧，上帝保佑你。”

米佳走了，塔季雅娜·伊利尼奇娜也随他身后走了出去。

“让他喝点茶吧，你这软心肠！”奥夫夏尼科夫在她背后喊了一句。

“这孩子一点儿也不笨。”他接着说，“心肠也厚道，可我就是不放心……哎，光去说这些乱七八糟的小事了，耽误您时间了，实在抱歉。”

前门忽然开了，一个穿着天鹅绒外套的头发斑白的矮个子男人走了进来。

“噢！弗兰茨·伊万内奇！”奥夫夏尼科夫叫了起来，“您好啊！最近怎么样？”

尊敬的读者朋友们，请容许我介绍一下这位来客。

弗兰茨·伊万内奇·列戎是奥廖尔的一位地主，也是我们的邻居。他获得了俄国贵族的美称，不过他肯定不是通过正常渠道得到这个荣誉的。他出生在奥尔良，父母都是法国人，还曾以一名鼓手的身份参加过拿破仑对俄国的侵略。

一开始，这个法国人昂首阔步来到莫斯科，一切风平浪静，什么事情都没有发生。但是在他回去的途中，这位法国列戎先生就惨了，他被冻了个半死，连鼓都不知去向了，于是被几个斯摩棱斯克的农民抓了起来。那些农民先让他在一个空的制衣厂待了一夜，第二天一大早又押着他来到河堤旁边一个冰洞前，让这位军队的鼓手先生无论如何得赏脸。其实就是让他下到冰洞子里去。列戎先生怎么会肯呢，他说着法语，求他们让他回到奥尔良。他说："穆西，我的母亲在那儿，慈祥的母亲。"

但是因为这帮农民不知道奥尔良城在哪儿，他们还是请这位先生从冰层下面顺着格尼洛捷尔卡河取道而下。他的脖子已经被人摁住，不停地往下按，突然，让列戎激动的事发生了！一阵车铃声响起，一辆大雪橇往这边来了，那是由三匹黄褐色的维亚特卡马拉着的雪橇，一个身着狼皮大袍，身材肥胖，面色红润的地主坐在既宽又高，还铺有一条彩色毛毯的座位上。

"你们在干吗？"他问那些农民们。

"尊敬的老爷，我们正准备把这个法国人淹死。"

"噢。"那地主只是漫不经心地说了一声，随即就转身走了。

"穆西！穆西！"那家伙悲惨地叫了起来。

"啊哈！"那位身着狼皮大衣的老爷严厉地回答说，"你们入侵俄国，烧了莫斯科，拆毁建筑，抢走了伊万大帝钟楼上的十字架，现在穆西穆西的求饶！你现在蔫了是吧！你罪有应得！走吧！菲利卡！"

马车继续上路了。

"噢！等一下！"地主又补充了一句，"哎，这位穆西，你会音乐吗？"

"穆西！穆西！穆邦穆西！"列戎可怜巴巴地恳求道。

"咳！这小民族！居然不会讲俄语！缪济克，缪济克，萨韦，缪济克，武，萨韦？科姆普列内？萨韦？缪济克？武？福尔托皮亚诺，茹埃，萨韦？”

列戎总算弄明白了这位地主的意思，他就拼命地点头。

“噢诶，穆西！噢诶，噢诶，节，苏西，穆吉兴，节，由拖斯，列斯，乐器，可以！噢诶，穆西，穆西，穆西……”

“你就谢谢老天爷吧！”地主回答说，“伙计们，放他一马吧！这儿有二十戈比，你们拿去买酒喝吧。”

“真是太感谢了，尊敬的大人，他就交给您了。”

他们把列戎抬到了雪橇上，他大喘着气，激动不已，一边颤抖一边哭泣，一边还向地主、车夫和那些佃农们鞠躬。他只穿了一件绿色夹克，系着粉色的带子，那天又冷得出奇。地主看着这个倒霉的家伙，他皮肤发青，都冻僵了。地主什么都没说，给他套上自己的皮大衣，把他带回了家。仆人们都急忙跑出来，给他拿来了衣服和食物，帮他暖身子。地主呢，则把他带到他的女儿们那里。

“来！孩子们！”他这样跟女儿们说道，“我把老师给你们找来了。你们不是总烦我，让我教你们学习音乐和法语吗？现在你们有这个法国老师了！他还会弹钢琴！嘿！穆西！”他指着一架破钢琴，那钢琴还是五年前从一个贩卖香水的犹太人那里买来的，“茹埃，来给我们弹一个看看？”

列戎一屁股蹲到了椅子上，吓得不知所措。自打他来到这个世界上，还压根儿从来没有碰过钢琴呢！

“茹埃！茹埃！”那地主不断地催促。

这个倒霉蛋，想着这回拼了！他把那钢琴键盘当做鼓来敲，还用了蛮力。“我当时还以为，”他后来跟人家说，“那个地主肯定会一个箭步冲过来，揪住我的领口，把我从屋子里扔出去！”事实却完全出乎意料。那个地主听了一会儿之后，拍拍他的肩膀，充满赞赏地说："行了！行了！我知道你有本事了。你去休息吧。"

两个多礼拜之后，列戎被转让给了另一个地主，一个家产万贯而且受过良好教育的新主人。他因为列戎那种乐观又听话的脾气而看好他，还让自己的养女嫁给了他。再后来，列戎找到了一份公差，摇身一变，成了个贵族，还把自己的女儿嫁给了一个奥廖尔地主。这个叫洛贝扎尼耶夫的地主原先还在龙骑兵团里待过写过诗呢，后来列戎也搬到奥廖尔来了。

就是这个列戎，或者现在该叫他弗兰茨·伊万内奇了，他走了进来，来看望他的朋友奥夫夏尼科夫，看起来挺友善的。我还在独院地主奥夫夏尼科夫的屋子坐着，已经坐了这么久了，读者们也心生厌烦了吧，那么我就唠叨到这个地方吧。

死亡

我有个乡邻，他是个年轻的地主，爱好打猎。七月一个晴朗的早晨，我骑马去他家，约他一起打松鸡，他同意了。“不过，”他说，“我们走我的小丛林去组沙吧，能顺道看一下恰普勒吉诺。你知道这个橡树林的，他正在那儿伐木呢。”“没问题。”他叫人为马备好鞍，穿上一件钉着铜纽扣的绿大衣，纽扣上印着野猪头像，挂上一只毛线绣花捕猎袋，一个银色水壶，肩上扛了支崭新的法国猎枪，不无得意地在镜子前转了几圈，唤上他的猎狗，爱斯彼朗斯，这狗是他的表姐送给他的，那个心地极为善良，头发都掉光了的老处女表姐。我们出发了。我的这位乡邻还带着两个人：甲长阿尔赫普，他是个又矮又胖的农民，四方脸，高颧骨，另一个是最近从波罗的海沿海某省雇来的管家戈特里勃·封—德尔—科克先生，他是个十九岁的年轻人，瘦瘦的，亚麻色头发，近视，肩膀下垂，脖子长长的。

我的乡邻也是最近才掌管这块领地的，这是从他伯母那里继承来的遗产，他伯母是五等文官夫人卡尔东·卡塔耶娃，是个极为肥胖的女人，就算躺到了床上，也老是在叹息呻吟。我们进了那片丛林。“你们在这块空地上等我。”阿尔达里翁·米海勒奇（就是我那位乡邻）对他的同伴们说。那个德国管家鞠了个躬，下了马，从口袋里掏出一本书——我想是约翰·叔本华的小说——坐到了灌木林底下。阿尔赫普还留在太阳下，而且在接下来的一个小时里一动也没动。我们在丛林里到处转悠，一只鸟也没遇上，一个鸟巢也没有看到。阿尔达里翁·米海勒奇想要去那片橡树林，因为我对那天的运气有点不抱希望，所以便也闲逛似的跟着他去了。我们回到那块空地。德国人记下书的页码，站起身来，把书放进口袋，费劲地爬上了他那匹蹩脚的短尾巴母马，这马略微一碰就乱叫乱踢。阿尔赫普抖擞抖擞了精神，把两边的缰绳同时猛地一扯，两腿晃荡了几下，终于成功地让他那匹懒散沮丧的老马跑了起来。我们再次出发了。

从儿时起我就熟悉阿尔达里翁·米海勒奇的这片树林。当年我经常和我的法国家庭教师德奇雷·弗勒利先生（他是世上最好的人儿，只是每晚让我喝列鲁阿药水，几乎毁了我一生的健康）去恰普勒吉诺闲逛。整片树林有两三百棵巨大的橡树和桦树。它们雄伟有力的树干在榛树和花楸树泛着金色的透明绿叶的映衬下，黑郁郁的，很是壮观；粗壮的打结的枝条向高处伸展，像帐篷一般覆盖在头顶，这些枝条在晴朗的碧空下映出优雅的线条，很是美丽；苍鹰、青鹰和茶隼从一动不动的树冠下嗖嗖飞过，五颜六色的啄木鸟啄着结实的树皮，发出响亮的声音；厚厚的树叶间传来黄鹂婉转悠扬的叫声，接着是黑鸟像铃铛一样清脆的啼鸣；底下的灌木丛里知更鸟、金翅雀和柳莺啁啾歌唱，相互应和；燕雀沿着小道迅速奔跑，欢快地跳起了舞蹈；一只雪兔沿着树林边缘潜行，小心翼翼地停停走走，不断地观察周围的环境；一只红褐色松鼠从一棵树跳到另一棵树，忽然又坐下不动，尾巴翘得高过头顶。

在可爱的锯齿状的欧洲蕨柔的阴影下，高高的蚁山中间的草地上，开着紫罗兰和铃兰花，还长着赤褐色、黄色、棕色、红色和鲜红色的菌类，绵延不断的灌木丛里的小块草地上，还能找到鲜红的草莓……啊，还有那林中的树荫！正午最闷热的时候，林中就像是在夜晚：宁静，芬芳，清爽……我在恰普勒吉诺森林度过的那些日子很开心，因此，老实说，现在进入这片熟悉的树林让我不免产生了伤感之情。一八四〇年那个没有下雪的灾难性的冬天，我的老朋友们，那些橡树和梣树也没能幸免于难，它们枯萎了，掉树皮了，稀稀拉拉长着些病恹恹的树叶，在新生的树木之上悲哀地挣扎着，耸立着，那些新生的树林“取而代之，却远不如昔”。

一八四〇年下了几次严霜，但到十二月底还没有下雪，秧苗都冻死了，许多极好的橡树林被这个无情的冬天毁灭了。想恢复原状很困难，因为那片土地的生产力明显下降了。在那块“禁区”（曾经捧着圣像列队绕行）的空地上，没有了以前的参天大树，只有些桦树和白杨在那自生自灭。（我们当时确实还没有植树造林的意识。——作者注）

有些树的下部仍长着叶子，它们在没有生机的、折断了的树枝上高高矗立着，带着凄惨，带着绝望，悲壮地生长着；有些树的叶子已经不像以前那么郁郁葱葱，但仍然很稠密，稠密的叶子中间伸出粗壮干枯的死枝；还有一些树倒在了地上，风吹日晒，像尸体一样腐烂着。在前几天谁能够想象到这幅景象？——到处都没了树荫——在恰普勒吉诺再也找不到任何树荫了！“啊，”我看着这些垂死的树，心想：“对你们来说一定是羞耻又痛苦的吧？……”我回想起了柯尔卓夫的诗：

这趾高气扬的声音，
傲慢的态度，
帝王的气派，

都已去到何方？

那一片繁茂的绿呀，

如今也不知去向！

……

“怎么，阿尔达里翁·米海勒奇，”我开口问，“为什么去年不砍这些树呢？现在都卖不到去年价钱的十分之一了。”

他只是耸了耸肩膀。

“关于这件事你该问我伯母。事实上，木材商人来过的，还带了钱来，缠着要买.”

“我的天啊！我的天啊！”封—德尔—科克每走一步，就喊叫一声，“多么可笑，多么可笑！”

“什么可笑？”我的这位乡邻微笑着说。

“我的意思是，多么可惜！”

尤其让他遗憾的是那些倒在地上的橡树——许多磨坊主确实都会出高价买走它们。但甲长阿尔赫普仍然气定神闲，没有陷入悲叹，没有后悔，相反，他好像还带着点满足感，在这些树上跳过来跳过去，用鞭子抽打着它们。

我们朝他们砍树的地方走去，越走越近。突然间我们听到一棵树轰然倒下，接着是一声尖利的喊叫，接着传来一阵慌忙说话的声音。一会儿，一个脸色煞白、头发蓬乱的年轻农民，冲出灌木丛向我们跑过来。

“出什么事了？你这是要跑到哪里去？”阿尔达里翁问。

他立刻停了下来。

“啊，阿尔达里翁老爷，出事了！”

“怎么了？”

"是马克西姆，老爷，他被树压到了。"

"怎么发生的？……马克西姆，那个包工头？"

"是那个包工头，老爷。我们当时正开始砍一棵梣树，他就站在旁边看着……他在那站了一会，然后去井边打一些水——好像他想喝点水——这时那棵梣树突然吱嘎吱嘎响起来，然后就向着他倒下去了。我们对他喊：'跑，跑，快跑！'……他往旁边跑就好了，但他却站起来向前跑……他当然是吓坏了。那棵树的树梢砸到他了。但这树怎么会倒得这么快，天晓得！……可能树心已经烂了。"

"所以就把马克西姆砸到了？"

"是的，老爷。"

"他死了吗？"

"还没，先生，他还活着——但和死差不多。他的两条胳膊和腿都被压碎了。我正跑去请谢里维尔斯特奇，那个医生。"

阿尔达里翁让甲长骑马飞奔去村里请谢里维尔斯特奇，他自己则骑马快步跑去那块林中空地，我跟在他后面。

我们看见可怜的马克西姆躺在地上。农民们围着他站着。我们俩下了马。他几乎不再呻吟，只是时不时睁大了眼睛看着四周，好像很惊讶，还咬着发青的嘴唇……他的下巴抽搐着，头发粘在额头上，胸膛不均匀地起伏着：他快死了。一株小椴树淡淡的阴影在他脸上轻轻掠过。

我们向他弯下腰。他认出了阿尔达里翁·米海勒奇。

"老爷，"他对阿尔达里翁说，声音几乎听不清楚，"您叫人……去请牧师来……上帝惩罚了我……胳膊，腿都砸断了……今天……是星期天……可是我……我……却……没让弟兄们休……休息。"

他停了下来，上气不接下气。

“请把我的钱……给我老婆……扣掉……喏，奥尼西姆知道……我欠谁钱。”

“我们已经派人去叫医生了，马克西姆，”我的乡邻说，“你不一定会死的。”

他努力睁开眼睛，使劲抬起眉毛和眼睑。

“不，我要死了。瞧……它来了……来了……原谅我吧，弟兄们，如果有什么……”

“上帝会宽恕你的，马克西姆·安德列伊奇，”农民们用粗重的声音异口同声说，他们摘下了帽子，“愿你宽恕我们!”

他突然绝望地摇了下头，胸膛挣扎着挺起来，又低了下去。

“我们不能让他躺在这儿死去。”阿尔达里翁说，“弟兄们，从车上拿条席子来，送他去医院。”

有两个人向车那边跑过去了。

“昨天我……在塞乔夫村的叶菲姆那儿……”垂死之人含糊不清地说，“付了定金……所以马是我的了……把它……给我老婆……”

他们开始把他抬到车里的席子上……他像只中了枪的鸟一样浑身颤抖起来，接着就挺直了……

“他死了。”农民们小声说。

我们默默上了马，离开了。

可怜的马克西姆的死让我陷入了沉思。这个俄国农民死得多么奇怪呀，面临死亡那一刻，他的心情不是冷漠或麻木，而好像是在举行一个庄重的仪式，平静而简洁。

几年以前在我的另一位乡邻的村子里，有个农民在放谷物的烘干房被火烧伤了（他本可能被烧死在里面，但一个路过的小贩把他拉了出来，那时他已经是半死不活，小贩先跳进一大桶水里浸湿全身，然后跑去撞开了燃烧着的屋檐下的那扇门。)。我去他住的小屋看他。屋里很黑很闷，烟气又大。我问："病人在哪?""在那儿，老爷，在炕上。"难过的农妇用拖长了声音回答我。我走上前去，看见那个农民躺着，身上盖了件皮袄，沉重地喘着气。"你感觉怎么样?"病人在炕上蠕动着，想坐起来，他全身都被烧伤了，眼看着快死了。"躺着，躺着，躺着……怎么样呢，嗯?"

"当然很难受。"他说。"你疼吗?"他没吭声。"你需要什么吗?"——他还是没回答。"要不要给你拿点茶来，或其他什么。""不用了。"我离开他，坐到了凳子上。我坐了一刻钟或者是半个小时——屋子里安静得像是在坟墓。角落里，圣像底下桌子的后面，躲着一个五六岁的小女孩，正在吃一块面包。她妈妈不时威吓她。

前室里有人来来回回走动，还有噪杂声、说话声，那是弟媳妇在切白菜。"嘿，阿克西尼娅。"病人终于开口了。"干嘛?""给我拿些克瓦斯来。"阿克西尼娅拿了些克瓦斯给他。接着又一片寂静。我低声问她："你们给他行过圣餐礼了吗?""行过了。"如此看来，一切都安排好了，他正在等死。我受不了了，走出门去……

我又回想起有次我去红山村的医院看我朋友，医生卡比东，他也热衷于打猎。

这医院原来是地主宅邸的厢房，宅邸的女主人亲自建了医院。就是说，她叫人在门上钉了块蓝色木板，上面写上白色的字："红山医院"，又亲手交给卡比东一个红色记事本，用来记下病人的名字。在记事本第一页上，这位慷慨女地主的一个善于奉承的食客题了如下的几行诗句：

在欢乐笼罩的妙境里，
美人亲自建造了这座殿堂。
红山村幸福的居民们，赞美吧，
赞美你们女主人的慷慨善良！

另外一位绅士在下面又添了一句：

我也爱大自然！
伊凡·科贝略特尼科夫

医生自己花钱买了六张床，便怀着感激的心态开始为上帝的子民们治病了。除了他，医院还有两个人：雕刻师巴维尔，他患有精神病，还有一个一只手残废了的农妇梅利基特里萨，她负责煮饭。他们两人调制药剂，晾干或浸湿药草，他们两人还负责控制住热病发作的人。那个有精神病的雕刻师外表阴郁，话也很少，不善言谈，到了夜里他会唱上一支关于"美丽的维纳斯"的歌，见到人就会请求别人，请求别人准许自己娶一个叫马拉尼娅的姑娘，这姑娘已经去世很久了。一只手残疾的女人常常打他，打发他去照看火鸡。有一次，我在卡比东那，刚谈论着最近一次的打猎情况，突然一辆马车开进了院子，车子由一匹分外健壮的瓦灰色马拉着，这样的马只有磨坊主才有。

车里坐着一个健壮的农民，穿了件新的厚大衣，留着花白胡子。"啊，瓦西里·德米特里奇，"卡比东朝窗外叫着，"欢迎……是留波夫希诺的磨坊主。"他小声告诉我。这个农民呻吟着爬出了车子，进了医生的屋子，找到圣像，画了十字，鞠了躬。“怎么，瓦西里·德米特里奇，有什么新闻吗？……你一定是病了，看起来脸色不大好。”“是的，卡比东·季莫菲奇，我有些不对劲。”“你怎么了？”“是这样的，卡比东·季莫菲奇。前些天我在镇上买了几块磨石，把它们运回家，从马车上卸下来的时候，大概太用劲了，只觉得腰部一扭，好像断了什么东西，之后就一直不舒服。到今天感觉更糟了。”

“嗯，”卡比东应着，闻了闻鼻烟，“一定是疝气。你这样有多久了？”“到今天第十天了。”“十天了？”医生长长地倒抽了一口气，摇了摇头。“让我帮你检查一下。唉，瓦西里·德米特里奇，”他最后开口了，“对不起，真对不起啊，你这事不妙啊，你病得很严重，住我这里吧，我这方便，我一定会尽全力的，但也不能保证治好。”

“有那么糟吗？”吃惊的农民喃喃地说。“是的，瓦西里·德米特里奇，很严重，如果你早来这一两天，这病就没什么，可以立刻帮你治好，但现在已经发炎了，眼看不久就要变成坏疽了。”“这不可能，卡比东·季莫菲奇。”“我告诉你的是实情。”“但怎么会呢？因为这点小毛病，我就要死吗？”医生耸了耸肩膀，“我没这样说……只是你必须留在这。”这农民想了又想，眼睛盯着地上，然后又朝我们望望，挠挠头，拿起了帽子。

“你去哪啊，瓦西里·德米特里奇？”“去哪？当然是回家，都病成这样了。既然这样，总要回去安排一下家里的事。”“这样你就自己害自己了，瓦西里·德米特里奇，得了吧，就这样我都奇怪你是怎么来这的，你必须得留下来。”“不，老兄，卡比东·季莫菲奇，要死我也得死在家里，为什么死在这儿？我有家，天晓得家里会出些什么事呢。”“事情怎么样，瓦西里·

德米特里奇，还不能确定……当然，这病有危险，很大的危险。毫无疑问……所以你应当留下来。”农民摇了摇头。“不，卡比东·季莫菲奇，我不会留下来的……也许你可以给我开个药方。”“光吃药没有用。”“我说了，我不会留下的。”“那也只好随你了……以后可别怪我。”

医生从记事本上撕了张纸，写了个方子，还给他提了些建议，告诉他该做些什么。农民收下那张纸，给了卡比东半个卢布，走出屋子，坐回到了车上。“那么，再见吧，卡比东·季莫菲奇，请别记着我的不是，万一有个什么，还请多多关照下我的孩子们……”“咳，还是留下吧，瓦西里。”这农民只是摇了摇头，用缰绳鞭打了一下马儿，大车就驶出了院子。道路泥泞崎岖，坑坑洼洼；磨坊主小心翼翼、不慌不忙地驾着车，熟练地控制着马匹，还不时同路上遇到的熟人打招呼。三天之后他就死了。

总的来说，俄罗斯人死得很是奇怪。许多死者现在又重回到我的记忆里。我想起了你，我的老朋友，没有毕业就离开了大学的阿维尼尔·索罗科乌莫夫，最崇高最善良的人！我又一次看到了你发了肺病的青脸；你稀疏的褐色长发；你温柔的微笑；你热烈狂喜的眼神；你修长的四肢。我又似乎听到你微弱而温柔的嗓音。你那时住在大俄罗斯的地主古尔·克鲁比雅尼科夫家，教他的孩子弗珐和焦奇娅学俄语文法、地理和历史；耐心地忍受着主人古尔沉闷的玩笑话，管家不礼貌的对待，坏心眼的顽童们的恶作剧；你带着苦笑毫无怨言地接受无聊的女主人刁钻苛刻的要求。但到了晚上吃完晚饭以后，那是一段多么宁静愉悦的时光，你终于履行完一切责任，坐在窗户边若有所思地抽起了烟斗，或者津津有味地翻看一本带着油污、残破不全的厚杂志，这是一个土地测量员从镇上带来给你的——他同你一样，也是一个无家可归的苦命的人！

你喜欢各种诗歌和小说，你的眼睛经常涌出泪花，你笑起来多么开心，你纯洁年轻的心灵充满了多少对他人诚挚的爱，对一切美好事物的向往和憧憬。说实话，你并不是因为过人的才智才出类拔萃的。你既没有天赋的超常记忆力，也不是生来就勤奋。在学校的时候你被大家认为是最差劲的学生。上课的时候你睡觉，考试的时候你不动笔，但谁因为朋友的成功和胜利而高兴得眼睛炯炯发光，激动得喘不过气？谁对朋友们崇高的使命有着盲目的信仰？谁带着骄傲赞美他们？谁拼命维护他们？谁既不嫉妒，又不虚荣？谁愿意无私地做出自我牺牲？谁情愿听命于那些连给自己解靴带都不配的人？……是你，都是你呀，我们善良的阿维尼尔！

我记得你离开大家去村里做家庭教师的时候有多么伤心，你被一种不祥的预感笼罩着，的确，在村里你的命运是悲惨的，在这里你没法带着崇敬的心情听别人讲话，没有人可崇拜，没有人值得你去爱……那些乡邻——草原上那些粗鲁的居民和受过教育的地主——对待你就像对待一般的家庭教师一样，有的粗暴，有的冷酷。再加上你看着又不讨人喜欢，你怕羞，容易脸红冒汗，说起话来结结巴巴……乡村的新鲜空气也没能使你的病情好转，你像支蜡烛一样慢慢消耗着，可怜的人！的确，你的房间向着花园，稠李树、苹果树和欧椴树轻盈的花朵飘落在你桌子上、墨水瓶上、书上，墙上挂着一只蓝色的时钟垫子，这是一位善良多情的德国籍家庭女教师临别时送给你的礼物，她长着亚麻色的卷发，有一双蓝蓝的眼睛。有时候老朋友从莫斯科来看你，带来别人写的或者是自己写的诗篇，每每阅读你总是欣喜若狂。可是，哦，那种孤独，家庭教师不堪忍受的奴隶般的命运，脱身的无望，无尽的秋天和冬天，还有不断恶化的疾病！……可怜啊，可怜的阿维尼尔！

索罗科乌莫夫死前不久，我去看望了他。当时他几乎不能走路了。地主古尔·克鲁比雅尼科夫还没把他从家里赶出去，但是已经不发给他工资了，还替焦奇娅另找了一个家庭教师。弗珐被送去一个中等武备学校，阿维尼尔坐在靠窗的一张伏尔泰式旧安乐椅上。外面，一排深棕色落光了叶子的椴树上方，秋日晴朗的天空呈现出一片明蓝，秋高气爽。树上有些地方，还有最后几张发着金光的叶子在微微抖动，簌簌作响。地上结了一层霜，在阳光的照耀下正渐渐溶化成水珠，红色的阳光斜斜地照在苍白的草叶上，空气中响着微弱的噼啪声，花园里传来干活的人们清晰可辨的交谈声，天气看起来很好。

阿维尼尔穿着一条破旧的布哈拉长袍，一条绿色围巾在他可怕的下陷的脸上显露出一种死气沉沉的色调。他见到我很是高兴，也很激动，伸出手，想和我交谈，却又立刻咳嗽起来，一声接着一声，喘不过气来，脸瞬间憋得通红，我感觉到他活着的痛苦。我连忙过去，叫他别出声，坐到他身边。阿维尼尔的膝盖上放着一册抄写得很工整的柯尔卓夫的诗集。他微笑着在诗集上拍了拍，啧啧称赞："这才叫诗人呢。"他抑制住咳嗽，尽力平静下来，还是掩饰不住气喘吁吁，他含糊不清地说，接着就用勉强听得见的声音诵读起来：

“难道雄鹰的翅膀，
已被缚住？
难道它的道路，

全被堵住？”

我制止了他，医生禁止他说话，他不能太激动，也不能有太多的表达。我知道怎样能让他高兴。索罗科乌莫夫从来没有，像人们说的，“追踪”过科学的发展，但他总是热切地想知道当今伟大的思想家们已经取得了怎样的成就。有时候他会叫上一个老朋友到角落去，向他问长问短，仔细打听，他听着，一边感到惊诧，朋友说什么他就信什么，之后就把这些话重复着对其他人说。他对德国哲学特别感兴趣。我开始和他谈起黑格尔（可以想见，那是很久以前的事了）。阿维尼尔晃着脑袋表示同意，扬起了眉毛，微笑着，低声说：“我明白！我明白！啊，那好极了！好极了！”……我得说，这可怜的垂死的无家可归的流浪儿孩童般的求知欲让我感动得泪流满面。还要说的是阿维尼尔和大多数肺痨病人不一样，关于自己的疾病他从不自欺欺人，他清楚自己的病情，也敢于面对，没有抱怨，没有害怕……但那又怎么样呢？——他不叹息，不悲伤，甚至从来没提起过自己的情况……

他提起精神，开始谈起莫斯科、那些老朋友们；谈起普希金、戏剧和俄国文学；他回想起我们的晚宴，我们圈子里的热烈争论；还带着遗憾的口吻提到了两三个已经去世了的朋友的名字，唏嘘一阵子……

“你记得达莎吗？”他继续说着，“她有金子一般的心啊！多么纯洁的姑娘，她是那么的爱我呀！……她现在怎么样了？恐怕是消瘦了，憔悴了吧，这可怜的人儿呀！”

我不忍心让病人失望。确实他也不必知道他的达莎现在已经胖得滚圆，成天和商人们——康达奇科夫兄弟混在一起，又抹粉又上胭脂，又会撒娇，又会咒骂，和他心目中纯洁的姑娘已经判若两人了。我不想欺骗他，更不想伤害他。

“但是，”我看着他那张憔悴的脸，想着，“难道不能把他从这带出去吗？可能还有健康的可能。”但是阿维尼尔打断了我的提议，拒绝了我。

“不，老兄，谢谢你，”他说，“死在哪里没什么两样。我活不过冬天的，你明白……为什么还要白费力气呢？我习惯了这间屋子。不错，这家人是……”

“他们都很坏吧，嗯？”我插嘴说。

“不，不坏！他们只是有些愚蠢，当然我不能责怪他们。有个邻居，地主卡萨特金有个女儿，有教养，不傲慢，善良，迷人……”

索罗科乌莫夫又止不住地咳嗽起来，那样子看起来很痛苦，但他努力在我面前掩藏起痛苦。

“我什么都不在意了，”他喘了口气，接着说，“只要他们让我抽口烟，我不会就这样死去的，我烟还没抽够！”他调皮地眨了眨眼睛补充了一句，“谢天谢地，我活得足够了值得了，我认识了这么多好人。”他陷入了无限的想念之中。

“但你至少也应该给亲戚们写封信。”我打断了他的话。

“干嘛写给他们呢？他们又帮不上忙，我死了他们就自然会知道。何必谈这些呢……最好请你给我说说你在国外都看见了些什么。”

我于是对他谈起了我的见闻。他聚精会神地听我讲着。到了晚上我离开了，十天后我收到克鲁比雅尼科夫先生下面的这封信：

敬请阁下知悉：贵友阿维尼尔·索罗科乌莫夫先生，即居住舍下之大学生，于三日前午后二时逝世，由鄙人出资，于今日安葬在本教区礼拜堂内。贵友嘱鄙人转交书籍手册，随函寄奉。彼尚有款项二十二卢布又半，已随其他物件交与其亲戚。贵友临终神志清明，可谓安然，即与舍下全家诀别之时，亦无任何憾恨之意。内人克列奥巴特拉·亚力山大罗芙娜向阁下致以问候。贵友之死，内子亦为之伤怀；至于鄙人，承天庇佑，尚且安健。敬请大安。

古尔·克鲁比雅尼科夫顿首

还有许多类似的例子浮现在我脑际，不能一一尽述。只再说一例。

一位年老的女地主临终之时，我正站在她床前。牧师开始为她念诵临终祈祷，忽然发现病人真的要断气了，他匆忙拿来十字架给她亲吻。女地主不满意地把身子挪开些。“你太心急了，神父，”她用僵硬的舌头说，“太心急了。”……她亲吻了十字架，刚把手伸到枕头底下，便断了气。枕头下面放着一个银卢布，这是她打算为自己的临终祈祷付给神父的酬劳。

是的，俄罗斯人死得可真是奇怪。

乡村歌手

科洛托夫卡这个小村庄早先是属于一位女地主的，她的真名已被我遗忘了，因为她心狠手辣，所以附近一带的人给她起了个绰号，叫她“刁婆”，我清楚地记着这个贴切的称呼。这村子建在寸草不生的山坡上，这山又被一条骇人的山沟从上到下一刀切开，这条裂开的山沟被雨水雪水冲击得坑坑洼洼的，曲曲折折地延伸到村庄街道的正中心，它比河流还厉害——河上至少还能建座桥。它无情地把这个倒霉的小村庄分成了两半。几棵瘦巴巴的柳树怯生生地长在山沟两边的沙土坡上，了无生机。干涸的沟底泛出黄铜色，躺着大块的黏土石，这样的景色无法定义为美好，但是住在这附近的人们经常来，也很乐意来到这个村庄。近来这里来了一个从匹兹堡来的德国人。

在山沟的最顶上，离它开裂的地方几步远，有座四方形的小木屋，它孤零零的，寂寞的搭建在这儿，周围没有其他房子。屋上盖着麦秸，有个烟囱，开着一个窗户，像只眼神锐利的眼睛，俯视着山沟。冬天的夜晚，屋里上了灯，从昏暗的寒雾里老远就能看见，闪烁的灯光对许多行路的农民来说就像是指路的星星。木屋门上钉着一块蓝色木板，这个木屋是家小酒馆，叫做“安乐居”。这里的酒不见得比常价卖得便宜，但相比其他同样的小酒馆，来这里的人却更多。要说原因，那就得说到酒馆老板尼古拉·伊凡内奇了。

尼古拉·伊凡内奇年轻时是个身材苗条、脸颊红润、长相俊俏、一头卷发的小伙子，现在却胖过了头，头发白了，脸也大了，一双小眼睛狡猾机灵，似乎能看到人的灵魂，前额油光光的，布满细细密密的皱纹——他在科洛托夫卡已经住二十多年了。尼古拉·伊凡内奇像大多数酒馆老板一样，是个精明机灵的家伙，虽然他并不刻意奉承别人，讨好一样地去和他们攀谈，但他自有招徕客人、留住他们的那一套，客人们坐在柜台前，在这位冷漠老板锐利并且和蔼的目光下，感到很舒服。

他有许多正确的见解，地主、农民和商人的生活状况，他都知道得一清二楚。当别人遇到难处时，他能给出明智的建议，但他为人谨慎，宁可站在局外，至多也只是向客人提供有意无意的暗示——还得是他喜欢的客人——让他们明辨是非。俄罗斯人看重或感兴趣的一切，像牛马牲畜、树木、砖瓦、器皿、毛布皮革、歌曲舞蹈等，他都很在行。没有客人的时候，他就盘起瘦瘦的双腿坐在木屋门前的空地上，那样子活像只麻袋，向每个过路的行人友好地打招呼。

他见多识广，眼见着几十个过去常来他这里买酒的小贵族相继去世，方圆一百俄里内，事无巨细，他全都知道，但他从不多嘴。观察最细致的警官也查不出端倪的事，他即便知道，也不多说一句。他保留自己的建议，笑呵呵地做着生意，让酒馆里的酒杯碰得叮当响。村民们尊重他，即使是县里最有身份地位最高的地主，文官谢列彼金科乘马车经过他的小屋门口，也会放下架子，朝他点头示意，微笑打招呼。尼古拉·伊凡内奇是个有影响力的人物，曾有个臭名昭著的盗马贼，从他朋友的马厩里偷了匹马，他竟能让他还了回去；邻近村庄的农民们不服一个新来的监工，也是他说服了他们，这样的事多得无法举例。但是你千万别认为他这么做是因为具有正义感，对邻里热心奉献——不！他只是尽量防止出什么差错，破坏他安逸舒适的生活。

结婚了，也有了孩子。他的妻子出身小市民阶级，为人聪明，鼻尖眼快，近年来和她丈夫一样，也有些发胖了。她的丈夫事事依赖她，钱也如数上交，由她保管。那些爱发酒疯的人都怕她，她也不喜欢他们，因为从他们那里赚不到几个钱却吵得要命。反倒是那些默不作声、郁郁寡欢的人比较称她心意。尼古拉·伊凡内奇的孩子们都还小，前四个都死了，活下来的几个长得像爸爸，看着他们聪慧健康的小脸蛋，尼古拉·伊凡内奇夫妇非常幸福。

这是七月里的一天，天气酷热难当，我带着狗，拖着步子，慢慢沿科洛托夫卡的山沟往上走去“安乐居”。太阳火辣辣的，无情地炙烤着大地，浑浊的空气里弥漫着令人窒息的灰尘。乌鸦和白嘴鸦的羽毛被太阳照得亮闪闪的，让人眩晕，它们张大了嘴，哀怨地看着过往行人，仿佛在乞求怜悯。只有麻雀们不觉愁苦，竖起羽毛，在树篱间叽叽喳喳，吵得更为热闹了，有时又从布满尘土的路上飞到一起，像阴云一般在绿色大麻地的上空飞来飞去。我口渴得厉害，难受极了。附近没有水源，在科洛托夫卡村，就像在大草原上的许多其他村庄一样，因为没有泉水和井水，农民们喝的都是池塘里的浑浊的泥水。我无法咽下这恶心的河水，我于是想去尼古拉·伊凡内奇的酒馆要上一杯啤酒或克瓦斯。

说实在的，科洛托夫卡村一年到头也没个醉人的景色，七月耀眼阳光持续暴晒下的这一幕幕景象尤其让人沮丧：木屋褐色的屋顶破破烂烂，山沟深不见底，炎热的场地上尘土飞扬，瘦瘦的长脚母鸡在上面毫无希望地乱转，原来的地主住宅，现在只剩下灰色白杨木屋架和空空的窗洞，周围已经长满了荨麻、苦艾和杂草。晒得滚烫的黑乎乎的池塘上飘满鹅毛，边沿上都是半干的污泥，坍塌了的堤坝旁被踩成灰末状的泥土上，绵羊们热得喘不过气，还打着喷嚏，它们耷拉着脑袋，悲壮地挤成一团，颓丧失望，仿佛正坚强地忍耐着，等待这炎热最终过去。

我拖着疲惫的脚步，渐渐走近了尼古拉·伊凡内奇的酒馆，村里的孩子们像往常一样瞪大了眼睛看着我，专注空洞的眼神里流露出惊讶，狗也被惹怒了，嘶哑狂暴地叫着，五脏六腑都快扯裂了，最后不得不停下来咳嗽着，喘着粗气。这时酒馆门口忽然出现一个高个儿农民，他没戴帽子，穿着厚呢子大衣，一条浅蓝色腰带低低地束在腰下。看样子他是个家仆，厚厚的灰头发乱糟糟地竖在头上，下面是一张布满皱纹的萎缩的脸。他在叫着什么人，急急忙忙地挥着双手，显然这双手已经不怎么听他指挥了，没有节奏地乱摇乱摆。看得出来他已经喝醉了。

“来，来啊!”他使劲扬起两条浓浓的眉毛，嘟嘟囔囔地说，“来，眨眼，来吧，啊，老弟，瞧你这样慢吞吞的，这可不好，老弟。他们都在屋里等着你呢，你却在这里磨磨蹭蹭的……来呀。”

“哦，来了，来了!”一个刺耳的声音叫着，接着棚屋后面走出来一个矮小肥胖的瘸腿男人。他穿了件干干净净的呢外衣，只套进一只袖子，一顶高尖帽压到眼眉，使他那圆胖的脸看起来滑稽可笑。他黄黄的小眼睛骨溜溜直转，一副薄嘴唇硬是不停挤出微笑，长长的尖鼻子突兀地翘在前面，像个船舵。“我就来，伙计。”他一瘸一拐地走向酒馆，“你叫我来干嘛？……谁在等我?”

“你叫我来干嘛?”穿呢大衣的那个男人带点责备的口气说。“你这人可真怪，眨眼，我们叫你来酒馆，你还问为什么？一帮实在人在等着你呢，土耳其佬雅什卡呀，怪老爷呀，还有日兹德拉来的包工头。雅什卡和包工头打了个赌，赌注是一大瓶啤酒——看谁能赢，就是说，看谁唱得最好……明白了吗?”

“雅什卡要开唱了?”被叫做“眨眼”的那个男人兴致勃勃地说，“你不是在骗我吧，呆瓜?”

“我可没骗你，”“呆瓜”一本正经地回答，“你才爱胡扯呢。他打了赌，当然会唱，你个笨蛋，你个傻瓜，眨眼!”

“好了，来吧，呆瓜!”“眨眼”回答。

“好歹也吻我一下吧，宝贝儿。”“呆瓜”张开了手臂，喃喃地说。“滚你的蛋吧，你个大傻瓜!”“眨眼”用胳膊肘推开他，轻蔑地说。接着两人弯下身子，走进低矮的门里。

我偶然听到的这番对话，激起了我极大的好奇心。不止一次我听说土耳其佬雅什卡是附近一带最好的歌手，现在竟有这么个机会让我听他和另一名歌手比赛唱歌，我太幸运了。于是我加快了脚步，走进酒馆。

我的读者们可能很少有机会好好看一看乡村酒馆，但我们当猎人的，什么地方没到过呢。这种酒馆的构造极其简单，通常由一间幽暗的前室和带烟囱的正屋组成。正屋被一道板墙隔成里外间，里面半间任何客人都不可以进去。板墙上开了个长方形大洞，正好在一张宽大的橡木桌子上方。这张桌子，或者说柜台，是专供卖酒的。正对着壁洞的架子上，摆满了大大小小封了口的酒瓶。正屋的前面半间用来接待顾客，有几张长板凳，两三个空酒桶，角落里还摆着张桌子。大部分乡村酒馆里光线都很暗，一般农舍里少不了的那种花里胡哨的廉价版画，在酒馆用圆木积叠的墙壁上，几乎都看不到。

当我走进“安乐居”时，已经有一大群人聚在那里了。

尼古拉·伊凡内奇照例站在柜台后面，身躯几乎填满了整个壁洞。他穿了件印花布衬衫，胖脸上挂着懒散的微笑，一边在用白胖胖的手为刚走进门的“眨眼”和“呆瓜”倒酒。在他后面，靠近窗户的角落里，可以望见他目光锐利的妻子。屋子中央站着土耳其佬雅什卡，他二十三岁左右，身形瘦长挺拔，穿了件长襟土布蓝外套。他看起来像个机灵的工厂小伙子，仅看外貌，不能说他很健康。

他脸颊凹陷，灰色的大眼睛显得焦躁不安，鼻子挺直，鼻翼轻微地颤动，额头白皙并略微倾斜，浅金色卷发梳向后面，嘴唇丰满美丽，富有表达力，这整张脸都显示出他是个热烈敏感的人。他极为兴奋，眨着眼，呼吸急促，两手发颤，就像患了热病似的，他真是发着热病——这病突如其来，让人惶惶不安，凡是要在大庭广众下演讲或唱歌的人都熟知此病。在他旁边站着一个四十岁左右的人，肩膀宽阔，颧骨突出，前额低低的，长着一双鞑靼人的眼睛，一个短平鼻，下颚方方的，闪亮的黑头发像粗硬的马鬃毛。那张黝黑而带铅色的脸上的表情，尤其是苍白嘴唇的表情，要不是在这么安静酒馆，我几乎可以用“凶暴”来形容。

他几乎一动不动，像只套在轭下的公牛一样，慢慢打量着四周。他穿着一件旧外套，上面钉着光滑的铜纽扣；一条黑绸丝巾缠在粗大的脖子上。别人叫他“怪老爷”，在他正对面，圣像下面的长条凳上坐着雅什卡的对手——日兹德拉来的那个包工头。他大约三十岁，个头矮矮的，体形健壮，留着卷发，脸上长着麻子，他有个扁扁的狮子鼻，一对灵活的褐色眼睛，还长着稀稀拉拉的胡髭。

他双手垫在身子底下坐着，热切地打量着四周，腿上套着镶彩边的时髦长筒靴，无忧无虑地晃荡着，发出啪啪的声响。他穿着一件有毛绒领的崭新灰呢薄外套，在领子的映衬下，那紧包着喉头的鲜红色衬衫显得分外刺眼。在对面的角落，门右边的桌子旁边坐着一个农民，他的旧长袍都快不合身了，肩膀上还破了个洞。阳光稀薄微黄，透过两扇布满灰尘的窗玻璃照射进来，似乎也战胜不了这里常驻的黑暗，所有物件都只被照出似明似暗的光斑。然而屋子里几乎是凉爽的，我一踏进去，窒息的闷热感就顿时消失了，这让我如释重负。

很明显，我的到来一开始让尼古拉·伊凡内奇的客人们感到有些不安。但看到尼古拉像朋友一样招呼我，他们便放下心来，不再注意我了。我要了啤酒，坐到角落那个穿着长袍的农民边上。

“喂，怎么样，”“呆瓜”猛地一口气喝光了杯子里的酒，突然喊叫起来，一边还怪模怪样地打着手势，仿佛不这样舞动双手他就一个字也说不出来，“我们还等什么呢？要开始就开始吧。嗳，雅沙？”

（注：雅沙、雅什卡都是下面所称雅科夫的小称或昵称）

“开始吧，开始吧。”尼古拉·伊凡内奇插嘴表示赞同。

“那我们就开始吧，”包工头带着自信的微笑冷静地说，“我准备好了。”

“我也准备好了。”雅科夫说，声音兴奋得有些打颤。

“好，开始吧，弟兄们。”“眨眼”尖声尖气地说道。但是虽然大家都一致表示要开始，却没一个人真正开始，包工头甚至都没从板凳上站起来——大家好像都在等待着什么。

“开始!”怪老爷阴沉而断然地说了一声。

雅沙哆嗦了一下。包工头站起身来，拉了拉腰带，清了一下嗓子。

“可谁先唱呢?”他询问怪老爷的声音都略微变了样。怪老爷还是一动不动站地在房间中央，两条粗腿叉开很大距离，强有力的双臂插在马裤口袋里，直到胳膊肘。

“你，你先唱，包工头，”“呆瓜”嘀咕着说，“你先来，老兄。”

怪老爷皱着眉头瞅了他一眼。“呆瓜”轻轻尖叫了一声，困惑地望着棚顶，耸了耸肩膀，便不再吭声了。

“抓阄吧，”怪老爷一字一顿地说，“把酒放到柜台上。”

尼古拉·伊凡内奇弯下身子，哼哧着从地上拿起酒，放到了柜台上。

怪老爷瞥了一眼雅科夫，说:“来吧。”

雅科夫在衣服口袋里掏了一会，拿出一个半戈比的铜币，用牙齿咬了个印记。包工头则从长外套沿下拉出一只新的皮革钱包，不慌不忙地解开线绳，倒了许多零钱在手里，挑出一个新铜币。“呆瓜”递来他那顶帽檐破烂、松松垮垮的脏帽子，雅科夫把自己的铜币扔进帽子，包工头也跟着扔了进去。

“你来抓一个。”怪老爷对“眨眼”说。

“眨眼”得意地笑了笑，两手端着帽子，开始摇晃起来。

一时间屋子里鸦雀无声，两枚铜币互相碰撞着，发出轻轻的叮当声。我留心向四周看了看，每张脸上都流露出紧张期待的神情。怪老爷本人也眯起了眼睛，就连我旁边那个穿着破长袍的农民都好奇地伸长了脖子。“眨眼”把手伸进帽子里，掏出了包工头的铜币，大家都舒了一口气。雅科夫脸红了，包工头用手捋过自己的头发。

“我早说过了，你先唱，”“呆瓜”喊了起来，“我不是说了嘛。”

“够了，够了，不要乱叫，”怪老爷轻蔑地说，“开始吧。”他向包工头点了点头说。

“唱什么歌好呢?”包工头问，他已经开始紧张了。

“随便，”“眨眼”回答，“你想唱什么就唱什么。”

“当然，随你唱什么，”尼古拉·伊凡内奇慢慢把手交叉在胸前，附和着说，“这不好给你指定。唱你喜欢唱的吧，唱好它，我们会凭良心评判的。”

“当然啦，凭良心!”“呆瓜”接过话说，一边舔着空酒杯的边沿。

“让我先清下嗓子吧，伙计们。”包工头说着，用手摸了摸大衣衣领。

“好了，好了，别磨蹭了——开始!”怪老爷断然地说，低下了头。

包工头想了一想，甩了甩头，往前走了一步。雅科夫的眼睛紧紧盯着他。

在开始描述这场比赛前，先简单说一说故事里的几个出场人物，我想也不算多余。其中有几个人的生活情况，我在“安乐居”遇到他们时已经有所了解了，后来我又打听到其他几个人的情况。

先来说说“呆瓜”吧。他真名叫叶甫格拉夫·伊凡诺夫，但附近一带没人知道他真名，都叫他“呆瓜”，他自己也承认了，因为这绰号很配他。的确，对于他那不起眼的、焦躁不安的面相，这绰号是再合适不过了。他是个爱酗酒的独身家伙，原先的几个主人早就把他扫地出门，他没活可干，也就挣不到一个子儿工钱，然而他总有法子花别人的钱买酒把自己灌醉。

他有许多老相识请他喝酒喝茶，他们自己也不知道这样做图的是什么。其实他也不会给大家逗趣解闷，正好相反，他爱无聊地唠叨，讨厌地要着赖皮，举止狂热，笑声不断却很做作，让每个人都感到腻烦。他既不会唱歌也不会跳舞，一生也没说过一句聪明话，甚至也没说上一句管用的话，只是絮絮叨叨，信口胡诌——一个不折不扣的呆瓜！方圆四十俄里的酒会上，没有一次见不到他那瘦瘦长长的身影在客人中间转来转去，所以大家现在也就习惯了有他在，像容忍躲不掉的瘟神一样容忍他。其实大家都瞧不起他，但能够让他老实下来，不再胡作非为的，只有怪老爷一人。

“眨眼”可半点都不像“呆瓜”。虽然他眼睛不比别人眨得多，可这绰号也照样很合适。众所周知，俄罗斯人起绰号可有一手。虽然我曾努力探听关于这个人的更为详细的过去，但对于我，或者可能对许多其他人来说，他一生中的许多阶段还有模糊不清之处，用读书人的话来说就是，尘封在黑暗中的生活片段。

我只听人讲他曾给一个无儿无女的年老妇人当过车夫，拐了三匹交他照看的马逃走了，失踪了整整一年，后来确实受了不少苦，深知流浪生活没有好处，就自己回来了，但已经瘸了一条腿，他向女主人跪地哀求。之后几年里他老老实实做事，弥补自己的过错，渐渐受到女主人恩宠，终于完全得到了她的信任，当上了管家。女主人死后，他不知怎么就获得了自由，做起买卖来，他向乡邻们租了些地种瓜，发了财，现在日子过得安逸快活。

他这人阅历深，通世事，为人不好也不坏，比较会打算，他很世故，识得人，也能利用人。为人谨慎，同时又像只狐狸一样精明，像老太婆一样爱多嘴，却从来不透露自己的事，反倒能让别人说出心里话。他不像其他一些狡猾的家伙，假装呆头呆脑，要他装出一副傻相绝对是很困难的，我从来没有见过一双眼睛，会比他那双小眼睛更敏锐更机灵。它们从来不随意四处观看，而是总在仔细打量或窥视着。

“眨眼”有时会一连几个星期去考虑一件明明是十分简单的事，有时又会突然打定主意做下一连串铤而走险的举动，旁人想来这下他可完了，可总是化险为夷，一切都顺顺利利。他很走运，也相信自己的运气，相信预兆。总的说来，他极为迷信。别人不喜欢他，因为他对谁都漠不关心，但大家又都尊重他。他家里就一个儿子，他对儿子宠爱极了，小孩有这样的父亲培养，想必会大有出息。“小眨眼长得真像他父亲呢。”夏天晚上坐在泥土墙边闲聊的那些老头这样小声谈论着，大家都明白这话的意思，也就不必多说什么了。

关于土耳其佬雅沙和包工头，没有必要再多加介绍了。雅科夫外号土耳其佬，因为他确实是一个在战乱中被俘的土耳其女人所生，就性情而言，他是个地地道道的艺术家，就身份而言，他是一个商人办的造纸厂里的汲水工。至于包工头，我必须承认，对他的身世我是一无所知，我觉得他是那种精明干练的城市小市民。倒是怪老爷，值得更详细地谈上一谈。

初见此人，会觉得他粗鄙、笨重，又有种不可抗拒的魅力。他身形笨拙，像我们常说的，是个“铁汉”，但他身上又有一股活力无穷的劲头——说来奇怪——他熊一般的体格并不缺乏某种优雅，这种优雅可能来自于他的从容淡定，因为他对自己的威力有着充分的自信。刚开始你会很难判断眼前这位“赫拉克勒斯”是生于哪个阶层的：他不像家奴，不像小市民，不像退职的穷文书，也不像领地很少、家道没落的贵族。事实上他看起来相当的与众不同。

没人知道他是从哪里流落来我们这个县的。听人说他原是个独院地主，曾在政府某处供职，但是关于这方面的确切情形，谁也不清楚，也无从打听——从他本人那里更是打听不到，没有人比他更沉默，更阴郁了。也没有人确切知道他靠什么生活，他不做手艺活，不到别人家去，几乎不和别人来往，但是他有钱可花，虽然不算多，还是有一些的。

他的举止算不上谦逊——他根本没什么可谦逊的：他活着，似乎没有注意到身边的任何人，也不在意任何人。怪老爷（这是别人给他起的外号，他真名叫彼列夫列索夫）在整个这一带很有势力，虽然他没有权利命令任何人，他本人也没有要求那些与之偶然打交道的人服从他，可是人们都心甘情愿听命于他。他一开口，别人就照办，他的威力总在起着作用。

他几乎滴酒不沾，也不和女人胡来，只是酷爱唱歌。这人有许多神秘之处，好像在他体内潜伏着一股巨大的力量，这股力量似乎知道自己一旦涌起，一朝爆发，就会毁灭自己和周围所接触的一切。如果这个人一生中没有过这样的爆发，如果他不是因为有了经验教训而幸免毁灭，现在极为严格地约束着自己，那么我就大错特错了。尤其让我惊讶的是，在他身上混合着一种天生的凶猛和同样生来就有的高雅——这种混合，我在其他人身上从没见过。

话说包工头上前了一步，半闭着眼睛，开始用高亢的假声唱了起来。他的嗓音虽然沙哑却十分甜美悦耳：这声音像森林云雀一样婉转多变，音调由高转低，又回到高音上，然后保持着高音，格外努力地拉长着唱了一会。接着慢慢停息下来，随后又突然一下带着奔放果决的气势接着唱前面的曲调。他声调的转折有时十分大胆，有时又很滑稽。内行人听了会觉得很过瘾，要是德国人听了，大概会大为生气的。这是俄罗斯的抒情男高音。他唱的是一支欢快的舞曲，透过无穷的装饰音、附加的辅音和扬声中，我只听得清下面几句歌词：

我这年纪轻轻的小伙，
要把这块土地耕作。
我这年纪轻轻的小伙，
要让它开满红花朵朵。

他唱着，大伙儿都凝神听着。他显然觉得自己是唱给行家听的，因此使出了浑身解数。的确，我们这一带的人对音乐都很在行，难怪奥廖尔大道上的谢尔盖耶夫村那和谐优美的歌调驰名全国。包工头唱了好长一段时间，没能引起听众太大热情，因为没有合唱协助他。终于他唱到了一个特别成功的转折处，连怪老爷都笑了，“呆瓜”忍不住高兴地叫了一声。

大家的兴致都被提起来了。“呆瓜”和“眨眼”开始轻轻地合唱，时而喊叫着:“好极了！……加油啊，小子！……大声唱啊，你个坏蛋！慢着点，再来个颤音，你个坏东西！……就该让恶魔把你的魂勾了去!”等等这些话。站在柜台后面的尼古拉·伊凡内奇赞许似的左右摇晃着脑袋。“呆瓜”最后晃起了双脚，脚尖在地上打着拍子，两个肩膀也扭动起来。雅什卡的眼睛像燃烧的炭火发出亮光，浑身上下像片叶子一样颤抖着，还紧张兮兮地笑着。

只有怪老爷的神情没有变，还像原先一样站着一动不动，但是他凝视包工头的目光柔和下来，虽然嘴唇上还带着轻蔑的表情。看到大家对他的认可，包工头更加来了劲，唱出了一连串花腔，莺啼一般、打鼓一般舞弄着舌头，发狂似的鼓动着喉咙，终于脸色煞白、精疲力竭，浑身热汗直流，他把整个身子往后一倒，发出最后一个不绝如缕的音调，听众们齐声迸发出一片狂热的喝彩。“呆瓜”扑上去抱住他的脖子，他那瘦骨嶙峋的长手臂搂得他喘不过气来；尼古拉·伊凡内奇油光光的脸上泛起了红晕，人也显得年轻了；雅什卡发了疯似的叫着：“顶呱呱，顶呱呱！”——就连坐我旁边穿着旧长袍的那个农民，也按捺不住了，他把拳头往桌子上一捶，叫了起来：“棒极了，真他妈棒极了！”然后使劲朝旁边吐了口唾沫。

“啊，老兄，你唱得可真叫过瘾啊！”“呆瓜”吼叫着，还是没有放开精疲力竭的包工头，“真叫一个过瘾，没的说！你赢了，老兄，你赢了！恭喜你——这酒是你的了！雅什卡比你差得远啦……我对你说，他差远啦……你就相信我的话吧。”他又把包工头搂向自己怀里。

“喂，放开他，放开他，别缠着他没完……”“眨眼”恼火地说道，“让他在凳子上坐会吧，你看他也累了……你个蠢货，老兄，真是个蠢货！你这样没完没了地黏着他干嘛……”

“那，好吧，就让他坐下吧，我来为他的健康干一杯，”“呆瓜”说着走向了柜台，“算你账上，老兄！”他转向包工头，补充了一句。

包工头点了点头，坐到了凳子上，从帽子底下抽出一块毛巾，擦起脸来，“呆瓜”贪婪急切地喝完了杯子里的酒，像个酒鬼一样发出一阵咕咕的喉音，然后装出一副忧虑的神情。

“唱得好啊，老弟，唱得好。”尼古拉·伊凡内奇亲切地说，“现在该你唱了，雅沙。注意了，别害怕。我们来看看谁更厉害吧，来看一看。包工头唱得好，实在是好。”

“非常好。”尼古拉·伊凡内奇的妻子说，一边微笑着看了看雅科夫。

“唱得好啊，哈！”坐在我旁边的农民低声地重复了一遍。

“啊，窝囊废波列哈！”“呆瓜”突然大叫起来，走到肩上有破洞的农民面前，用手指点着他，跳来跳去，还发出无礼的狂笑声。“哈！哈！滚出去！你个肮脏的窝囊废！你来干什么？”他边笑边喊。

可怜的农民很尴尬，正准备赶快站起来离开，突然响起了怪老爷铜钟般的声音：

“你这讨厌的畜生是怎么回事？”他咬牙切齿地说。

“我没做什么，”“呆瓜”嘟囔着说，“我没……我只是……”

“那好，那你就闭嘴吧！”怪老爷呵斥道，“雅科夫，开始吧！”

雅科夫用手抓着自己的喉咙：“哦，真的，老兄，……有点儿……嗯，我不知道，说实话，那个……”

“唱吧，得了，不要扭扭捏捏的。丢人啊！怕什么啊？尽你所能地唱吧。”

怪老爷低下了头等着。雅科夫沉默了一会儿，朝四下里望了望，用一只手捂住了自己的脸。

大伙的目光都盯着他，尤其是包工头。他的脸上除了有那种惯常的自信和成功后的得意神情外，还不由自主地流露出轻微的不安。他背靠着墙，又把双手放到了身子底下，但两条腿不像以前那样晃荡了。最后雅科夫把手从脸上拿开了，这张脸苍白得像死人一样，他的眼睛在下垂着的眼睫毛下微微闪光。

他深深叹了口气，开始唱起来。他唱的第一个音很轻，也不平稳，好像不是发自他的胸腔，而是从很远的地方偶然飘到这屋里来的。这个颤抖洪亮的音调在我们所有人身上产生了一种奇怪的效果，我们互相你看看我，我看看你，尼古拉·伊凡内奇的妻子似乎把身体都挺直了。第一个音唱完之后，第二个音又紧跟了上来，更为坚定而悠长，但音调还在颤抖着，就好比一根琴弦被手指突然一拨而猛地发出声音后，还要颤动几下，最后才很快平息下去。第二个音之后，又起了第三个音，此时音调渐渐激越，音域也更为宽广，旋律荡气回肠，响彻四方。

“田间的小道，一条又一条。”他唱着，声音甜美圆润，略带伤感。坦白说来，我几乎从未听到过这样的声音，它仿佛破碎了，有点颤音，开头甚至有点病态，但其中有着诚挚的激情，有青春，有甜蜜，还有一种淡淡的迷人的哀愁。俄罗斯人真实热烈的灵魂在歌声中回荡着，它直刺入人的内心，直进入俄罗斯人的内心深处，渗透到人们的灵魂。歌声越来越响，传荡四方。

雅科夫自己也如醉如狂了，他不再羞怯，完全沉浸在幸福之中。他的声音不停地有节奏地颤抖，轻轻颤动，这是不很明显的、内心激情的颤动，它像箭一样直刺听众灵魂深处。这声音越发沉稳而宽广有力。我记得有天傍晚，潮水已经退去，远处的大海发出威严澎湃的声响，我在平坦的沙滩上看到一只巨大的白色海鸥，它坐在那一动不动，丝绸一般光滑的胸脯上染上了晚霞的红光，它只是偶尔展开长长的双翅迎向熟悉的大海，迎向血红的落日。听着雅科夫的声音时，我控制不住自己，就想起了这幅画面。

他唱着，全然忘记了自己的竞争对手，忘记了我们所有人。他显然从我们无声、热情的关切中获得了鼓舞，就像一个勇敢的泳者感受到波浪激荡而倍加兴奋一样。他唱着，每一声都给人以亲切辽阔之感，仿佛熟悉的大草原在我们眼前展开，延伸向无边无际的远方。我觉得眼泪在胸前集聚，涌向眼眶，这声音震撼了我们。突然一阵沉闷、压抑的抽泣打破了我们的叹服。我朝四周望了望……酒馆老板的妻子正趴在窗子上哭泣。雅科夫迅速看了她一眼，歌唱得更加甜美悠扬了。

尼古拉·伊凡内奇低着头听；“眨眼”把头扭向一边；“呆瓜”完全动了情，张大了嘴巴傻站着；那个穿着灰长袍的农民在角落里低声啜泣，悲伤地低语着，摇着头；怪老爷紧锁的双眉下涌出了大颗泪珠，慢慢从他钢铁般的脸上滚落；包工头把紧握的拳头按到额头上，一动不动……要不是雅科夫在一个特别尖细的高音上仿佛嗓子崩裂了一般戛然而止，我真不知道大家这种感伤的情绪会怎么收场。没有人叫喊，没有人动一下，大家似乎都在等待着，看他会不会接着唱下去。但他睁大了双眼，好像对我们的沉默感到惊讶，他用质询的眼光看了一眼大家之后，才知道是他赢了……

我们都傻愣愣地站着。包工头站起身来，走向雅科夫。

“你……你……你赢了。”他好不容易说出这句话来，就冲出了酒馆。这一坚决果断的行动打破了眼前的情景，我们一下吵嚷开了，兴高采烈地谈论起来。

“呆瓜”跳上跳下，叽里咕噜说着话，两只手臂像风车翅膀一样挥舞着；“眨眼”一瘸一拐走近雅科夫去和他亲吻；尼古拉·伊凡内奇站起身来，郑重地宣布，他自己再拿出一瓶啤酒来请大家喝。怪老爷和蔼地笑着，我从来没想过在他脸上能看到这样的笑容。

那个坐在角落的身穿灰长袍的农民用两只袖子擦着眼睛、脸颊、鼻子和胡须，不时反复地说着："啊，真好啊，老天作证！就算骂我是狗娘养的，我也得说好！"尼古拉·伊凡内奇的妻子哭得满脸通红，迅速站起身来走开了，雅科夫像个孩子似的享受着自己的胜利。他的整张脸完全变了样，特别是两眼闪耀着幸福的光芒。他们把他拽到柜台前，他叫那个哭个不停的农民也过来，又叫酒馆老板的小儿子去把包工头找来，但是没有找到，于是大家就喝酒庆祝起来。"你还得再唱一曲给我们听，你得一直给我们唱到晚上！""呆瓜"喊着，双手在空中乱挥乱舞。

我又看了雅科夫一眼，然后就走出了酒馆。我不想留在这——我怕破坏了刚刚发生的一切给我留下的印象。但外面还是热得不行。热气好像形成了厚重的一层，笼罩住了大地，透过细细的几乎发黑的微尘，似乎有许多小小的、明亮的火星在深蓝色的天空回旋着。万物静寂，在大自然深沉的静默之中，还带着一种压抑和绝望。我走到干草棚里，躺在新割的差不多快干了的干草上，久久都不能入睡。雅科夫那令人难以抗拒的嗓音一直在我耳边回响……

最后炎热和困倦占了上风，我沉沉睡去。当我醒来时，周围的一切都已陷入了黑暗。干草散发出强烈的气味，还有点潮湿了。透过破棚屋顶上的细细木条，苍白的星星闪烁着微弱的光芒。我走出干草棚。晚霞早已消逝，它最后的余光还在天边微微泛白，刚被太阳炙烤着的空气，在夜晚的寒意里还是热烘烘的，胸中仍旧渴望着凉风的吹拂。

没有风，也没有云，整个天空黑暗纯净，静悄悄地闪烁着无数依稀可辨的星星。村子里的灯光一闪一闪的，不远处灯火通明的酒馆里传来嘈杂喧闹声，我觉得其中有雅科夫的声音。里面不时爆发出哄堂大笑。我走近那个小窗户，脸贴在玻璃上，看到了一副生动热闹，却不愉快的场面：所有人都喝醉了——从雅科夫算起，大家都醉了。他敞着胸脯，坐在凳子上，用浊重的声音唱着一支粗俗的舞曲，一边懒洋洋地弹拨着六弦琴的琴弦，湿漉漉的头发一绺绺挂在那苍白可怕的脸上。

屋子中间，“呆瓜”醉得忘乎所以，他脱去了外套，在穿着灰色长袍的农民面前蹦蹦跳跳，乱舞一气。那个农民呢，也费力地用双脚在地上跺着，摩擦着，乱蓬蓬的胡须间露出毫无意义的微笑。他时不时地挥着一只手，仿佛想说：“还行！”没有人的脸会比他那张脸更可笑了，无论他怎样扬起眉毛，那沉重的眼睑却抬不起来，一直盖在隐约可见的、无神而多愁善感的眼睛上。他正处于酩酊大醉的那种和善的状态，任何一个过路人看到他的脸，一定会说：“真够你受的，老兄，真够你受的！”“眨眼”的脸红得像只龙虾，张大了鼻孔，在角落里恶毒地笑着。只有尼古拉·伊凡内奇，真不愧是酒馆老板，还保持着一贯的冷静。屋子里挤满了许多新来的客人，但我没有看到怪老爷在那里。

我回转身来，快步走下科洛托夫卡村所在的小山坡。山脚下延伸出一片广阔的平原，这片平原沉没在漫漫夜雾中，显得更加无边无际，似乎同黑暗下来的天空连成了一片。我沿着山谷旁的道路大步往下走，突然从远处的平原上传来一个男孩响亮的声音：“安特罗普卡！安特罗普卡……卡……”他用带着哭腔的声音固执而绝望地叫喊着，把最后一个音拉得很长很长。

他停了一小会，又开始叫了起来。声音在凝滞不动、睡意朦胧的空气中响亮地回荡着。他叫安特罗普卡这个名字至少叫了三十遍。忽然在平原最远的那端，仿佛来自另外一个世界，传来了隐隐约约的回答：

“什——么——事?”

那个男孩马上就用又高兴又恼怒的声调叫了起来：“到这来，你个鬼东西……!”

“干什……什……么呀……呀?”那个声音过了老半天才回答。

“因为爸爸要……揍……你!”第一个声音急忙叫道。

第二个声音再也没有回答。那个男孩又呼唤起了安特罗普卡。当天色完全黑了下来，我绕过了离科洛托夫卡村四俄里、环绕着我村子的那片树林时，还能听到那越来越弱，间隔时间也越来越长的喊声……

“安特罗普卡!”这声音似乎依然在夜色沉沉的空中飘荡。

希格雷县的哈姆雷特

在一次猎游途中，一个名叫亚历山大·米海雷奇·格某某某的富有的地主邀请我去他家赴宴。他也是一名猎人，我们有着共同的爱好，感觉很是投缘，我欣然答应了他的邀请。他的家离我当时的寄居地相距五六俄里。我穿上一件双排扣礼服(凡是外出，即使去打猎，最好都穿上它)，收拾一下自己，便前往亚历山大·米海雷奇家里去了。宴会定在六点钟，我五点就到了那里。许多穿着制服、便服和其他很难说清是什么服装的贵族已经先到了。主人热情地接待了我，安排我就座，随后又跑去餐室管理员的房间了。他正在等候一位显要人物，心情难以言说的兴奋，这种兴奋的程度和他所拥有的社会地位和财富很不相称。亚历山大·米海雷奇没有结婚，也不喜欢女人，到他家来的都是独身者。他生活很奢华，把继承的宅邸扩建装修得富丽堂皇，每年花费一万五千卢布从莫斯科买来葡萄酒，宴请好友，以此赢得了大家的尊敬。亚历山大·米海雷奇早就辞职了，也没得到什么显赫的头衔。是什么原因促使他特地邀请一位显要人物，并在举行宴会这天从清早开始就激动不已呢?这就像我所认识的一位检察官曾经跟我说过的，当别人问他会不会收一些自愿送上门的贿赂时，他总回答:“答案永远埋藏在不得而知的角落。”

主人离开之后，我就去各个房间随便走走。几乎所有的客人与我都素不相识，我的目光扫过一张张陌生的脸，最后锁定在一张牌桌前。大约二十来个人已经围坐在那儿了。在这项娱乐活动中，有两位军人，风度翩翩，器宇不凡，几个文官，领带系得又高又紧，蓄着耷拉着的染了色的小胡子，这种小胡子只有那些性格坚毅、观念守旧的人才有。这些守旧的人拿起纸牌时神气十足，目不转睛，只是偶尔侧眼看一下走近的人。五六个县城小官吏，肚子滚圆，肥胖的小手汗津津的，两条腿规规矩矩地摆着，一动不动。这些先生们说话声音柔柔的，亲切地朝四面八方微笑，手里拿的纸牌紧靠着胸口，出王牌时也不敲桌子，相反地，他们用波浪形的动作把牌飞送到绿呢桌面，吃牌的时候，也只发出一阵轻轻的、谦逊有礼的摩擦声。没有激动，没有张扬，没有喧闹，他们彬彬有礼地进行着活动。

其余的客人有的坐在沙发上，有的三三两两聚在门前或窗户边。一位上了年纪的贵族，外貌看着像女人，焦躁不安地站在角落里，红着脸，低着头，扭扭捏捏地在肚子上转动着表上的印章，没有人注意到他。还有几位客人穿着莫斯科裁缝——永远的缝纫大师菲尔斯·克留欣——裁制的圆形燕尾服和格纹裤子，正极其轻松而起劲地交谈着，他们肥润而光秃秃的脑袋无拘无束地左右转动。一个二十岁左右，眼睛近视、头发淡黄的年轻人，从头到脚穿着一身黑，看上去显然很腼腆，很严肃，嘴角露出嘲讽似的微笑……

我感到无聊，这时一个名叫沃伊尼岑的年轻人过来和我作伴了。他是个没获得学位的大学生，住在亚历山大·米海雷奇家里，算是个……很难说究竟算是个什么身份。他枪法一流，还善于驯狗。我在莫斯科的时候就认识他。他属于这样一类年轻人：他们每次考试都会“上演一出默剧”，就是说，不管教授问什么问题，他们都只字不答。为了听着好听，大家又把他们叫做“留络腮胡子的学生”（各位都该明白，那是很久以前的事了）。常常出现这样的事：比如，叫到沃伊尼岑的名字，沃伊尼岑在这之前一直笔直地坐在座位上一动不动，从头到脚热汗淋漓，眼睛缓缓地、漫无目的地环顾四周，听到喊他的名字，就站起身来，匆匆忙忙扣好制服纽扣，侧着身子走到考官桌前。

“请抽一张考签。”教授和颜悦色地对他说。沃伊尼岑伸出手来，颤抖的手指摸索着那一堆考签。“请别挑挑拣拣的！”一位参加监考的外系教授，是个急躁易怒的老头，突然对这个倒霉的“留络腮胡子的学生”憎恨起来，用刺耳的声音大声呵斥。沃伊尼岑只得听天由命，抽了个签，把号码给教授们看了看，就走到窗边坐下来，等他前面一个学生回答完问题。窗边的沃伊尼岑两眼一刻都没离开考签，只是偶尔像刚才一样环顾下四周，可是身体还是一动没动。但他前面一个考生最后总会回答完的，教授们会对那个家伙说：“好！你可以走了。”甚至说：“好，很好！”这得依他的成绩而定。接着就叫到沃伊尼岑了。沃伊尼岑站起身来，迈着坚决的步伐走到考官桌前。“请读一下你的考题。”教授对他说。沃伊尼岑双手把考题捧到鼻子前面，慢慢地念了，又慢慢地垂下手去。“好了，现在请你回答吧。”那位教授懒洋洋地说，身子往后仰了仰，双臂交叉到了胸前。

考场上死一般的沉寂。“你怎么不说话？”沃伊尼岑不出声，这激怒了教授。那位外系的老头开始不耐烦起来：“多少说点啊！”沃伊尼岑还是一声不响，他面目表情，好像死了一样。他那剃光了的后脑勺直挺挺耸着，高傲地迎接所有同学好奇的眼光。那外系来的老头眼睛几乎快蹦出来了，他恨透了沃伊尼岑。“好吧，这真太奇怪了，”另一位考官说，“你为什么像个哑巴一样站着？你回答不出，是不是？是就说嘛。”“请让我另拿一道考题吧。”这个倒霉的年轻人低沉地说。教授们互相交换了下眼色。“好，你拿吧。”主考官挥了挥手，说。

沃伊尼岑又抽了个考签，又走到窗边，又回到考官桌前，又像个死人一般默不作声了。那位外系来的老头恨不得把他给生吞了。最后他们打发他走了，给他打了个零分。各位可能觉得至少现在他总该走了吧，才不是呢！他又回到自己座位，一动不动一直到考试结束，走出去的时候还叫着：“真受罪！可真不走运！”整个一天他就在莫斯科走来走去，有时抓紧自己的头发，很伤心地咒骂着自己不幸的命运。当然书本他是碰也不去碰的，到第二天同样的情况再一次发生。

就是这么个沃伊尼岑来和我作伴了。我们聊了聊莫斯科，聊了聊打猎。

“要不要给您介绍一下这一带最爱说俏皮话的人？”他突然小声对我说。

“好的，有劳了。”

沃伊尼岑引着我走到一个小个子跟前，这人留着高高的额发，蓄着小胡子，穿着深棕色燕尾服，系着条纹领带，浑身上下透着机敏灵活。他的双唇不停变化着，泛起一阵阵讥诮的微笑；那对黑黑的小眼睛在长短不齐的睫毛下闪现出无礼的神色。他身边站着一个地主，身躯宽阔，软绵绵，甜腻腻——真是个糖菩萨——还是个独眼。小个子还没开口说俏皮话，他就先笑了起来，好像高兴得全身都融化了似的。沃伊尼岑把我介绍给这位爱说俏皮话的人，他的名字叫彼得·彼得罗维奇·卢比欣。我们彼此认识了以后，寒暄了几句。

“请允许我向您介绍我的这位好朋友。”卢比欣抓住那个甜腻腻的地主的手，突然尖声说道。

“来吧，别躲啦，基利拉·谢里发内奇，”他又说，“没人会吃了您的，来吧。”他接着说。这时一副窘相的基利拉·谢里发内奇很不自在地鞠着躬，好像有人正在给他动手术似的。“这是一位了不起的贵族。五十岁前一直非常健康，突然间起了个念头想治一治自己的眼睛，结果成了独眼。从那以后他还给自己的农民们医治，获得了同样的成功……那些农民呢，不用说，也表现出了同样的忠诚……”

“您接着说啊，朋友，哎，往下说呢！”卢比欣又说，“恐怕他们会选您当法官的，一定会选您的，瞧好了吧。当然啦，到时候会有人，比如说秘书们替您出主意。但不管怎的，您总得开口说话吧，就算说的是别人的想法也一样。万一省长来了，问起您：‘为什么这个法官说话结结巴巴的？’有人就会说：‘他这是中风了。’‘快给他放血吧。’省长会说。像您这样的地位，这可就太不像样了，您自己明白。”

这个甜腻腻的地主放声大笑。

“你看，他笑了，”卢比欣恶狠狠地瞅着基利拉·谢里发内奇一起一伏的肚子，继续说，“他怎么不该笑呢？”他又转身对我说，“吃得饱，身体又好，又没有孩子，他的农民们又没有抵押出去——他还给他们治病呢——他的那位夫人也是傻头傻脑的。（基利拉·谢里发内奇把头微微扭向一边，装作没在听的样子，还是继续咯咯笑着）我也笑嘛，我的老婆和一个土地测量员跑了。（他咧了咧嘴）您不知道有这事吧？可不是，一天她跟着他跑了，给我留下封信。”

“亲爱的彼得·彼得罗维奇，”信上说，“请原谅我吧。我被美好的爱情深深吸引，跟随我的心上人离去了。”……那土地测量员之所以能得到她的喜爱，就是因为他不剪指甲，还穿着紧身裤。“您对这感到很惊讶吧？您会说，这人可真坦率。……我的天哪！像我们这些乡巴佬说的可是大实话，但我俩还是到一边去吧……别老在未来的法官身边站着。”

他挽住我的胳膊，一起走到窗前。

“这里的人都觉得我爱说俏皮话，”他在交谈中对我说，“可别信这话。我只不过爱发牢骚，爱破口大骂，所以我说话时才这么放纵不羁，无拘无束，无所顾忌。说真的，又有什么好顾忌的呢，别人的意见我认为一文不值，而且我也不祈求任何人。我是个恶人——那又有什么呢？恶人至少不需要费脑筋，无需挖空心思，无需绞尽脑汁，做恶人很痛快呢，您不会相信吧……我说，比如，您看看我们这位宴会主人吧，他这样跑来跑去是为了什么？不断地看着表，微笑着，冒着汗，虔诚地鞠躬，郑重其事地安排，却让我们一直饿肚子。他在等一个显要的人！一位真正的贵族！看哪，看哪，他又在跑来跑去了——还一跳一跳的呢，您快看！”

卢比欣又尖声笑了起来。

“只有一点不好，就是没有太太们在场。”他深深叹了口气，又继续说，“这是个独身者的宴会，不然的话我们这帮人可就热闹了。您看，您看，”他突然叫起来，“科泽利斯基公爵来了——就是那边的那个高个子，留着胡须，戴着黄手套的那位。您一眼就能看出他去过国外……他总是这样晚到。我对您说，他一人能抵商人的一对马。他对我们这些人说起话来多么高傲，他对那些恭维他的太太小姐笑得多么宽容……他在这儿只呆一小会，他有时也说上一句俏皮话，哦，他那个俏皮话呀，简直像在用钝刀割着缆索，那感觉慢慢悠悠的，你得思考好长时间。

好了，我得去向他打个招呼。”

卢比欣欣喜若狂地跑去迎接公爵了。

“啊，我的对头来了。”他突然又跑回我这说，“您看到那个长着棕色脸蛋，头发像马鬃毛一样的胖子了吗？就在那，手里抓着帽子、贴着墙壁走路、像狼一样四处张望的那个？我那匹值一千卢布的马，只四百卢布就卖给了他，那个愚蠢的家伙现在竟然瞧不起我了，其实他的理解力少得可怜，特别是在早晨喝茶之前，或吃过饭之后，您要是对他说声‘早上好！’他会回答：‘什么呀？’”“文官来了，”卢比欣接着说，“一个退职了的、破产了的大文官。他有个甜菜根糖女儿，还有座生瘰疬病的工厂……抱歉，我说反了……不过，您反正是明白了。啊！建筑师也到这来了！他是个德国人，留着小胡子，对自己这行一窍不通——真不可思议，其实他又何必非得懂这一行呢，只要收些贿赂，替我们这些柱子贵族多竖几根柱子就行了！”

卢比欣又咯咯笑了起来……突然整个房间里出现一阵兴奋的骚动，是那位显要人物来了。主人迅速奔进大厅，后面跟着几个忠实的家人和热心的宾客……吵吵闹闹的谈话变成了愉快的低声交谈，好像春天蜂房里蜜蜂的嗡嗡声。只有一只吵闹不休的黄蜂——卢比欣和一只神气活现的雄蜂——科泽利斯基，没有压低嗓门。最后，注意看，是蜂王！——那位显要的人物闪亮登场了。人群欢呼雀跃起来，一个个热情地起身迎接，一个个面带笑容，就连那位花低价买到卢比欣马的地主，也把下巴贴到了胸前。

这位大人物威严十足，高高在上，趾高气扬，头朝后仰着，好像在点头，又说了几句赞许的话，每句话开头都带了个“啊”字，还拖着长长的鼻音。他带着极为愤慨的神情看了看科泽利斯基公爵的大胡子，向那个开着工厂有个女儿的大文官伸出右手食指。几分钟里，这位大人物把他因为没有迟到而感到很欣慰的话说了两遍，每一遍都得到了充分的理解和配合。随着这位显要人物的脚步，一群人慢慢移动前往餐厅，重要人物们走在前面，其他的人自觉地跟在后面，位置不前不后，步子不紧不慢。

没必要再向读者赘述那位了不起的人物是怎样被安排坐到首席，坐在大文官和省贵族长之间（这位省贵族长脸上带着独立又庄严的表情，和他浆得硬挺的胸衣、肥大的背心和装满了法国烟丝的圆形鼻烟盒极为相称）；主人又是如何奔东忙西，跑上跑下地忙活、招呼，在经过大人物后面时朝着他的脊背谦卑地微笑；如何像个小学生一样站在屋角，匆匆接过一盘子汤来喝，或者抓起一片面包来吃；仆役头如何端上一条嘴里插着束小花的、一俄尺半长的鱼；穿着号衣的仆役们如何板着脸、一本正经地给每位贵族敬酒，一会儿端来马拉加酒，一会儿端来纯马德拉酒；几乎所有的贵族，尤其是那些年纪大一些的贵族，如何像尽义务似的勉强喝完一杯又一杯；最后，他们又如何打开香槟酒瓶，举杯祝酒。这一切对读者来说想必是再熟悉不过了。

而我觉得特别值得一提的是那位大人物亲口讲述的事情。有人——好像是那个破产的文官，他对新文学知道得不少——谈到了女性的普遍影响，尤其是对年轻人具有影响的深刻的社会问题。“是的，是的，”那位大人物接过话说，“的确是这样。对年轻人应当加以严格管束，否则，很有可能，他们一见到女人的衬裙就会丧失理智。”（所有客人脸上都浮现出孩子般快活的微笑，一位贵族的目光里甚至流露出感激的神情）“因为年轻人都是愚蠢的。”大人物总结了一句，掷地有声。（这位大人物，我想是为了显得更加庄重吧，有时会变化一些单词的重音。）

“比如我的儿子，伊凡，”他继续说，“这傻小子只有二十岁——突然跑来对我说：‘让我结婚吧，父亲。’我告诉他他很傻，叫他先去军队服役。他便灰心丧气了，还哭鼻子……可我呢，哼，一概不理。”（“一概不理”这句，大人物好像是从肚子里发出来的，而不是用嘴说的。）他顿了顿，威严地看了看邻座的文官，而且把眉毛抬得极高，高得出人意料。用那种知识面很宽的表情扫了一眼周围。

那位文官赞同似的把头朝一边歪了歪，似乎点了一下，或者两下，对着大人物的那只眼睛还极其迅速地眨了一眨。“你猜结果怎么着?”那位大人物又说了起来，“现在他自己写信给我，感谢我在他犯傻的时候提醒他，指点他。由此可见这种事就该这样处理。”所有的客人对大人物所说的都一致赞同，而且因为从这番话里得到的哲理而精神振奋起来……宴会过后，大家都站起身，带着嘈杂声来到客厅——这种嘈杂声虽然更响，但仍然很得体，仿佛是这种场合所允许的……他们坐下来打牌了。

好容易才等到晚上，我吩咐车夫明早五点钟备好车，就回到我的房间。但我注定还得在这天认识一个与众不同的人。

因为留下来的客人很多，不可能每人都有一间单独的卧室。亚历山大·米海雷奇的仆役引我走向一间绿色的、有点潮湿的小房间，那里已经睡着另外一位客人，脱掉了衣服，看见我，便迅速钻进了被窝，把被子一直盖到鼻子，在松软的羽毛褥子上翻动了几下，便躺着不动了，一双锐利的眼睛透过棉睡帽圆圆的褶边，注视着我。我走向另一张床（房间里一共只有两张床），脱下衣服，躺在发潮了的床单上。那位睡在我旁边的客人在床上辗转反侧，我听得见他翻身的声音。我对他道了声晚安。

半小时过去了，不管怎么想方设法入睡，我还是睡不着，许多漫无目的、模模糊糊的意识，扣成了一条无穷无尽的长链，一个接一个持续单调地向我涌来，就像水车上的一个个水斗。

“您还没睡着吧？”和我住同一个房间的人说。

“没睡呢，”我回答，“您也睡不着吧？”

“我从来都不困。”

“怎么会这样？”

“哦！我就躺在床上，毫无睡意。在床上躺着，躺着，就睡着了。”

“您既然不觉得困，干嘛先躺到床上去呢？”

“不躺倒床上还能干什么呢？”

我没有回答他的问题。

“我正奇怪，”他沉默了一会儿后，接着说，“怎么这里没有跳蚤？跳蚤不待在这里，又会上哪去呢？”

“您好像很可怜它们。”我说。

“不，我不可怜它们，但我喜欢一切都合乎常理。”

“哦！”我心里想着，他怎么用了这样的字眼。

他又沉默了。

“您想和我打赌吗？”他大声说道。

“赌什么？”

我开始觉得这人有意思了。

“嗯……赌什么？就赌这个吧：我敢肯定您一定把我当傻瓜。”

“哪有呢。”我吃惊地嘟囔着，为自己辩解。

“把我当成笨蛋，一个乡巴佬，是吧？您就承认吧……”

“我还没有真正认识您呢，”我回答，“凭什么您就断定……？”

“凭什么，听您说话的声音就够了，您回答得这么漫不经心，那么心不在焉，但我绝不是您想象的那个样子……”

“请听我说……”

“不，还是请您听我说吧。首先，法语我说得和您一样好，德语比您说得还更好一些；其次，我在国外待过三年——光在柏林就住了八个月；我研究过黑格尔的哲学，能够背诵出歌德的作品；并且，我曾有很长一段时间爱着一位德国教授的女儿，回国后娶了位患了肺病的小姐，还是个秃头，可是品性非常好。所以说我和您是同一类人，我不是您想的那样没有教养……我也时常做着反思，检讨自己，取长补短。”

我抬起头，倍加留神地看了看这个怪人。寝灯幽暗的光线下，我几乎看不清他的相貌。

“您这会看着我了，”他把睡帽拉直，接着说，“您大概是在问着自己：‘今天我怎么没注意到他呢？’我来告诉您为什么您没有注意到我，因为我没有高声说话；因为我站在别人身后，因为我没有和其他人说话；因为仆役端着盘子从我身边走过时，胳膊肘举得和我肩膀一样高……这一切都是怎么发生的呢？有两个原因：首先，我很穷；其次，我与世无争。老实说，您是没注意到我，对吧？”

“我的确没能有幸……”

“好了，好了，”他打断我，“我就知道是这样。”

他坐了起来，交叉双臂，睡帽的长长的影子一直从墙壁弯折到天花板上。

“现在请您老实说，”他突然斜着眼睛瞥了我一眼，说道，

“您一定觉得我是个奇特的人，就是他们说的奇人，或者比这更糟，也许您觉得我假装是个奇人吧？”

“我必须再次对您说，我还没能认识您……”

他马上低下了头。

“为什么我跟您这样冒失地搭话呢，一个素不相识的人？——天知道，只有天知道！（他叹了口气）也许因为我们心灵相通吧！您和我都是体面的人，也就是利己主义者，我们谁都不想管对方的事，是不是？可是我俩都睡不着，那么为什么不聊聊呢？我兴致正好，这在我身上很少见。我很胆怯，您看得出来吗？我胆怯并不因为我是外省人，没有一官半职，穷困潦倒，而是因为我是个自尊心强得可怕的人。可有时，在一些我可以一一列举或正确预测的有利情形下，我的胆怯便完全消失了，就比如现在。现在就算您安排我和达赖喇嘛面对面，我也会向他要一撮鼻烟来闻闻……您想要睡觉了吗？”

“恰恰相反，”我连忙回答，“我很高兴能和您交谈。”

“您想说，我把您逗乐了……那就更好了……我来告诉您，这里的人叫我奇人，他们在无聊的闲谈中偶然提到我时，就这么叫我来着。没人在意我的命运，他们觉得这样能刺痛我……哦，天哪！他们哪里知道，我之所以倒霉，就是因为我一点也不奇特——除了比如像现在这样冒失地和您说话，这样的反常举动算得了什么呢。这是一种最廉价、最低级的奇特。”

他转过脸朝向我，还摆了摆手。

“先生！”他叫了起来，“我认为只有奇人才值得活在世上，只有他们才有存活的权利。有人说：‘我的杯子不大，可是我用的是自己的杯子。’您看，”他小声加了句，“我法语说得多好。即便您脑袋能装下很多东西，无所不知，无所不晓，知识渊博，跟得上时代，但如果没有些自己的、个人的东西，又算得了什么呢？不过是世上又多了个储藏寻常事物的仓库罢了，这对其他人又有什么好处呢？是的，即使愚蠢也罢，但至少是独一无二的！一个人应当有自己的口味，自己独特的口味，就该这样。您别觉得我对这种口味要求有多高，才不是呢，这样的奇人多得很，无论你往哪看——都有奇人，每个活着的人都是奇人，但我不是其中一员！"

"其实，"稍微沉默了一阵后，他接着说，"我年轻时曾怀有很大的抱负。在出国前，甚至是回国后起初一段日子里，我又是多么自负啊！在国外的时候我总是小心留意，和其他人保持疏远，这对于像我这样的人很适合，总是自己探求、探求，到头来却什么也没能弄明白！"

"一个奇人，一个奇人！"他急匆匆地说，责备似地摇了摇头……"别人叫我奇人……事实上，世上再没有比我更不奇特的人了。我的出生甚至都是在模仿着别人……天哪！我的生活也是在模仿着我读过的各种作家的生活，我过得很辛苦：我学习、恋爱、结婚，好像都并非出于自身意愿——好像是为了履行某种义务，或者像是为完成自己的宿命——谁能分得清呢？"

他从头上摘下睡帽，扔到了床上。

"您想听听我的人生吗？"他用断断续续的声音问我，"还是说说我一生中几件值得一提的事？"

"请您说说吧。"

"哦，不，最好还是向您说说我是怎样结婚的吧。婚姻本是件大事，是检验一个人的试金石。婚姻像面镜子，反映出……但这种说法听着太陈腐了……对不起，请允许我闻下鼻烟。"

他从枕头底下拿出鼻烟盒，打开来，一边说着话，一边把开着的鼻烟盒摇来摇去。

“请您设身处地为我想想，先生……您自己判断一下，我能从黑格尔的百科全书中，请您说说看，得到什么？什么呢？您说说，这百科全书和俄罗斯的生活又有什么共同之处呢？您叫我怎么把它运用到我们生活中去呢？而且不单是百科全书，还有整个德国哲学，说得再过一点，甚至是科学本身？”

他从床上跳起来，咬紧牙齿，愤愤不平，低声嘟囔着说。

“啊，原来如此，原来如此！……那您为什么要去国外呢？为什么不待在家里，就近研究您周围的生活呢？这样您倒可能看清楚生活的要求、看清楚未来，也可能，比方说，对自己的使命有更清楚的认识？……可是算了吧，”他接着说，又变换了种语调，好像在胆怯地为自己做辩解，“还没有智者写进书本里去的东西，让我上哪儿去研究呢？我倒确实乐意向它——我是说向俄罗斯的生活学习——可是它，这宝贝一言不发。它是什么，你就怎么去理解，可我哪有这样的本事啊。你们就做出一个推断，给我一个结论吧。”

“它说这就是一个结论：你听听我们莫斯科人的说话吧——不是像夜莺一般动听吗？是的，可糟就糟在这里，他们像库尔斯克夜莺一样说话，而不是像人一样说话……于是我想了又想……觉得科学到处一样，真理也应该一样——于是便动身去了国外，到异教徒那里去了……可又能怎么办呢？年轻和幻想冲昏了我的头脑，要知道我不愿过早就发胖起来，虽然人们说发胖是健康的。不过，生来不长肉的人，是胖不起来的！”

“我想，”他想了一会又接着说，“我答应过要告诉您我是怎样结婚的——您听着好了。首先我得告诉您我妻子已经不在人世了；其次……其次呢，我看还得把我青年时代的情况给您说一说，不然您是听不明白的……您还不想睡觉吗？”

“不，我不困。”

“那太好了。听，隔壁房间里康塔格留欣先生打呼噜打得真粗俗！我的双亲并不很富有——我说双亲，是因根据传闻，除了母亲外，我还有个父亲，我不记得他了。据说他见识狭隘，目光短浅，长了个大鼻子，一脸雀斑，满头红发，只用一个鼻孔吸鼻烟。我母亲的卧室里曾挂着他的相片，他穿着红色制服，黑色的衣领抵在耳朵两旁，长相很不好看。我常常被拉在他的画像前挨打，这种时候母亲还总是指着他的画像说：‘要是他还在世，会把你揍得更厉害呢。’您可以想象，这对我是多大的激励啊！

“我没有兄弟姐妹——准确说来，我有过一个弟弟，脖子上生了英国病[①]，不久后就死了。英国病怎么会进入库尔斯克省的希格雷县来呢？但问题不在这里。我的母亲怀着乡下女地主的满腔热忱努力培养我：从我出生那个郑重日子里她就开始了，一直到我年满十六岁……您在听我说的吧？”

“是的，请您继续说。”

“那好。唔，我十六岁那年，母亲立刻辞掉了我的法国籍家庭教师，是从涅仁的希腊区来的一个德国人，名叫菲里波维奇。她带我到莫斯科，给我在大学里注册好，就把灵魂交给万能的上帝了，把我留给我叔叔照管。我叔叔名叫科尔通·巴布拉，是位检察官，不仅只在希格雷县有名。检察官科尔通·巴布拉，也就是我叔叔，依照监护人的惯例把我的财产掠夺得一个子儿不剩……可问题也还不是在这里。

① 即佝偻病。

“我进大学时——应该为我母亲说句公道话——已经有相当好的教养了，但那时我就显得缺乏自己的独特性。我的童年和其他人的童年相比并无不同之处，我也像是在羽毛褥子底下长大，糊里糊涂，毫无生气，我也很早就开始背诵诗篇，变得消沉，借口说是喜欢幻想——幻想些什么呢？——咳，幻想美幻想真等等。大学里我还是走着同样的路，我立刻加入了一个学会。那个时候和现在不同……但您可能不知道，学生学会是怎么一回事吧？我记得席勒在一首诗里说：

唤醒狮子非常危险，
老虎的牙齿也让人胆寒，
但最最可怕的，
是精神错乱的人！

我敢向您保证，席勒要说的不是这个，他想说的是：莫斯科城里的学会！”

“您认为学会有什么可怕之处呢？”

他一把抓过睡帽戴到头上，把它往鼻子上拉了拉。

“我觉得有什么可怕之处？”他喊了起来，“是这样：学会是对各种独立发展的毁灭；学会是社交、女人和生活的丑恶替代品；学会……哦，慢着，让我告诉您什么是学会！学会就是懒散和沉闷并存的生活，却披上了一层正当合理事业的外衣；学会用争论代替交谈，使人习惯毫无成果的讨论，使人脱离独立、有益的工作，使人沾染上文学的疥疮——其实却剥夺了人灵魂中所有的清新朝气和纯洁活力。学会——就是以团结友爱为名义的庸俗无聊！是以坦率和同情为借口的倾轧和野心的结合——学会里的各位朋友都有权在任何时候把自己肮脏的手指伸进同伴内心深处——没有人的心灵能保有一处纯净无污的地方；学会里人们崇拜的是浅薄虚荣、自以为机智的空谈家和老成的“万事通”，吹捧庸碌无才而徒有“隐秘”思想的诗人；学会里十七岁的年轻小伙子毫无顾忌地大谈女人和爱情，可一有女人在身边便一句话也说不出来，或者像书本一样和她们说话；学会是诡辩和花言巧语的温床；学会里他们互相刺探监视不亚于警官……哦，学会，你不是学会，而是个魔圈，这圈子毁掉了不少正派人！”

“唔，您有些夸张了，请允许我说一句。”我打断他说。

他默默看了看我。

“也许是吧，天知道，也许是吧。不过要知道，像我这样的人唯一剩下的乐趣也就是夸张了——我就这样在莫斯科过了四年。我真没法向您形容，先生，那段时光过得有多快，快得吓人，想起来真让人痛苦和懊恼。有时早晨一起来，就像乘着雪橇滑下山去一样，还没来得及看看四周，已经飞到山脚下去了；傍晚来临了，于是一个昏昏欲睡的仆人帮你穿好礼服，你穿好礼服后，便不慌不忙到朋友那去，可能抽抽烟，喝上几杯淡茶，讨论下德国哲学、爱情、永恒的精神之光和其他一些不着边际的话题。

“不过在那我也遇到过奇怪而独特的人：有的人，不论怎么折磨自己、压制自己，本性却仍然不变，只有我这个不幸的人，把自己像蜡泥一样捏塑，而那可怜的本性竟不做哪怕最微弱的反抗！那时我已经二十一岁了。我掌管了留给我的遗产，或者更确切的说法是，掌管了我的监护人认为有必要留给我的那部分遗产，我把全部领地交付给一个已经赎了身的家仆瓦西里·

库德里亚舍夫后，便出国去柏林了。我在国外，已经对您讲过了，待了三年。可在那里，在国外，我也还是一个很不独特的人。

“首先，不用说，我对欧洲、对欧洲的生活丝毫不理解。我不过就是在德国听德国教授讲课和阅读德语书，区别也许就在这儿了。我像个僧侣一样过着孤独的生活；我和几个退职了的中尉相处融洽，他们和我一样渴求着知识，可是理解力很迟钝，而且不善言辞；我还结交了从奔萨省和其他产粮省来的一些贵族，他们头脑也是很愚钝的；有时我上咖啡馆坐坐，看看报纸，晚上就去戏院看看戏。我和当地人很少交往，和他们聊起来有些拘束，他们也没有到我这来拜访过，除了两三个纠缠不清的犹太籍家伙，他们常常跑我这里来向我借钱——也许他们认为我容易上当吧。

“最后一个奇妙的机会让我来到一位教授家里。事情是这样的：我到他那里去报名听课，他突然邀请我去他家参加一个晚会。这位教授有两个女儿，都是二十七岁，长得矮矮壮壮的，天呀，鼻子挺拔，头发卷曲，眼睛是淡蓝色的，有着红红的手指和白白的指甲。她们一个叫林亨，一个叫明亨。之后我就常常去这位教授家里。我得说这位教授并不笨，可看起来好像有些失魂落魄。他在讲台上讲起话来滔滔不绝，可在家里却口齿不清，而且总是把眼镜架在额头上——不过他可是个很有学问的人。于是，忽然间我觉得自己爱上了林亨，这种感觉整整持续了六个月。

“我确实很少和她说话——更多时候只是看着她，但我曾大声读过许多动人的作品给她听，偷偷地握过她的手，到了晚上就和她一起幻想，凝望月亮，或只是抬头仰望天空。或者一起喝喝咖啡，她咖啡也煮得好极了，问问自己——我还要期望什么别的呢？只有一件事困扰着我：在所谓妙不可言的幸福时刻里，我的胸口总是发痛，后背打着一阵阵冷战。终于我再也忍受不了这种幸福，逃走了。之后整整两年我一直呆在国外：我去了意大利，在罗马看过《基督变容》，在佛罗伦萨看过《维纳斯》，我突然陷入了极度狂喜之中，像中了邪一般。到了晚上就写写诗，写写日记，其实在那里我的所作所为也和其他人一样。可要做奇人也很容易！比如我对绘画和雕塑不感兴趣，这点本来可以大声说出来……可是，不，不可能！我必须得找个向导，跑去看看壁画。”

他又低下头，脱下了睡帽。

“最后我回到了祖国，”他用带着疲惫的声音继续说，“我去了莫斯科。在莫斯科，我有了惊人的转变。在国外我大多不怎么说话，但现在我突然一下子能说会道了，同时也变得非常自负起来。一些性情宽厚的人，几乎把我看成天才，太太小姐们满怀同情地听着我的高谈阔论，但我没能保持自己的好声誉。有天早晨传出了一阵中伤我的谣言。是谁造谣的我不清楚，但一定是某个老处女——这样的老处女在莫斯科多得是，谣言一旦出现，便像草莓一样抽芽吐须。我很尴尬，想摆脱这事，挣脱开这些缠住我的罗网，但无济于事……

“我就离开了。这件事也可以表明我是一个荒唐的人。我本应该冷静等待这阵谣言过去，就像等待荨麻疹消退一样，那些性情宽厚的人便又会重新欢迎我，那些太太小姐们又会笑吟吟地倾听我的言谈……但糟的是我并不是个奇人。您知道，我的良知忽然觉醒了。我不好意思再夸夸其谈，说个不停——昨天在阿尔巴特，今天在特鲁巴，明天在西夫采夫—弗拉日，说来说去都是同样的一套……可要是人们想听的就是这一套呢？您看看这方面真正成功的那些人：他们对这个满不在乎，相反，他们要的就是这个。有些人卖弄他们的口舌二十年，而且说的还总是老一套……

“这就是自尊心和自信心！我也曾有那种自尊心——甚至到现在也还没完全消失……但错就错在这里——我再说一次，我不是奇人——我处于一种中庸状态：造物主应该给我更多的自尊心，要么就完全别给。但起初那些日子里，我的确处境艰难，再加上旅居国外，已经彻底耗尽了我的财产，我又不愿被安排去娶一个商人的女儿，她年纪还轻，身体却肥胖得像果冻一样，所以就远远地退回到自己村子里去了。”他又斜看了我一眼，“我想对于乡村生活的最初印象、大自然的美和独居生活的幽静魅力之类，我可以略去不谈了吧。”

“当然可以。”我回答。

“何况，”他接着说，“这都是一些废话，至少在我看来是这样。在乡下我就像只被关起来的小狗一样苦闷无聊，虽然，说实话，我在春天归来时，第一次经过那片熟悉的白桦林，脑袋像在旋转，内心因为一种模糊又甜蜜的期望而怦怦直跳。但您应该知道得很清楚，这种模糊的期望永远都实现不了，相反，却出现了一些完全意想不到的其他的情形，比如畜疫啊，欠租啊，拍卖啊等等，等等。我靠着总管雅科夫的操持，一天天凑合着过日子。这总管是代替原来的管家的，捞起油水来不说比前任多，至少也一样多。再说他那双涂了焦油的长筒靴的气味简直让我受不了。突然有一天我想起了邻村一户认识的人家——一位退职上校的遗孀和她的两个女儿，于是便吩咐套上车，出发去拜访她们。这一天对于我应该是永远值得纪念的日子，六个月之后，我娶了这位退职上校的二女儿。”

说话的人低下了头，双手向上举起。

“不过，”他热切地继续说着，“我真不愿意让您对我的亡妻有不好的看法。决不能这样！她是一个极高尚极善良的人儿，一位愿意做出任何牺牲的可爱人儿。虽然这样，我还是该对您说实话，要是我没有失去她，可能今天我就不会和您在这里说话了，因为我家库棚里的屋梁还在，好几次我都打定主意想在那悬梁自尽！”

“一些梨子，”他稍微停了一下，又接着说，“要在地窖里放上一段时间，然后它们所谓的真正的味道才会出来，我的妻子好像也是这一类的自然造物。只有到了现在，我才为她说了句完全公道的话。只有到了现在，比如说，回想起结婚前和她一起度过的那几个夜晚，我不再感到有丝毫的苦楚，却感动得几乎落下泪来。她们并不富有，房子是老式的木结构，但很舒适。房子建在山上，在一座野草丛生的院子和一个荒芜了的花园之间。山脚下有一条河流过，透过茂密的树叶，隐约望得见河水。

“一个大凉台从屋子通向花园。凉台前有一个长长的花坛，长满了玫瑰，艳丽夺目；花坛两头各有两棵合欢树，已故的主人在树还嫩的时候就让它们长成了螺旋形；再远一点，在荒芜了的野生的树莓丛中，有一个亭子，亭子里面粉刷得很细致，外面却破烂不堪，让人看了觉得沮丧；一扇玻璃门从凉亭通往客厅，客厅是这样的，屋子各个角落里都砌着瓷砖壁炉，右面有一架破旧的钢琴，上面堆放着一些手抄乐谱，一张沙发上罩着褪了色的白花纹浅蓝色花锻，一张圆桌子，两个陈列架，上面摆着叶卡捷琳娜时代的瓷器玩具和琉璃球玩具，墙上挂着一幅有名的肖像画，画上是一个浅黄色头发的少女，胸前抱着一只鸽子，双眼向上仰望，桌上的一个花瓶里插着新鲜的玫瑰。

“您看我描述得多么细致，就是在这客厅。这凉台上面，上演着我爱情的一场场悲喜剧。上校夫人本是个坏脾气的女人，说话时的声音凶狠嘶哑——是一位气度狭小又脾气暴躁的老妇。两个女儿中有一个叫薇拉，和一般的县城小姐没什么两样，另一个是索菲娅，是我深爱的那一位。这两姐妹还有另外一个房间，是她们共同的卧室，里面有两张小的单人木床，有淡黄色的纪念册，木犀草，有用铅笔画得很不好的朋友们的素描画。其中有一位先生脸上的表情似乎特别活跃有力，画上的签名更加活跃有力，在年轻时曾被大家给予厚望，可到头来也像我们一样，一事无成，有歌德和席勒的半身像，几本德文书，干枯了的花环和其他几件留作纪念物的东西。

“但那个房间我很少进去，也不愿意去，在那儿我总觉得有点透不过气来的感觉。还有一点很奇怪，我最喜欢索菲娅的时候是自已背对着她坐着的时候，或者可能是自已傍晚在凉台上思念着她、幻想着她的时候。这些时候我凝望着晚霞、树木，望着那已经发暗，但在玫瑰色天空映衬下还显得很清楚的一片片小小的树叶。客厅里，索菲娅坐在钢琴边，不停地弹奏着贝多芬作品中她最喜欢的一个热情又荡气回肠的乐曲；那个坏脾气的老妇人坐在沙发上平静地打鼾；客厅里洒满了血红的夕阳的光亮，薇拉正在奔忙着煮茶，茶壶愉快地嗞嗞响着，好像有什么很满意的事；脆饼掰开时发出欢快的断裂声，匙子碰着茶杯叮当作响；金丝雀不知疲倦地啼啭了一整天之后，突然变安静了，只是偶尔啁啾几声，好像在询问着什么事情；轻飘飘透明的云朵里有时会掉下几滴雨……

“我坐着，听着，看着，心境便豁然开朗，甜蜜幸福的感觉涌上心头，觉得自己是在恋爱了。就在这样的一个黄昏，我向那位老妇人请求允许我和她女儿相处，两个月过后我就结婚了。我似乎是爱着她的……到现在，我本该知道了，可是天啊，甚至到现在我还不知道自己是不是爱索菲娅。她是个善良的人，聪明、沉默又温暖贴心，但天知道是什么原因，是因为久居乡间，还是其他什么原因，她心底藏着一个秘密的伤疤，或者不如说有个怎么也愈合不了的伤口，而且她和我都说不出这伤口的名字。当然，这个伤口的存在，我是结婚之后才猜测到的。为了医治它我费尽心机却于事无补！

“我还是孩子的时候养过一只小鸟，有一次被猫抓住了，救出来后我小心伺候着，可这只可怜的鸟再没见好，它闷闷不乐，日渐憔悴，也不再唱歌了……结果一天半夜，一只猫钻进了开着的笼子，咬掉了它的嘴，后来它终于死去了。我不知道是只什么样的猫用爪子抓过我妻子，但她也像那只鸟一样郁郁寡欢，日渐憔悴，没有精神。有时她显然也努力想振作起来，在户外，在阳光下和自由天地一起欢欣雀跃。她尝试了几次，可不久便又蜷缩回去了，退缩了。她是爱我的；多少次她都一再向我保证她已经别无所求了——呸！见鬼！她的眼神仍然是黯淡无光的。

“我心想她过去是不是经历过什么？我做了调查，可什么事情也没有。嗯，现在您来判断一下，要是一个奇人可能会耸耸肩膀、叹一两口气，照旧过着自己的生活，但我不是奇人，就开始想到要悬梁了。我的妻子已经完全沾染上老处女的习气——听贝多芬、夜游、收集木犀草和朋友们通通信，看纪念册等等——以至于她再也习惯不了其他的生活方式，尤其不习惯家庭主妇的生活，然而一个出嫁了的女子整日沉浸在朦胧的忧伤中，到了晚上唱着：‘你别在黎明时分唤醒她。’也真是荒唐可笑。

“嗯，我们就这样幸福地过了三年。到了第四年，索菲娅在生第一胎的时候难产死了，说来也怪，我好像事先就有感觉，她不会给我生下一儿半女——不会给这个世界带来新生命。我清楚地记得她下葬时的情形，那是在春天。我们那的教区教堂又小又旧，圣像壁发黑了，墙灰也脱落了，有几处的地砖也残缺了，每个唱诗班席位上都供着一幅老式的大圣像画。他们把棺材抬进来，安放在门前正中央，罩上一块褪了色的盖棺布，在周围摆了三个蜡烛台。仪式开始了。一位老朽的教堂执事，脑后扎着一小束辫子，低低地系着一条绿色腰带，在读经台前悲哀地念着经文，一位牧师，也上了年纪，长了张友善迟钝的脸，穿了件带黄色花纹的淡紫色法衣，兼做司祭和助祭。

“开着的窗子边，鲜嫩的新叶颤动着发出簌簌声响，院子外面飘进来青草的气息，蜡烛的红色火光在春天明媚的阳光里显得暗淡，整个礼拜堂里都听得见麻雀叽叽喳喳的吵闹声，一只飞进来的燕子时不时在圆屋顶下发出响亮的叫声。阳光照耀下的金色灰尘中，几个农民淡褐色的头颅时不时扬起又落下，好像在为死者热心地祈祷。香炉的孔洞里冒出一缕缕淡蓝色的烟。我看着我死去妻子的面容……天啊！甚至死亡——死亡本身——也没能让她获得自由，没能医治好她的创伤：还是一副病态、胆怯、冷漠的表情，好像她躺在棺材里也还是感到不自在……我内心充满了痛苦。她是多么多么善良啊，可对她自己来说，还不如死了的好！”

说话人双颊通红，泪水盈满了他的眼睛，看得出来，他沉浸在往事里，不能自拔。

“终于，”他又开始说话了，“我从失去妻子的沮丧中走了出来，下定决心把精力投入到事业中去，做出一番大事业。我在省城的政府机关里谋得一职，但在政府机关的大楼里，我头疼得厉害，视力也开始衰退了，而且又发生了一些其他事情……我就辞职了。我原本想去趟莫斯科，可是首先，我没钱，其次……我已经对您说过，我已经与世无争了。这种与世无争在我身上出现可以说既突然又必然。在精神上我早就与世无争了，可我的头脑还是不肯就此屈服。

“我觉得自己思想情感的谦卑内向是受到了乡村生活和不幸经历的影响，另一方面，长久以来我就留意到，所有的邻居，年轻的和年老的，起初会因为我有学问、在国外居住过以及我教养上的其他优越而感到惶恐畏惧，现在已经完全习惯了，而且开始对我有些粗鲁、有些轻慢，不再爱听我的言论，和我说话的时候也不再使用过多的恭敬用语了。我还忘了告诉您，在我婚后的第一年，曾尝试写作，甚至还把一篇文章寄去给杂志社——是一部中篇小说，要是我没记错的话。但没过多久我就从编辑那里收到一份客气的回信，信里有一段说的是他不能否认我很聪明，但也不得不说我没有天赋，而文学创作需要的就是这种天赋。

“不但如此，我还听说有个莫斯科来的人——也是一位性格很好的年轻人——在省长的一次晚会上说起了我，说我肤浅守旧，与时代脱节，但我还是很不情愿地继续装糊涂：您知道，我不愿意自己打自己一记耳光。终于，有一天早晨，我睁开了眼睛，醒悟过来。事情是这样的：县警察局长来到我家，提醒我注意我领地上一座坍塌了的桥，而这座桥我是绝对没有钱修好的。这位宽宏大量的秩序维持者一边吃着鲟鱼干，喝着一杯伏特加酒，一边用父辈的口吻责怪我的疏忽，但体谅到我的处境，允许我吩咐农民们在上面填一些粪料。接着他点上一支烟斗抽着，和我谈论起不久就要进行的选举。

“当时窥视省贵族长荣誉头衔的是一位叫奥尔巴萨诺夫的，是一位空口饶舌的肤浅家伙，还贪污。此外，无论从财富还是家世来看，他都算不上突出。我表达了自己对他的看法，而且说得很不客气。老实说，我瞧不起这位奥尔巴萨诺夫先生。警察局长看了看我，友好地拍了拍我的肩膀，和善地说：‘得了，得了，瓦西里·瓦西里耶维奇，像他这样的人可不是您和我应该议论的——我们哪里配呢？得清楚自己的身份嘛。’‘算了吧，’我气恼地反驳说，‘我和奥尔巴萨诺夫先生之间有什么差别呀？’

“警察局长从嘴里拿出烟斗，眼睛睁得大大的，大笑了起来：‘哎呀，您还真是个惹人发笑的家伙，’终于他说起话来，脸颊上带着笑出来的眼泪，‘这玩笑开得可真是！啊！您真是个有趣的家伙！’离开前他还不住地拿我打趣，时不时用胳膊肘戳下我的肋骨，直呼我的教名，最后他走了。我在房间里来来回回踱了好几趟，在镜子前站定，对着自己这张发窘的脸看了很久很久，我慢慢伸出舌头，苦笑着摇了摇头。幕布从我眼睛上落下了，我清楚地看到，比在镜子里看到的自己的脸更清楚，我是个多么空虚、微不足道、一无是处又平庸的人啊！”

他停了一会。

“在伏尔泰写的一个悲剧里，”他颓丧地继续说，“有一位贵族因为不开心到了极点而感到欢喜。虽然我命中没经历过什么悲剧，但老实说，我也有过类似的那种感觉，我感到了冷酷绝望中苦涩的狂喜。我曾经从容不迫地躺在床上，一整个早晨都诅咒着自己的出生时日，我不能立刻就做到与世无争。确实，您想想看：因为没有钱，我得困守在我所痛恨的乡下，管理自己的财产、做公职人员、从事文学创作。我不和地主们来往，书也读厌了。至于那些抖动着卷发，狂热地聒噪着‘人生’二字的肥胖又多愁善感的太太小姐们，自从我不再夸夸其谈、胡说一气后，就对她们失去吸引力了，可我无法面对完全的离群索居……

“便开始——你猜怎么着？——我开始四处闲逛，去乡邻家拜访。我好像醉心于自暴自弃一样，自己看不起自己，常常有意去招惹各种琐碎的侮辱。相邻们斟酒添菜时故意把我漏掉；接待我时冷淡傲慢，最后竟根本不在意我了；大家说话时我甚至不能插嘴。于是我故意躲在角落，对随便哪个愚蠢的家伙连连称是，像这样的家伙当初在莫斯科能舔到我脚上的尘土或大衣的边缘都会感到受宠若惊的……我甚至不允许自己相信我正享受着讽刺带来的苦涩的满足感……其实，冷冷清清的，还谈什么讽刺？就这样，我一连过了好几年，到现在也还这样过着。”

“这太不像话了，”隔壁房间里康塔格留欣先生用带着睡意的声音含含糊糊发着牢骚，“是哪个傻瓜聊天聊到三更半夜？”

说话人迅即钻进了被窝，胆怯地向外窥视着，伸出一个手指放在嘴边，警告我不要出声。

“嘘——嘘——！”他小声说，好像向着康塔格留欣声音传来的方向赔礼道歉似的，恭敬地说，“知道了，先生，知道了。对不起……应该让他睡觉，他应该睡好，”他又继续小声说，“得恢复体力——那么，至少明天吃起东西来，照样可以津津有味。我们没有权利打扰他休息。况且，我觉得我把想说的都说给您听了。大概您也困了，祝您晚安。”

他极其迅速地转过身去，把头埋进了枕头里。

“至少请您告诉我，”我问，“您贵姓……”

他迅速抬起头来。

“不，看在上帝份上！”他打断了我，“不要问我的名字，也别向其他人打听。让我在您心中永远是一个受命运玩弄的瓦西里·瓦西里耶维奇吧。何况像我这样一个没有特点的人，不配有特别的姓名。但如果您一定要给我个称呼，就叫我……叫我希格雷县的哈姆雷特吧。每个县里都有许多这样的哈姆雷特，只是可能您没有碰到过……再见吧。”

他又钻进羽毛被褥里去了，第二天早晨别人来叫醒我时，他已经不在房间里了。天还没亮他就起身离开了。

乡村医生

秋季的一天，我从乡下很远的一个地方赶回家，路上感冒了，病得很严重，幸运的是，我到小镇旅馆后才开始发烧。我让人去找医生，不到半个小时，乡村医生出现了，一个消瘦，中等身材，黑头发的男人。他给我开了一些常规的发汗药，让我涂上芥末膏，同一时间，动作利索地把一张五卢布的钞票塞进袖子，这么做的时候干咳了一声，眼睛转向别处。他收拾好准备回去，但不知怎么的，我们又谈了起来，于是他就这么呆着没走。我因为发高烧浑身没有力气，辗转难眠，倒是十分高兴有人做个伴、聊聊天。茶来了，医生一边喝茶一边自由地聊了起来。他是一个非常理智的人，谈起话来滔滔不绝，如行云流水，并且富有幽默感。世界上有些事情很奇怪，比如您可能和一个人住了很长时间，并且相处得也很好，但您却从未和他敞开心扉地交谈过。而另外一些人，您和他们并非熟识，但认识不久您就把自己的秘密对他——或者他对您——和盘托出，好像跟牧师忏悔一般。我不知道我是如何取得我的新朋友的信任的——不论如何，似乎没有任何缘由，他告诉了我一件非常不寻常的事情。下面我就把他的故事讲给我亲爱的读者您听，我会尽量用医生的原话来叙述。

“您是否认识，”他开始用一种非常虚弱并且颤抖的声音（这是纯的别列索夫鼻烟的常见后遗症）说，“您认识这里的法官，梅洛夫·巴维尔卢基奇吗？……不认识？……好吧，没关系。”他清了清喉咙，揉了下眼睛，“您看，事情发生在，确切地说，在大斋期，就是冰雪融化的那会儿。我正在他家里——我们法官的家里，一起玩普列普兰斯，我们的法官是个好人，喜欢玩普列普兰斯，突然（这个医生常用这个词）他们告诉我：‘有个仆人找您。’我问：‘有什么事？’他们说：‘他手里有张纸条，肯定是病人送来的。’‘把纸条给我。’我说。的确是一个病人的……这很好……您明白的……这是我们衣食父母。纸条上写的是这么一回事，一位女士，是个寡妇，写给我的。她说：‘我的女儿要死了，看在上帝的份上快来吧！’她还说：‘马已经帮您备好了。’嗯，这都没什么，但是她那儿离镇上有二十俄里，而且外面已经深夜了，路又那么难走，况且她很穷，报酬不会多于两卢布，甚至两卢布都成问题，可能只是一卷亚麻布或者一袋燕麦。但是，责任，您知道，比任何事情都重要，唉，人都快要死了，我还能计较什么。我马上把手中的活递给常任委员卡列奥宾，赶回了家。只看见一辆寒酸的小马车停在阶前。马是农家的马，很肥，太肥了，马毛非常粗。车夫为了表示尊敬摘了帽子坐着等我。我心想：‘哦，伙计，显然，那个病人不怎么有钱啊。’您别笑，我告诉您，像我这样穷的人必须什么都要考虑到。如果车夫神气活现地坐着，见到您连帽子都不碰一下，甚至在胡子后面冷笑，轻轻扬着鞭子——那样保证能拿到六卢布，但眼前的情况看来并不是那回事。可是没办法，责任高于一切。我抓起一些最必需的药，出发了。您相信吗？我差点到不了。那条路的路况遭透了：水沟，雪，水塘……甚至堤坝突然决口——真是糟糕透顶了！但不管怎样最后我总算是到了。那是一座小茅草屋，窗户透出灯光，说明他们正在等我。

一位戴着便帽的庄重的老太太出来迎接我:‘请救救她吧!’她说，‘她快要死了。’我对她说:‘您别着急——病人在哪儿?’‘这边走。’我走进一间干净的小房间，角落里有一盏灯，一个二十岁左右的女孩躺在床上，已经不省人事了。她发烧发得厉害，体温很高，呼吸沉重——是热病。房间里还有另外两个女孩——大概是她姐妹——吓坏了，满脸泪水地跟我说:‘昨天她还好好的，胃口也很好。今天早上她抱怨头不舒服，晚上突然就……您看，就变成这样了。’我再次对她们说:‘请别着急。’——作为一个医生，这么说是我的责任，您知道的。然后我上前给她放了些血，让另外两个女孩给她涂上芥末膏，开了一服合剂。这期间我一直看着她，盯着她。哦，上帝!您知道吗?我从来没见过这样一张脸庞，清秀俊俏，总之，她是一个绝色美人!我心里因怜惜而无比震动，这么可爱的容貌，这样的眼睛，这样的生命……感谢上帝!

“她感觉好一些了，开始发汗，好像慢慢恢复知觉了。她向四周望望，微笑了一下，然后用手摸摸脸。有一个女孩弯腰问她:‘您感觉怎么样?’‘还可以。’她说，接着就转过头去了，我一看，已经睡着了。‘好了，’我说，‘现在让病人单独休息吧。’于是我们都踮着脚尖走了出去，只留下一个佣人随时伺候。客厅的一张桌子上已摆好了一壶茶和一瓶朗姆酒，干我们这行的可少不了它们。女主人给我倒茶，让我今晚在这里留宿。我答应了，其实这大半夜的，我还能去哪儿?那位老太太一直叹气。‘别这样，’我说，‘她会活下来的，您不要担心，请快去休息吧，都快两点了。’‘但如果有什么事情，请一定叫醒我。’‘好的，好的。”老太太离开了，姑娘们也回自己的房间了。她们在客厅里给我铺了张床。我躺了下来，脑子里都是病人，实际上我已经非常累了，却怎么都睡不着，这真是奇怪的事情。最后我实在忍受不了了，就坐起来，心想：‘我要去看看病人怎么样了。’她的卧室和客厅相邻，于是，我起了床，轻轻推开门——我的心跳得多厉害啊！我往里望去：佣人已经睡着了，嘴巴张得大大的，甚至还在打呼噜，这个家伙！病人脸朝我的方向躺着，胳膊张开，可怜的姑娘！我走过去……这时，她突然睁开了眼睛，紧盯着我：‘谁？是谁？’我变得有些不知所措：‘别害怕，’我说，‘我是医生，我来看看您病情怎样了，感觉怎么样。’‘您是医生？’‘是的，医生，您母亲派人把我从城里叫来，我们已替您放了血。小姐，现在快睡吧，用不了两天您就可以下床了，上帝保佑！’‘啊，是的，是的，医生，不要让我死，我求您，求您！’‘您为什么那么说？上帝会保佑您的！’我想她肯定是又发烧了，于是试了试她的脉搏。果然，她又发烧了。她看着我，抓住我的手：‘我告诉您为什么我不想死，我告诉您……现在只有我们，请您不要告诉任何人，听着……’我弯下腰，她把嘴唇凑到我耳朵旁，头发碰到我的脸颊——我承认我脑袋已经晕了——低声说起来，但我无法明白她在说什么。啊，她在说胡话！……她不停地说着，那么快，甚至听起来不像俄语。最后她终于说完了，哆嗦了一下，头倒在枕头上，用手指威吓我：‘记住，医生，不要告诉任何人！’我总算让她安静下来，给她喝了些水，把佣人叫醒，就离开了。”

这时，医生再次猛烈地嗅了一阵鼻烟，在它的作用下发了一会儿呆。

“但是，”他继续说，“第二天，和我预想的相反，病人并未好转。我想了又想，突然决定待在那里，虽然我的其他病人在等我……您知道不能完全不顾其他病人，如果那样业务肯定会受到影响。但是，首先这个病人真的非常危险；其次，说实话，我被她深深地吸引住了；再次，我喜欢这个家庭。虽然他们家道中落了，但他们真是非常特别，可以这样说，是有教养的家庭。父亲曾是一个非常博学的人，一个作家，当然是在贫困中死去的，但在他死之前尽力给孩子提供了非常好的教育，他还留下了许多书。也许是因为我对病人照顾得非常细心，也许是其他原因吧，总之，我可以肯定地认为，整个家庭都非常喜欢我，好像我是他们的一员。我要留下来，尽力挽救一个生命。但遗憾的是，这段时间路况比以前更糟了，所有的通讯可以说完全中断了，甚至到城里买药都非常困难。病人没有起色，一天接着一天，一天又一天……但是……这里……”医生停了一会儿，“我承认我不知该怎么对您讲……”他再次去嗅鼻烟，咳嗽起来，喝了些茶，“直截了当对您说了吧，我的病人……怎么说呢？呃，她爱上我了——或者，不，不是爱上了我……但是……真的……该怎么说呢？”医生低下头去，脸逐渐变红了，“不，”他快速说下去，“不是爱上，是的，一个人不应该高估自己。她是一个很有教养的女孩，聪明，博学——而我呢，甚至可以说把拉丁文全都忘了。而相貌上，”医生笑着看了看自己，“我也没有什么可以吹嘘的，但是上帝没让我成为一个傻瓜，我不会把黑的当成白的。我了解一些事情，比如说，我心里非常清楚，亚历桑德拉·安德烈叶芙娜——那是她的名字——并没有爱上我，而是对我的一种好感——尊敬或者别的什么。虽然她自己可能误解了这种感情，但这是她的看法，而一个人要有自己的判断。但是，”医生一口气说完这些断断续续的话后，明显很尴尬，接着补充道，“我说得很乱——您肯定听不明白……好吧，我会把一切说得清楚一些。”

他喝下一杯水，用较为平静的语调说起来。

“是这样的，我的病人情况不断恶化。先生，您不是医生，所以您不能了解我们这些医生心里的想法。特别是一开始，当您意识到病魔在逐渐战胜您的病人的时候，您的自信心会怎么样？您会突然变得那么胆小，简直难以形容。您觉得您忘记了所有的医药知识，病人对您也没了信心。其他人开始注意到您分心了，勉强告诉您各种症状，他们怀疑地看着您，小声嘀咕着……啊，多糟糕！您心想，肯定有一种疗法可以治愈这种病——如果能找到的话。这个不是吗？您去试——不，不是它！您不让药物有充分发挥作用的时间，又采用其他的治疗……您抓住一种疗法，实施一种疗法，行不通又换另外一种疗法。有时您拿起一本治疗书，努力寻找相似的病情，并自我安慰，这本书上一定找得到。有时，宙斯保佑您偶然采用随机一种药方，听天由命……但是在这期间病人正逐渐被疾病折磨，一点一点死去，而您脑子里还想着：如果是另一个医生的话可能会救活他。‘我们要进行会诊，’您说，‘我不能独自承担这个责任。’这时候您看起来多么愚不可耐啊！是的，有时候您学着去忍受这些，这对您来说没什么。一个人死了——但那不是您的错。您是根据医学知识和经验诊治的。但持续折磨着您的，是病人对您抱有的那种盲目的信任，而您却感到自己力不从心，不能妙手回春，缺乏回天之力。是的，这就是亚历桑德拉·安德烈叶芙娜的家人所对我抱有的那种盲目信任，他们把希望完全寄托在我的身上，他们的女儿生命垂危，我就是那根救命的稻草。我呢，尽量去宽慰他们，实际上也为那个生命捏了一把汗。情况越来越麻烦，路况很糟糕，车夫去买药已经去了一整天了，迟迟没有回来。我一直没有离开病人的房间——真是寸步不离。

我给她讲有趣的故事，陪她玩纸牌，晚上就在旁边看着她。老太太满眼含泪地感谢我，但我心里告诉自己：‘我不配您们的感谢。’坦白告诉您——现在没有必要隐瞒了——我爱上我的病人。亚历桑德拉·安德烈叶芙娜也越来越喜欢我，有时除了我，她不让任何人待在她的房间。她开始和我交谈，问我一些问题，在哪里学习，怎么生活的，我的病人怎样，已经给谁看过病之类的。我觉得她不应该说太多，所以禁止她说——坚决禁止，您知道的——我做不到。有时候，我把头埋在手里，问自己：‘您到底在做些什么？混蛋！’”

“这时她会拿过我的手握住，长久地看着我，然后转过头，叹口气，说：‘您多好啊！’她的手那么烫，眼睛那么大却那么无神。‘是的，’她说，‘您是一个非常好，非常善良的人。您不像我们的邻居们……不，您不是那样的……为什么我直到现在才认识您！’‘亚历桑德拉·安德烈叶芙娜，平静一些，’我说，‘相信我……现在请平静一些……一切都会好的，您会康复的。’但同时我得告诉您，医生接着说，身体向前倾一些，抬起眉毛：“他们和邻居很少来往，因为地位低的人跟他们不相称，而自尊心又阻止他们和富人来往。我跟您说，他们是非常有教养的家庭，和他们在一起，如您所知，我感到非常愉快。只有我喂她药她才吃，在我的帮助下她努力坐起来，可怜的人儿，吃下去，然后看着我，欲言又止，我的心要跳出来了。她的情况一天比一天差，越来越糟糕，一直这样延续着。她要死了，我对自己说。她肯定会死的。说实话，如果能换回她鲜活的生命，我宁愿把自己送进坟墓，她母亲和姐妹老是望着我，盯着我看，她们渐渐对我失去信任了。‘啊，她怎么样了？’‘哦，很好，很好！’很好，真是这样吗，我自己都糊里糊涂。一天夜里，我又一次独自坐在病人旁边，佣人也坐在那里，打呼噜的声音仍然很大。我不能指责这个可怜的丫头，她也累坏了。亚历桑德拉·安德烈叶芙娜一整晚都非常不好，烧得很严重。直到午夜都没能入睡，一直翻来覆去，最后她好像睡着了，至少是躺着不动了。墙角的圣像前点着一盏灯，我坐在那儿，头垂下去，甚至稍微打了会儿盹。突然好像有人碰了碰我，我转过身。上帝！亚历桑德拉·安德烈叶芙娜正睁大眼睛注视着我，嘴巴张开，脸颊通红。'怎么了?''医生，我要死了吗?''仁慈的上帝!''不，医生，不，不要告诉我我会活下去……不要这么说……如果您知道……听着！看在上帝的份上不要对我隐瞒真实病情。'她的呼吸变得非常急促。'如果我确定自己要死了……我会告诉您一切——一切!''亚历桑德拉·安德烈叶芙娜，别这样!''听着，我根本就没睡着……我看了您好一会儿了……看在上帝的面上……我相信您，您是一个好人，一个诚实的人。以世上一切神圣事物的名义，我请求您——跟我说实话吧！如果您知道这对我有多么重要……医生，看在上帝面上请您告诉我……我的病是不是很严重?''叫我跟您说什么呢，亚历桑德拉·安德利叶芙娜?''看在上帝的面上，我求您了!''我不能骗您，'我说，'亚历桑德拉·安德烈叶芙娜，您的病确实很厉害，但上帝是仁慈的!''我要死了，我要死了。'看起来她似乎很高兴，她的脸变得非常明亮。我害怕起来。'别害怕，别害怕！我一点都不怕死。'她突然坐起来，用胳膊肘支着:'现在……是的，现在我可以跟您说，我全心全意感谢您……您真善良——我爱您!'我看着她，丢了魂似的。对我来说这太突然了，您知道的，我没有任何准备。'您听到了吗？我爱您!''亚历桑德拉·安德烈叶芙娜，我怎么值得——''不，不，您不——您不了解我。’突然她伸出胳膊，抱住我的头吻了一下……相信我，我差点叫出来……我跪下了，把头埋在枕头里。她没出声，手在我的头发里颤抖。我听到她在哭，我开始安慰她，向她保证……我不知道自己对她说了什么。‘您要吵醒那个丫头了，’我对她说，‘亚历桑德拉·安德烈叶芙娜，谢谢您……请相信我……平静一下。’‘够了，够了，’她坚持说着，‘谁都不要管，让他们醒来吧，让他们进来吧——都没关系，我要死了，您看……您又害怕什么呢？您为什么要害怕呢？请您抬起头来……或者，可能您不爱我，可能我错了……如果是那样，请原谅我。’‘亚历桑德拉·安德烈叶芙娜，您说些什么啊……我爱您，亚历桑德拉·安德烈叶芙娜。’她直直看着我的眼睛，张开手臂：‘那请拥抱我吧。’坦白跟您说，我想不到那晚我竟然没发疯。我感到我的病人正在杀死自己，我看到她已经不清醒了。我也明白如果她不是想到自己快要死了，她是不会想到我的。说实话，不论怎么说，活到二十岁还没尝到爱的滋味就死去——这实在太难接受了，这正是不断折磨她的事情，这就是为什么她绝望地抓住我——您现在明白了吗？她用胳膊紧紧抓住我不放。‘请怜悯我吧，亚历桑德拉·安德烈叶芙娜，也请怜悯您自己。’我说。‘为什么？’她说，‘有什么好想的？您知道我肯定要死的。’她不断重复着这些话，‘如果我知道我还能活着，仍然做一个体面的姑娘，我当然会感到羞愧，羞愧……但现在有什么关系呢？’‘谁说您要死了？’‘啊，不，别这样！您不会骗我的，您不会撒谎——看看您的脸。’‘您会活着，亚历桑德拉·安德烈叶芙娜，我会治好您，我们祈求您母亲的祝福，我们会结为夫妻——我们会快乐。’‘不，不，我已听到您说的话了，我肯定要死了。您保证过的……您对我说过了。’我很痛苦——因为很多原因而痛苦。有时，一些不起眼的小事，它看起来没什么，但却令人感到痛苦。她忽然问我的名字，不是我的姓，而是名字。这个房子里的所有人都叫我医生，但她似乎要用自己的方式称呼我。我回答道：‘特利丰，女士。’她皱了皱眉，摇摇头，用法语咕哝了些什么——啊，当然不是恶意的话！——接着她大笑起来——也不是不怀好意的笑。我和她就这样度过了整个夜晚。天亮前，我离开了，觉得自己已经疯了。当我再走进她的房时天已经亮了，过了早茶时间。天哪！我几乎认不出她来了，躺在坟墓里的人看起来也要比她好些。我对您发誓，以我的名誉，我不明白——一点都不明白——我是如何熬过那段时间的。她又拖了三天三夜，对她来说，那是多么痛苦的夜晚啊！她对我说了些什么话啊！在最后一晚——您自己想象——我靠近她坐着，一直向上帝祈祷一件事情：‘带走她，’我说，‘尽快！并且把我和她也一起带走。’突然她的老母亲闯了进来，前一天晚上我已经告诉她的母亲，她生还的希望很小，最好派人去找神父。生病的女孩儿看到她母亲时说：“唉，您来了，真好，看看我们，我们相爱了——还互相起了誓。’‘她在说些什么呀？医生？她在说些什么？’我脸色大变：‘她在说胡话，’我说，‘发烧。’她吃惊地说：‘您怎么了？您刚才对我说的完全不同，还拿走了我的戒指。您为什么要假装呢？我母亲是很好的人——她会原谅——她会明白——我要死了……我没必要说谎，把您的手给我。’我跳起来，跑出房间。老太太当然猜到了怎么回事。”

“我不想多打扰您了，对我来说回忆起这些事情当然也非常痛苦。我的病人在第四天去世，上帝让她的灵魂安息！”医生快速补充道，叹了口气，“她死之前，她让家人都出去，只留我和她在一起。”

“‘请原谅我，’她说，‘也许是我对不住您……我的病啊……但请相信我，我从未像爱您这样爱过其他人……不要忘记我……请保存好我的戒指。’”

医生把脸转向一旁，我握住他的手。

“啊！”他说，“让我们聊些其他的吧，您想不想玩小赌注的普列费兰斯？像我们这样的人不应该拥有这种高尚的情感。我现在只想着怎么不让孩子哭哭啼啼，不让妻子抱怨吵闹。从那以后，您知道，就跟他们说的一样，我正式结婚了。哦……我娶了一个商人的女儿——嫁妆有七千卢布。她叫阿库丽娜，和特利丰很般配。我跟您说，这个女人脾气很坏，但幸好她整天睡觉——怎么样，玩不玩普列普兰斯？”

我们坐下来，玩赌注为一戈比的普列普兰斯。特利丰·伊万里奇赢了我两个半卢布，很晚才离开，对自己的胜利非常满意。

活死人

“长期受难的祖国，
俄罗斯人民的国土。”

——费·丘特切夫

法国有句谚语:“干渔夫，湿猎人，一副可怜相。”我向来没有打鱼的爱好，无法评判渔夫在晴朗天气里的感觉，也许是酣畅淋漓的吧，又或是在阴雨天气里捉到很多鱼的快乐，也许能够消除几分被雨淋湿的不快吧，但对于猎人来说，下雨可真是一场灾难。有次叶尔莫莱和我去别廖夫县打松鸡，我们遇上的正是这样一场灾难。雨从清早开始下起，一直没停过。我们俩除了避雨，还能做什么?

我们把橡胶雨衣遮在头顶正上方，站到树底下想少淋些雨。暂且不说这橡胶雨衣妨碍我们打枪，它竟然还好意思让雨水漏进来。哎！站在树底下，起初倒是确实淋不到雨，可后来积聚在树叶上的雨水一下子全落下来，每根树枝都像一个排水管，把水灌到我们身上，冷冷的水流钻到领带下面，慢慢顺着脊骨往下淌……正如叶尔莫莱说的，这可“真让人不舒服”。“不，彼得·彼得罗维奇，”他最后叫了起来，“我们不能这样继续下去了，今天这猎是打不成了，一淋雨，狗的鼻子就不灵了，枪也不发火了……呸！真是一团糟!”

“那该怎么办呢?”我问。

“这样好了，我们去阿列克谢叶夫卡。你可能还不知道——那儿有块田庄是归你母亲的，离这七八俄里。我们在那待一晚上，明天……”

“再回这里来?”

“不，不上这来了……阿列克谢叶夫卡那一带我熟悉……打松鸡可比这里好多了!”

我没有继续追问我这忠诚的伙伴为什么一开始不带我去那，当天我们就来到了我母亲的田庄，说实话，以前我从没想过有这样一个地方。这田庄里有间厢房，破旧得很，但因为没人住，所以很干净。我在里面度过了安宁的一晚。

第二天一大早我就醒来了。太阳才刚刚升起，天上没有一片云彩，周围的一切都散发着两重强烈的光芒——清晨朝阳的光芒和昨天大雨的光芒。趁他们给我套马车的时候，我在一个小果园里闲逛了一圈，这个果园现在荒芜了，剩下缤纷茂密的树丛，打圈围绕着厢房。我心旷神怡，啊，空气多么香甜，明朗的天空下，云雀啼啭，清脆的声音像坠落下的银珠。它们的翅膀上一定带着露珠，歌声也好像被露珠浸湿了一样，清脆极了。我从头上摘下帽子，畅快地深深吸了一口气，疲劳一扫而光。紧靠树篱的一条浅山沟的斜坡上，有个养蜂场，一条小径就像一条游走的蛇，蜿蜒在茂密的草丛和荨麻间，弯弯曲曲通向那里，草丛和荨麻上矗立着不知道从哪里飞来的深绿色大麻尖尖的茎秆。

我沿着这条小径，走到了养蜂场。养蜂场旁边有个柳条编的小棚屋，他们把蜂巢放在里面过冬。我从半开着的门往里看了看，黑漆漆，静悄悄，很干燥，还有股薄荷和蜜蜂花的香气。

屋角几块搁板搭成一张床，床上有个小小的人形，盖了条被子躺着。我正准备走开……

“老爷，老爷！彼得·彼得罗维奇！”我听到一个微弱、缓慢而嘶哑的声音，就像沼泽地里苔草的沙沙声，沉闷得很。

我停住脚步。

“彼得·彼得罗维奇！请过来！”这声音又说。它来自屋角，就是从刚才注意到的那几块搁板搭成的床上传来的。

我走近一看，惊得呆住了。在我眼前竟躺着一个活人，但这算是个怎样的人啊？

一个完全干瘪了的头颅，成了青铜色——就像因年代久远发黄了的圣像画，一个尖尖的鼻子像边缘锋利的尖刀，两片嘴唇几乎看不见——只看到白白的牙齿和两只眼睛，头巾下几小缕稀疏的黄头发散落在前额。

下巴旁边，被子的褶皱上，一双也是青铜色的小手在动着，手指像小枝条一样慢慢抽搐。我更加仔细地看了看，这张脸，非但不丑，还很漂亮，只是很不正常，很可怕，更让我感觉可怕的是——在金属般的两颊上——我看到，竟然挣扎着，挣扎着，挤出一个几乎不成形的笑容。

“您不认识我了吗，老爷？”这声音又低低说起来，好像是从勉强动着的嘴唇里发出来的。“的确，怎么会认得呢？我是露克丽娅……您记得吗，我以前在您妈妈那领舞，在斯巴斯克庄上？……您记得吗，我原来还是领唱？”

“露克丽娅！”我叫了起来，“是你吗？怎么会呢？”

“是的，是我，老爷——我，露克丽娅。”

我不知道说什么好了，茫然若失地注视着这张黑乎乎的、一动不动的脸，脸上两只明亮的、毫无生气的眼睛正盯着我。

这可能吗？这具木乃伊是露克丽娅——我们所有仆役中最漂亮的人——那个高个、丰满、白皙红润、能歌善舞、笑容可掬的人儿！露克丽娅，聪慧的露克丽娅，我们那里所有的小伙子都曾追求过她，那时还是个十六岁男孩的我，也曾对她暗自羡慕了好久！

“天哪，露克丽娅！”我终于说道，“你这是怎么了？”

“哦，降临到我头上的是多大的不幸啊！可不要嫌弃我，老爷，不要因为我的不幸讨厌我，请坐在这小木桶上——坐近一些，不然您听不清我说话……如今我嗓音不大好了！……啊，见到您真高兴！您是怎么到阿列克谢叶夫卡来的？”

露克丽娅说话声音微弱无力，但没有停下来。

“叶尔莫莱，那个猎人，带我来这儿的，但你得告诉我……”

“告诉你我的不幸吗？当然可以，老爷。这事离现在已经很久了——大概六七年了。那时我刚刚许配给瓦西里·波里亚科夫——您记得吗，就是那个长相英俊、一头卷发的小伙子——帮您妈妈管餐室的？您当时已经不在乡下，到莫斯科读书去了。我们是那么相爱，瓦西里和我，一刻也不能分离。事情是发生在春天。一天夜里——离天亮已经不远了。我睡不着，夜莺在花园里唱得那么甜蜜动听，我忍不住爬起来，走到台阶上去听。它唱呀唱呀……突然我觉得听到有人叫我，好像是瓦西里的声音，温柔地叫着‘露莎！……’我朝周围看了看，大概是因为半睡半醒，意识不清，我一脚踏空了，从最高一层台阶上径直摔了下来，跌到了地上。我当时觉得伤得没那么厉害，因为能我立刻爬起身来走回房去了。只是有什么东西在我身体里——摔断了……让我喘口气……只要一会儿……老爷。”

露克丽娅不说话了，我吃惊地看着她。尤其让我惊讶的是她讲述自己故事的时候，几乎是快乐的，不叹息也不呻吟，不抱怨也不祈求怜悯。

“那件事之后，”露克丽娅接着说，“我渐渐衰弱了，变瘦了，皮肤发黑，走路困难。后来——我的两条腿完全不中用了，不能站也不能坐，只得一直躺着。我不想吃也不想喝，身体变得越来越糟。您妈妈，心地真好，给我请医生，把我送去医院。但这病治不好，甚至没一个医生说得出我得的是什么病。他们什么办法没试过啊？——用热烙铁烫我的脊梁骨，把我放在冰块堆里，都不见效。最后我的身子完全麻木了……

“那些先生们断定我这病是医不好了，让个残废人呆在主人家里派不上用场……就把我送这里来了——因为我有亲戚在这。我就住这，你看。”

露克丽娅又不说话了，接着她又费力微笑起来。

“你这处境实在太糟了!”我叫起来……我不知道该再说些什么，就问道:“那么瓦西里呢?”这句话问得很蠢。

露克丽娅把眼睛微微移开。

“波里亚科夫吗？他很伤心——伤心了一阵子——然后娶别人了，是格林诺耶村的一个姑娘。您知道格林诺耶村吗？离我们这不远。她的名字叫阿格拉菲娜。他真心爱我——但是，您知道，他还年轻，不能一辈子单身。我怎么还能成为他的伴侣呢？他给自己找的妻子是个温柔的好女人——他们有了孩子。他住在这儿，在邻近一户人家当管家。您妈妈给了他公民证，放他去的。他现在过得很好，感谢上帝!”

“那你就一直这样躺在这?”我又问。

“是的，老爷，我躺在这七年了。夏天我躺在这个小棚屋里，天气冷了他们就把我搬到澡堂的更衣室里，躺在那儿。”

“谁服侍你呢？有人照顾你吗？”

“哦，像别处一样，这儿也有好人，他们没有抛下我不管。再说，我也不需要很多照顾。食物，我差不多什么都不吃。水在那，在大水罐里，总是装满了纯净的泉水。我自己够得到水罐，我一只手臂还能动。

“这儿有个小女孩，是个孤儿，是个非常善良的孩子，她时不时来看我。她刚刚还在这——您没看见她吗？这小女孩长得挺漂亮，皮肤白白的。她送花给我。我们的花园里有花——过去有些花——不过现在都没了。但您知道的，野花也很美，比花园里的花闻着更香，就像这铃兰……还有什么比它更香呢？”

“你不觉得苦闷悲伤吗，我可怜的露克丽娅？”

“为什么要有这种感觉呢，有什么办法呢？不瞒您说，一开始很苦恼，但后来就习惯了，忍受下来了——也就没什么了，还有人比我更糟呢。”

“这话怎么说？”

“有人连个安身的地方都没有，有人瞎了或聋了，而我，感谢上帝，视力很好，而且听得见一切——一切。田鼠在地下挖土——我都听得见。我能闻到各种气味，即便是最轻微的气味！草地上的荞麦开了花，或花园里的椴树开了花——都不必别人来告诉我，我第一个先闻到了。只要哪个地方飘过来最轻微的一阵风，我就闻得到香味。还有，那些触犯了上帝的人要比我惨得多。再比如这个：健康的人很容易就犯下罪过，但我和犯罪沾不上边。前些天，阿列克塞神父，那个牧师，来给我行圣礼，他说：‘你不必做忏悔了，像你这样行不了恶，不是吗？’但我对他说：‘那么思想里的罪恶呢，神父？’‘啊，那个，’他说着，自己也笑了起来，‘那不是什么大不了的罪过。’”

“但我觉得就算是这种思想里的犯罪，我也不会犯了。”露克丽娅接着说，“因为我已经养成习惯，不去多想，尤其不去记得过去的事。时间就过得快些了。”

说实话我大为惊讶：“露克丽娅，你一直一个人待着，怎么脑子里能不想些事呢？或许你一直在睡觉吧？”

“哦，不，老爷！我不能老是睡觉。虽然不是很疼，但我肚子里面也发痛，骨头里也痛，痛得让我睡不好。不……我只是这样一个人躺着，躺着，躺着，什么都不去想，只觉得我活着，在呼吸，就是这样罢了。我看着听着，蜜蜂在蜂巢里嗡嗡叫，鸽子落到屋顶上，咕咕叫，母鸡带着一群小鸡啄食碎面包屑，或者飞进来一只麻雀、一只蝴蝶——我都觉得很开心。前年竟有些燕子在那边屋角筑了个巢，孵出小燕儿来。哦，这景象多有趣啊！一只燕子飞到窝边，落在窝上，喂了小燕子，又飞走了。再一看，另一只燕子又飞来了。有时候它不飞进来，只从窝上开着的门飞过，那些小燕子们立刻就叽叽喳喳尖叫起来，张开了嘴……我正盼望着第二年它们再飞回来，可听说一个猎人开枪把它们打死了。他这样能得到什么呢？这些燕子，比甲虫大不了多少……多狠心呀，你们这些猎人！”

“我不打燕子。”我急忙说。

“还有一次，”露克丽娅又说了，“真滑稽啊。一只野兔跑了进来，真的！我想猎狗正在追它，反正，它一直跑进门来！它靠近我，蹲伏了很久，不停耸动着鼻子，扭动着胡须——就像个警官一样！它望着我，当然明白我伤害不了它，后来它站起来，三蹦两蹦到了门口，在门口还回头看了看，就一溜烟跑掉了。多有趣的小家伙！”

露克丽娅看了我一眼，好像在说：“这不是很有趣吗？”为了满足她的愿望，我笑了。她舔了舔发干的嘴唇。

“嗯，到了冬天，我当然觉得不怎么舒服了，因为太暗了：点蜡烛有点可惜，况且点了有什么用呢？虽然我识字，也非常喜欢看书，但能看什么书呢？这儿什么书都没有，就算有，我又怎么能拿着看呢？阿列克塞神父有次拿了本年历来给我解闷，但他见我看不了，就又拿回去了。不过，虽然屋里很黑，总可以听得见一些声音，蟋蟀叫着，老鼠在什么地方用爪子刮着什么。这种时候很好——可以不去想！”

“我还念念祈祷文，”露克丽娅稍微喘了口气，又接着说，“不过我知道的祈祷文不多，我是说，我为什么要打扰上帝呢？我能向他祈求什么？我要什么，上帝知道得更清楚。他让我背十字架，这表示他爱我。我们应该明白这点。我念了《我们的主》、《圣母颂》、《赞美一切受难者》，就又静静躺着了，什么都不去想，一点也不想！”

两分钟过去了，我没有变换姿势，坐在这个当凳子的窄小木桶上一动也没动。这个躺在我眼前的不幸的活生灵，把她残酷的石头般的僵硬传染给了我，我自己也好像僵住了。

“听着，露克丽娅，”最后我终于说话了，“你听我说，我给你提个建议。我安排人送你去医院——去城里一家好医院，你愿意吗？谁知道呢，可能你的病治得好。无论如何，你不会一个人……”

露克丽娅微微扬了下眉毛：“哦，不，老爷，”她忧虑地小声回答，“不要把我送去医院，不要动我，在那只会让我更痛苦！我的病现在怎么治得好呢？……有次一个医生来过这里，想帮我做个检查。我乞求他，看在上帝份上，不要打扰我，他不肯听，就开始把我翻来翻去，敲打着我的手臂和两条腿，还把我拉来拉去。他说：‘我这么做是为了科学，我是为科学服务的人——是学者！你，’他说，‘不要有什么反对，我的研究成果得过一枚奖章，我正是为了你们这样的傻瓜工作的。’他把我折腾了一阵，告诉了我病的名字——这名字很长很难懂——然后就走了。我可怜的骨头后来疼了整整一个礼拜。你说‘我很孤独，总是孤独一人’。哦，不，不总是这样的。他们常来看我——我很安静——不去打扰他们。有时几个农村女孩会过来和我聊上一会儿；有时会走进来一个女信徒，对我讲关于耶路撒冷、基辅这些圣城的传说。我不怕一个人待着，其实，那样反而更好——是的，是的！老爷，别动我，不要送我去医院……谢谢，您真好，只是请您不要动我，我的好老爷！”

“好吧，就随你吧，随你吧，露克丽娅。你要知道，我是为你好才这么说的。”

“我知道，老爷，您是为了我好。可是亲爱的老爷，有谁能帮助另一个人呢？谁又能进入他的灵魂呢？每个人都必须自己帮助自己！也许您不会相信的。我有时候这样一个人躺着——就好像世界上除了我就再也没有其他人了，只有我一个活着。似乎有什么在保佑着我……我就遐想起来，可真美妙呢！”

“那时候你想些什么了，露克丽娅？”

“关于那个，老爷，我也说不好，说不明白，而且，过后总会忘掉。一些想法来了，就像飘来一片云彩，扩散开来，新鲜又美好，但究竟是什么呢，又说不清楚。我只想着，如果我旁边有人，就不会有这些想法了，就会除了自己的不幸之外什么都感觉不到。”

露克丽娅痛苦地叹了口气。她的呼吸，同她的四肢一样，不听自己使唤。

“要说您，老爷，”她又说起来，“您是可怜我的，可也不必为我太伤心了，真的！我告诉您一件事，比如，现在我有时还……您记得我从前多么快乐吗？多么活泼吗？您知道怎么着，现在我还唱歌呢。”

“唱歌？……你吗？”

“是的，我唱老歌，轮舞歌，覆盘歌，圣歌，各种各样的歌！您知道我以前会唱很多歌，到现在也没忘记，只有舞曲我不唱。我现在这种情况，不适合唱舞曲。”

“你怎么唱呢？……在心里唱吗？”

“也在心里唱，也出声唱。我唱不大声，可人们能听得懂。我告诉过您有个小女孩常来服侍我。她是个聪明伶俐的孤儿。我就教她唱歌，她已经跟我学会四首歌了。您不信吗？等一下，我这就来唱给您听……”

露克丽娅吸了口气……这个半死不活的人准备要唱歌了，这个想法让我不由自主产生了一种恐怖的感觉。但我还没说话，一个悠长、微弱却清晰准确的音符，已经在我耳边颤抖着响起了，接着是第二个音，第三个音……露克丽娅唱的是《在牧场上》，她唱着，石头一样的脸上表情没起什么变化，甚至眼睛也一动没动。

但这个可怜的人儿，她挣扎着发出的乐曲是多么感人啊，它像一缕轻烟不停地颤动着，她多么渴望在歌声里倾诉自己的灵魂！……我现在不感觉恐怖了，心里泛起一种说不出的怜悯和痛楚。

“唉，我唱不下去了！”她突然说，“我没力气唱了。见到您我很高兴。”

她闭上了眼睛。

我把手放到她细细的、冰冷的手指。她看了我一眼，长着金色睫毛的深棕色眼睑又闭上了，就像古代雕像一样静止不动，一小会后，它们在幽暗中闪出亮光，那是被眼泪润湿的。

我还是没动。

“我多傻啊!”露克丽娅突然用出人意料的劲头说，眼睛睁得大大的，想把眼泪从眼眶里挤出去，“我该感到难为情！这是怎么啦？我已经很久没像今天这样了……自从去年瓦西里·波里亚科夫来之后就没有这样过。他坐在我旁边和我说话的时候，倒没什么，可是他一走，我一个人哭得好伤心啊！不知道哪里来的这么多眼泪。可是，我们女孩子的眼泪本就不值钱的。老爷。”露克丽娅又说，“您大概有手帕……要是不嫌弃，请帮我擦下眼泪吧。”

我连忙满足了她的愿望，还把手帕留给了她。她一开始不肯接受:“给我这个礼物有什么用呢?”她说。手帕很普通，但干净洁白。后来她用瘦弱的手指抓着它，就一直没再松开。我已经习惯了小屋里的黑暗，看清楚了她的五官，甚至察觉到那张青铜色脸上闪过的微微的红晕，看得出来——至少我觉得是这样——那些昔日美丽过的痕迹。

“您刚问我，老爷,”露克丽娅又说话了，“我是不是睡觉。我睡得很少，但每次一入睡就会做梦——都是些美好的梦！我从来没梦见自己生病，总是那么健康，那么年轻……只有一件痛苦的事：醒来后我想好好伸个懒腰，但全身好像被铁链锁住了一样。有一回我做了一个多么美妙的梦啊！要我讲给您听吗？那好吧，您听我讲吧。我梦见自己站在牧场上，周围全都是成熟了的黑麦，长得高高的，金灿灿的……我还带着一只淡红色的小狗——这狗很凶，老是想咬我。我手里还拿着把镰刀，这可不是普通的镰刀，它看起来像月亮——就是月亮像镰刀时的那个样子。我得用这月亮把整片黑麦收割干净。可是炎热让我很疲倦，月亮还照得我眼睛发花，我觉得懒洋洋的。四周长着许多矢车菊，花开得那么大！它们都转过头，把花朵朝向我。在梦里我心想着采些矢车菊吧，瓦西里说好要过来，那就先给自己做个花冠，我还来得及编个花冠。

“我开始采下矢车菊，但它们都在我手指间消失了，怎么采都采不到。我编不成花冠了。这时候我听见有人向我走来，已经很近了，还叫着：‘露莎！露莎！’……‘啊，’我想，‘糟糕，来不及做花冠了！’管他呢，我就把那个月亮戴到了头上，代替矢车菊。我把它像头巾一样带着，立刻就光彩照人了，周围整个麦田都被照亮了。我一看，麦穗顶上正有个人很快向我飞过来，不过不是瓦西里，而是基督本人！我怎么知道他是基督的我也说不清，画像上不是画成这样的——但这就是基督！他没有胡须，个子高高的，年纪很轻，穿着一身白衣服，只有腰带是金色的。他向我伸出手：‘别害怕，’他说，‘我这打扮得漂漂亮亮的姑娘，跟着我，你会去天国领舞，唱天堂里的歌。’于是我紧紧抓住他的手，我的狗也立刻跟到脚边……就这样我们向上飞了起来……他在前面……他的翅膀在整个天空中张得大大的，像海鸥的翅膀一样长——我就跟在他后面，那只狗只得留在下面了。这时我才明白这狗就是我身上的病，天国里是容不下它的。”

露克丽娅停了一小会儿。

“我还做过一个梦，”她又开始说，“也可能只是个幻觉，我真弄不清楚了。好像还是躺在这个小棚屋里，我死去的双亲，就是我爹妈，走到我面前，向我深深地鞠了个躬，可是什么也没说。我就问他们：‘爹，妈，你们为什么要向我鞠躬？’他们说：‘因为你在这个世界受了许多苦，所以不但解救了自己的灵魂，也去掉了我们身上的重负。我们在另一个世界里轻松多了。你已经赎清了自己的罪过，现在是在替我们赎罪了。’说完这些，他们又向我鞠了个躬，接着就不见了，除了墙壁我什么也没看见。后来我很疑惑我这究竟是怎么一回事，忏悔的时候我还把这个梦说给牧师听了。他认为这不是幻觉，因为幻觉只有神职人员才有。”

“我还要给你讲个梦。”露克丽娅继续说，“我梦见自己坐在大路上的一棵柳树底下，拄着根光溜溜的拐杖，肩上还背了个包，头上裹着头巾，就像个女信徒。我得去很远很远的地方朝圣。一些去朝圣的人不断从我身边经过，他们慢腾腾地走着，好像不乐意似的，都朝着同一个方向，个个愁眉苦脸的，样子长得看起来都差不多。接着我梦见有个女人在他们中间转来转去，她比其他人高出一个头，穿的衣服很特别——不像是我们俄罗斯人的服装。她的脸也很特别——阴沉沉的，很严肃。所有的人都避开她，突然她转过身，径直朝我走来。她站定了，看着我。她的眼睛黄黄的，大大的，像鹰眼一样明亮。我问她：‘你是谁？’她对我说：‘我是你的死神。’我本来应该很害怕，可是恰恰相反，我高兴极了，画了个十字。那个女人，就是我的死神，对我说：‘我很可怜你，露克丽娅，但我不能带你走，再见了！’天啊！那一刻我多难过啊！‘带我走吧，’我说，‘亲爱的，带我去吧！’我的死神转过身，对我说起话来……我知道她是在指定我的死期，但却听不清楚，很难听懂。‘圣彼得节之后。’她说……听到这我就醒了……是的，我常常做这样美妙的梦！”

露克丽娅眼睛向上看着……陷入了沉思……

"只有一点让人很难受，有时整个礼拜我一次都睡不着。去年一位夫人从这里路过，看见我，给了我一小瓶治失眠的药，她告诉我一次吃十粒。这药对我很有用，我睡得着了，就是那瓶药早就吃完了。你知道那药叫什么吗，怎样可以再有一瓶？"那位夫人给露克丽娅吃的很显然是鸦片。我答应给她弄一瓶来，又忍不住对她的忍耐力表示了惊讶。

"啊，老爷！"她回答，"为什么这样说呢？这算什么忍耐呀？喏，苦行僧西密翁的忍耐力才了不起呢，他在柱子上站了三十年！还有一位圣人叫人把自己活埋在地下，土一直盖到胸口，蚂蚁咬着他的脸……有个读过很多经卷的人告诉我：从前有个王国，受到以实玛利人的侵略，所有国民都遭到折磨或杀害，他们想尽种种办法，都没法获得解放。这时他们中间出现了一位圣女，她拿了一把巨剑，穿上两普特重的盔甲，去和以实玛利人打仗，把他们全都赶到了海的那一边。把他们赶出去后，她对他们说：'现在烧死我吧，因为我曾立下誓言，要为我的人民死于火刑。'以实玛利人把她抓起来烧死了，人民从此永远得到了解放。多么高尚的行为啊！而我算得了什么呢！"

我暗自惊讶，不知道她是从何处听来这么一个关于法国女英雄贞德的传说。沉默了一会儿之后，我问露克丽娅她的年龄。

"二十八……也许二十九……不满三十岁。算这些岁数有什么用呢！我还有件事要告诉你……"

露克丽娅突然发出一阵咳嗽，呻吟起来……

"你说话说太多了。"我对她说，"这样对你身体不好。"

"是的，"她小声说，声音低得几乎听不见，"我们的谈话该结束了。但又有什么关系呢，等您离开之后，我可以想多久不说话都行，至少我说出了心里的话……”

我起身和她告别，答应给她送药来，还叫她再想想，还有什么她需要的东西，我一定给她准备。

“我什么都不要，对一切都很满意，感谢上帝！”她费劲地说着，话里却带着感动之情，“上帝保佑所有人都健康！对了，老爷，您最好能劝一劝您妈妈，告诉她——这儿的农民很穷——看她能不能减一点田租！他们的土地不够，出产也少……他们会祈祷上帝保佑您的……我什么都不要，我对一切都很满意了！”

我答应露克丽娅，我会帮她实现这个心愿。我已经快走到门边了，她又叫我回去。

“您记得吗，老爷，”她眼睛里和嘴唇上有一丝极美妙的表情一闪而过，“我过去那一头头发？您记得吗，一直垂到膝盖！我过了很久才下定决心……多好的头发啊！可是怎么能梳好呢？像我这样的情况！……所以我就剪掉了……嗯……好，再见了，老爷！我不能再说话了……”

那天，在出猎之前，我和村里的甲长谈起露克丽娅。我从他那知道，村里人都叫她“活死人”，可是她从来不给他们添麻烦，也从没听到她诉苦或抱怨。“她什么要求都没有，相反，她对一切都很感激。她是一个温顺的人，真可以算得上温顺。”甲长这样下了结论，“大概是因为前世的罪孽，不过我们不去过问这件事。至于说她的不是，不——不，我们不去说她的不是。随她去吧！”

几周以后，我听说露克丽娅死了。死神还是来找她了，正是“在圣彼得节之后”。别人告诉我她死的那天一直听到钟响，虽然阿列克谢叶夫卡离礼拜堂算起来有五俄里多的路程，而且那天也不是礼拜天。不过露克丽娅说，钟声不是从礼拜堂传来的，而是从上面来的，大概她不敢说——是从天堂传来的。

树林和草原

渐渐的他想归去，
归去乡村，回到幽暗的花园，
那里椴树高大茂盛，遍布浓荫，
铃兰散发着纯洁的芳香，
棵棵柳树排列成行，
从堤畔倒垂到水面上，
粗壮的橡树生长在坚实的土地上，
大麻和荨麻散发馨香……
回去，回去，去那辽阔的原野，
那里肥沃的土地像黑色丝绒，
那里清香的黑麦一望无际，
静静地泛着柔软的麦浪，
一团团明净的白云里，
洒下沉甸甸的金黄色阳光：
那是个好地方……

——摘录自待焚的一首诗

读者很有可能已经厌倦了我的这些笔记，我得赶紧让你们安心，就限于已经刊出的这些篇目，不会再多写了，不过在告别之际我不得不说上几句关于打猎的话。

带着狗拿着枪去打猎，就本身而论，即从前古话说的für sich，是件其乐无穷的事。即便您并不是生来就是个猎人，但总也喜欢大自然吧，所以您不会不羡慕我们这些打猎的……那就听我说说吧。

比如，您可知道，春天里拂晓之前出猎的欢畅？出门走到台阶上，深灰色的天空中有几处还闪耀着俏皮的星星；阵阵湿润的微风时不时吹来；听得见隐秘、模糊的夜的絮语，若有若无；树木在黑夜的笼罩下沙沙作响。仆人在马车上铺好地毯，把装茶炊的小箱子放在您脚边；套上了缰绳的马蜷缩着身子，打着响鼻，优雅地换着蹄子站在那里；一对刚刚睡醒的白鹅，慢悠悠、静悄悄地穿过大路；树篱那边的花园里，巡夜人在平静地打鼾。每个声音都像停滞在凝结的空气中——停着不动。您坐上车，马儿就立刻出发了。车子发出隆隆响声，行驶着……

您乘着马车，经过教堂，下了坡往右转，穿过堤坝……眼前豁然开朗。池塘上空盘旋着雾气，升腾，扑面而来，感觉冷飕飕的。您用大衣领子遮住了脸，打起瞌睡来。马蹄踩在水坑里发出很响的声音，水花溅起，打湿了马蹄子，车夫吹起了口哨。这时您已经走了四五俄里……天边渐渐泛起红色，寒鸦一只只醒来，在桦树林里笨拙地飞来飞去；麻雀在黑乎乎的草垛旁叽叽喳喳地叫着。空气更加清新，道路更加清楚，天色放亮，云朵越来越白，田野越来越绿。农舍里点着的松明发出红光，门后面传来睡意未消的说话声。这时朝霞出现了，一条条金黄色光带在天空延展；山谷上方缭绕着一团团雾气；云雀婉转歌唱；黎明前的晨风习习吹拂；紫日冉冉升起；阳光像流水般倾泻下来，您的心情像小鸟一样欢欣雀跃。一切都清新、欢快、迷人！放眼望去，视野辽阔，可以看得见很远很远的地方了。穿过小树林，映入眼帘的是个小村庄，再远些是另一个村庄，村里有座白色小教堂，山上有一片白桦林，后面是一块沼泽地，那就是您要去的地方……

快跑，马儿们，再快点！大步跑向前！还有三英里路程——已经不远了。太阳很快升了起来，照耀大地，今天的天气真好！一群家畜从村里向我们走来。您的马车又驶上了山坡……看，多美的景致啊！河流弯弯曲曲十多俄里，河水在雾气中隐隐发蓝，河那边是水汪汪的绿草地，草地过去有一些平缓的山坡。远处凤头麦鸡在沼泽地上空高叫盘旋，透过散布在空气中的湿润的阳光，看得一清二楚，一切景物都明明白白出现在眼前……自由地呼吸空气，灵活地伸展四肢，欣喜地欣赏美景，沉浸在春天新鲜的气息里，整个身体多么轻松！

夏天早上——七月里的一个清晨，除了猎人，还有谁能体会到拂晓之时漫步灌木丛中的那份愉悦？您的脚在白露沾湿的草地上踩出一排绿色脚印，用手分开湿漉漉的灌木丛，夜里蓄积着的一股暖气扑鼻而来，空气中充满着艾草清新的苦味，还有荞麦和三叶草的甜香味。远处有一片密密的橡树林，在太阳底下闪耀发光，天气还很凉爽，但是已渐渐感觉到热气正慢慢涌来。过度的甜香味使头脑变得昏昏沉沉。灌木丛一望无际，牵动你的视线……远处一些地方，快要成熟的黑麦黄澄澄的，还有几处狭长带状的红色荞麦地。这时您听到车轮子嘎嘎作响，一个农民穿过灌木丛缓缓走来，不等天热就把马牵到树荫底下……您同他打过招呼，离开，听得见身后长柄大镰刀挥动的嗖嗖声。太阳越升越高，草儿迅速干燥起来，天气越来越热。过了一个又一个小时……

天边暗了下来，静止的空气热辣辣的。“哪儿可以弄点水喝呢，老兄?”您问割草的人。“那儿山谷里有口井。”穿过蔓草缠绕的茂密榛树丛，您往下走直到山谷底部。悬崖下面隐藏着一股细细的泉水，一棵橡树的爪形树枝贪婪地伸展在水面上，大大的银色水泡在长满细小柔滑苔藓的水底下颤动着，汩汩地往上冒。您一下趴到地上，喝足了水，懒得再动一动。您在树荫底下，呼吸着湿润的香气，感觉很舒服，对面的灌木丛在阳光下晒得滚烫，好像都变黄了。可那是什么？风突然吹来，又急急吹过，四周的空气都颤动起来，这不是雷声吗？您从山谷走出来。天边那一片铅色是什么？是暑气更浓了？还是风暴快来了？这时闪电微弱地一闪一闪……

啊，一场暴风雨就要来了！阳光仍然照耀着，您还能继续打猎，但乌云变厚了，它前面的边沿像一条长袖伸展开来，拱形一样笼罩着你眼前的天空。草丛、灌木，周围的一切立刻都变暗了。不好，暴风雨就要来了，快跑，那儿，那儿好像有座干草棚……快跑！……您跑到那里，走了进去。雨真大啊！闪电真亮啊！有的地方，雨水透过草棚屋顶落到散发着香味的干草上……现在太阳又明亮地照耀着大地，暴雨过去了。您走出干草棚，天哪，周围一切都在欢快地闪光！空气清新澄澈，木莓和蘑菇散发着芬芳！暴风雨刷新了这个世界，沐浴在水洗以后的大自然，那感觉难以描述。接着夜晚降临了。

晚霞像火一样燃烧着，染红了半边天空。太阳快落山了，近处的空气像水晶一样格外清澈；远处弥漫着轻柔的雾气，看起来很温暖；鲜红的落日余辉沐浴树林，这里不久前还撒满淡金色的阳光；树木、灌木丛和高高的干草垛投射出长长的阴影。太阳落山了，一颗星星在落日的火海里闪烁颤动……这火海发白了，天空也变蓝了，一个个阴影渐渐隐去，暮霭在空中弥漫开来，该回村里的农舍过夜了。您背着枪，不顾疲倦，轻快地往回走……这时黑夜降临了，二十步开外就什么都看不见了，狗在黑暗中隐隐显出微白的身影，模模糊糊，朦朦胧胧。在一片黑黑的灌木林上面，天际隐隐约约地发亮，那是什么？是一团火吗？不，是正在升起的月亮。右下方，村里的灯火已经星星点点……最后您终于走到了农舍，透过小小的窗户，您看见一张桌子，桌上铺着白桌布，点着蜡烛，摆着晚饭，温馨的感觉主宰你这个时候的心情……

还有一次您吩咐仆人备好竞赛马车，去树林里打鸟鹬。在两大片长得又高又密的黑麦之间的小道上行走，想想，微笑都能爬满脸颊。麦穗轻轻打着您的肌肤，矢车菊缠绕住您的双腿，鹌鹑到处兴高采烈地叫唤着，马懒洋洋地小跑着向前。树林到了，又阴凉又安静，优雅的白杨在高处沙沙作响；桦树长长的、垂下的枝条轻轻摇动；一棵强壮的橡树像卫士一般站在可爱的椴树旁边。您的马车在阴影斑驳的绿色小道上走着；大的黄色飞蝇在晴朗的空气中一动不动，忽然又飞走了；蚊蚋成群地盘旋着，在阴影里发亮，在阳光下发黑；鸟儿安闲地唱着歌；知更鸟亮开金嗓子，天真烂漫地喋喋不休，这些声音和铃兰的香味很协调。再走远些，再走远些，走往树林深处……树林变得越来越密……心中充满了一种说不出的安谧，周围一切也都睡意朦胧，悄然无声。可现在起了一阵风，树梢沙沙作响，像逐渐下落的波浪。有些地方，从去年落下的棕色树叶中，长出了高高的青草，菌类顶着宽宽的伞帽分散在各处，努力冲破土层，把生命张扬，一只雪兔突然跳出来，吸引了猎狗，猎狗高声吠叫匆匆追了上去……

晚秋时节，沙锥鸟飞来，给这片树林增添美好。沙锥鸟不待在树林深处，必须去树林边上找它们。没有风，也没有太阳，没有光亮，没有阴影，没有运动，没有声音，柔和的空气中弥漫着秋天的芬芳，像葡萄酒的香味。远处黄色的土地上笼罩着一层薄雾，透过光秃秃的棕色树枝，露出一片宁静、洁白的天空，椴树上有些地方还挂着最后几片金色的叶子。湿润的土地踩在脚下富有弹性，高高的干枯的草叶一动不动，长长的蛛丝沾满露珠，在苍白的草皮上闪闪发光。

您呼吸平静，灵魂里却感到一阵奇怪的震颤，这震颤妙不可言。沿着树林边缘行走，照看着狗，这时死去的、活着的可爱的身形和可爱的脸庞，一一涌入脑海，沉睡已久的影像意外地苏醒了。幻想像一只展翅飞翔的小鸟，一切都在您眼前清晰显现，活动起来。心一时颤抖着跳动着，激情地奔突向前，一时又沉没到回忆中去。整个一生轻快而迅速地展现在眼前，这种时候人掌控了自己过去的一切，所有的情感和力量——自己的整个灵魂，周围没有什么能够妨碍到他——没有太阳，没有大风，没有声音……

在清晨严寒而白天微寒的晴朗秋日，桦树和童话故事一样闪着金光，在淡蓝色天空的映衬下分外优美。太阳低低挂在空中，照在身上不温暖却很舒服，似乎比夏天的阳光更加明亮；小小的白杨林一片透亮，好像这样光秃秃的让它们感到愉快和轻松；清风徐徐吹动，追赶着打着旋儿的落叶；河面欢快地泛着蓝色的涟漪，一起一伏地载动着悠闲的鹅和鸭；远处一座半掩在柳树之后的磨坊呀呀作响；一群鸽子在磨坊上空盘旋飞舞，在明亮的空气里斑斓闪耀……

夏天有雾的日子也很美好，虽然猎人不喜欢。这样的日子里鸟儿从您脚下飞过，立刻就消失在白茫茫、朦胧胧的雾气中，根本就打不到它们。周围是多么宁静，一种无法言说的宁静！一切都苏醒了，一切却又默不作声。您从一棵树旁走过，树叶一动都不动，它好像在悠然地苦思冥想。透过均匀散布在空气中的薄雾，您前面出现了一条长长的黑影，您以为这是近处的一片树林，走近了一看——树林变成了田沿上一排长得高高的苦艾。在您上空，在你周围，在你四面八方——到处都是雾……可这时微微吹起一阵风，一小片淡蓝色天空透过越来越薄的烟雾模模糊糊显露出来，金黄色阳光突然冲破云层，长长倾斜下来，照耀着田野和树林——这时一切又都被遮蔽了起来。最后光明终于征服了黑暗，最后一阵雾气在平原上铺展延伸开来，时而又缭绕上升，消失在深蓝色的、被阳光柔和照耀着的高空……

接着您又要出发去边远的田野，到草原上去。马车在乡间小道上行驶了十来俄里，最后终于上了大路。经过了无数的货车，经过路边几家小酒馆，酒馆大门开着，有一口井，屋檐底下茶炊在嘶嘶作响，经过一个又一个村庄，穿过一望无际的田野，沿着片片绿色的大麻地，您的马车行驶了很久很久。喜鹊从一棵柳树飞到另一棵柳树；农妇们手里拿着长长的草耙，在田野上慢慢转悠着；一个男人穿了件破旧的土布外套，肩上背了个柳条筐，拖着疲惫的脚步吃力地走着；一辆沉重的四轮马车，迎面跑来，六匹高大的喘着气的马吃力地拉着，车垫的一角露在车窗外，一个穿大衣的仆人手抓着绳子，侧身坐在后面一个麻袋上，泥浆直溅到了眉毛。

接着您来到一个小小的县城，这里有歪歪斜斜的小木屋、没有尽头的栅栏、没人住的石头商店，一条深谷上方还架着座古桥……再往前，再往前走！……终于到了草原。您从山坡顶往下看：多美丽的景致啊！一直被开垦到顶上的山冈圆圆的、低低的，像巨浪一样起伏；长满了灌木的山谷蜿蜒向前，点缀其间，一片片小小的丛林像椭圆形的岛屿一样散布着；村庄与村庄间连着狭长小道，曲径通幽；礼拜堂白白的；柳树林间一条小河闪闪发光，河上有四个地方筑着堤坝；远处田野上一群野雁并排站着，端庄悠闲；紧靠着小池塘旁边，有一座古老的地主宅邸，一些杂用屋舍，一个果园和打谷场。不过您的马车还得继续向前，这时，群山变得越来越小，几乎看不见什么树木了。最后终于到了——这一望无边、辽阔无比的大草原！

冬季里的一天，踩着高高的雪堆去捕捉野兔。冒着凛冽的北风，呼吸着寒冷的空气，阳光照耀在柔软的雪上，发出刺眼的亮光，眼睛不由自主半闭起来，去欣赏远方红红的树林，和树林上方碧绿色的天空！到了早春时节，一切欣欣向荣，生机勃勃，天气开始转暖，冰雪开始消融了，透过积雪融化的水滴，已经听得到泥土解冻的声音，看得到小草钻破土层的脑袋。在积雪融化了的地方，在斜射着的阳光下，云雀在天真烂漫地歌唱，急流发出欢快的歌声，飞溅着，咆哮着，从一个山谷奔向另一个山谷，似乎永不停息……

不过该结束了。我正好说到了春天，春天容易有离别，就是幸福的人也会被春天吸引，被春天诱惑，被春天征服，从而一路向前，去远方……再见了，我的读者，祝你们永远朝气蓬勃！